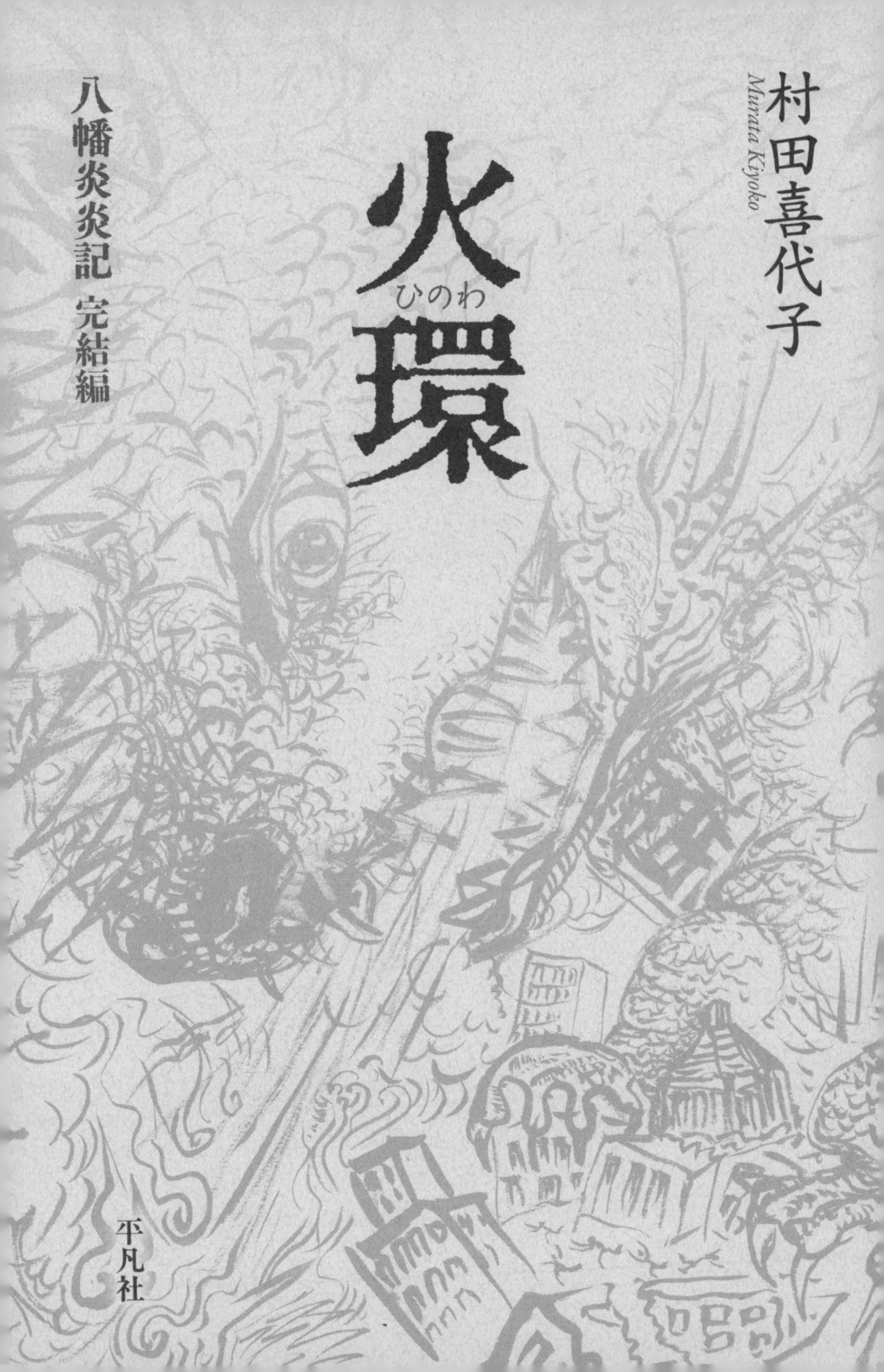

村田喜代子
Murata Kiyoko

火環《ひのわ》

八幡炎炎記　完結編

平凡社

火環《ひのわ》

――八幡炎炎記 完結編

『八幡炎炎記』のあらすじ

太平洋戦争が激化する昭和十八年、広島市内の紳士服仕立て「テーラー小糸」で働く瀬高克美は、恩ある親方・小糸松太郎の妻ミツ江と関係を持ち、手に手を取って駆け落ちした。二人は製鉄の火が炎々と天を焦がす北九州・八幡の街に身を寄せる。ここにはミツ江の長姉サト夫婦と二番目の姉トミ江夫婦が住んでおり、克美は祇園町商店街に紳士服誂《あつら》えの店を出した。

やがて二十年、終戦直前の八月六日、広島上空に原子爆弾が炸裂し、閃光《せんこう》と爆風の中に市内は壊滅する。小糸親方の店は爆心地から半径二キロメートルで、以後、克美は遺骸もなく消えた親方に対し、終生消えぬ呵責《かしやく》を背負う。

空襲で八幡の街も焼け野原となったが、五十歳を過ぎたサト夫婦は、焼け跡に生えたツクシのような女の赤ん坊を授かった。離婚した娘の百合子が生んだヒナ子である。百合子は再婚し、幼いヒナ子はサト夫婦やミツ江たちの見守りの中で元気に育っていく。

一方、克美の店も流行り、妻が結核で臥《ふ》していた実弟の娘・緑を養女に取ると、瀬高家に順風満帆の日々が流れたが、克美の身の内にはまた女性への止み難い欲情が燃え始める。店の顧客の妾や妻に手を出すうち、上得意である高橋泰三の妾・澄子との関係が露見して制裁を受け、街から逃れて郊外へ引っ込んだ。

＊主な登場人物

・瀬高克美　腕の良い仕立て職人。
・瀬高ミツ江　広島で紳士服店を営む小糸松太郎の妻だったが、雇い人の克美と関係を持ち駆け落ちする。
・貴田菊二　北九州・八幡の建具《たてぐ》職人。
・貴田サト　ミツ江の長姉で菊二の妻。
・江藤辰蔵　下宿業兼金貸し業。
・江藤トミ江　ミツ江の二番目の姉で辰蔵の妻。病身で長く臥せる。
・ヒナ子　菊二とサトの孫娘。両親の離婚後に生まれて貴田家で養育される。
・百合子　菊二の長兄の娘を引き取った、菊二とサトの一人娘。ヒナ子の母親。
・緑　克美の実弟の娘。瀬高家の養女となる。
・タマエ　辰蔵が借金のカタとして江藤家に引き取った娘。
・植島洋一　百合子の二度目の夫。
・幸生　洋一と百合子の一人息子。ヒナ子の弟。

一

昭和二十七年九月。

瀬《せ》高克美《たかかつみ》は鉄都・八幡《やはた》の賑やかな町から、市内を見おろす東部の山間《やまあい》に引っ越した。家の周囲は雑木林だ。引っ越し車が着いたときは不動産屋に騙されたかと思ったが、これでも地図上では八幡市内だ。もともと北九州は北へ行くと洞海湾《どうかいわん》に沿った工業地帯で、南は帆柱《ほばしら》連山・福地山系の鬱蒼《うっそう》とした樹林に潜り込んでしまう。

こんな所で、「テーラー瀬高」の看板を掛けても仕方がなく、入口の下駄箱に置いたままだった。仕事ミシンは奥の和室の隅に据えて、ときどき油を差して糸の調子を整えている。二間きりの家では専用の仕事部屋も取れず、また仕事もこない。電話も鳴る気配がない。

克美の店の主な客層は、もとはといえば八幡製鐵所の下請会社「高橋工業」の繋がりから発したもので、それが社長の高橋泰三の妾《めかけ》と克美の関係が知られた一件により、切れてしまった。すべては克美が持っている女性への情欲のせいである。誰を呪うことでもない。縁側に腰掛けて、克美は向かいの林を眺める。

ここへ来てから人間というものに会うことがめったになかった。緑が学校に行き、ミツ江も最近は神信心に凝って出かけていくと、昼は克美一人になる。ミツ江がいなくなるとほっとした。どこから攻めてくるかわからない女と暮らしていると、常に防具を付けて構えていなければならない。今はそれを外して秋の陽に当たっている。

喧嘩に負けて帰ってきた猫が、縁側で体の傷を舌で舐《な》めて手当てをするような感じか。向かいの林にはシラカシやシロダモ、クヌギなども生えている。毎日それらを眺めていると、克美にはだんだんそれが人間みたいに見えてくる。シラカシは樹形が細くすらりとした木で、どこか鶴崎夫人が風に揺れているようだった。

細い葉をつけた枝は優しげな撫で肩で、カシは常緑樹で秋も葉を落とさないが、山中に早くも秋の気配が訪れると周囲の木々の病葉《わくらば》が舞い散る。するとシラカシの細い幹も寂しげに一日一杯、山風に、あなた、あなた、あなた……、と身を揺らし始めるのだ。

克美は自分が女性以外のものも恋うていることに気づいて驚いた。山里の森閑とした家にいると浮かんでくるのは高橋泰三の妾の澄子《すみこ》よりも、あの冷たくしとやかな鶴崎みちこの息遣いだった。鶴崎夫人は木にも、庭から流れ込む風にも気配を忍ばせる。

彼女が夫の運転する、進駐軍払下げの八人乗りダッジに乗って現れたときの、蠟細工みたいなハイヒールの足を忘れない。やがて幾夜もの忍び逢いを重ねたときの夫人の白い持ち重りのする胴体も今、触れるように覚えている。何と重くて冷たい体をした女だろうと克美は何度も思ったものだ。それは夫人が体をまるごと克美に投げ出しているからだった。

克美は白い陽の降る真っ昼間の縁側で、つくねんと女の体のことを想っている。そしてもう一人の女、澄子を思い出すのだ。澄子はみずからの体を克美のために操作する。だから他愛なく軽い。くるりと反転して、澄子が仕手《して》になっている。

鶴崎夫人はそうではない。

白い胴体をまるで一匹の魚のように、克美に投げ与えてくれる。男と女の行為に和合は無用だ。克美はまるごと一体のずっしりとして、まるで魂さえ加わったような重みのある、冷たさが皮膚に沁み込んでくるような胴体が懐かしい。

シラカシの木の前を人影がよぎった。道なりに曲がってこちらへやって来る。見たような人物と思えば、門司《もじ》で服地のバイヤーをしている野馬《のま》という男だった。

そういえば十日ほど前、この男から電話が掛かってきたことを思い出した。引っ越し先を尋ねるので、もう店を畳んだことを告げて電話を切った。どこから移転先を聞いてきたのか。何となく克美は身構えた。

「瀬高さん」

野馬は懐かしそうにこちらに気づいて手を上げる。仕方なく克美は座布団を持って立ち上がった。庭の方からやって来た野馬が縁の前に立ったので、克美は手の座布団をひっくり返して、

「まあ、どうぞ」

と無愛想にすすめた。

「ようもこんな山奥に引っ込んでしもうたですな」

「おたくこそ、よう探して来られたですな」

「元の家主さんに聞いて来たんですよ。ちょっと折り入って話がありましてな」

野馬と最後に会ったのは、確か門司港の繊維倉庫だったから半年近く経っている。野馬の様子はすっかり変わっていた。金縁眼鏡に、外国製の重厚な金時計と指輪。靴も舶来である。上から下までカネがかかっている。

「どんなご用ですな。わたしはもうミシンも奥に仕舞《しも》うてしまいましたが」

「瀬高さん、門司に来てみなっせ。やっと朝鮮特需があたしらの所にもやって来たとですよ」

野馬はすぐ用件を話し始めた。

アメリカと朝鮮の戦争はもう三年目に入り、米軍の軍需物資の需要に追われているのは克美も知っていた。北九州もそれまでの戦後復興の鋼材、セメントなどの資材に、米軍に調達する軍用物資が加わって生産の追いつかない部門もあるという。

「繊維業界というても軍用毛布や土嚢《どのう》の麻袋などはよそでやってますが、こっちは軍服ですたい。階級でこまごまと服の規則が違うとるし、軍服の縫製は普通の紳士服とは違いますけんな」

明日の米が乏しいときに景気の良い話を聞く。それなのに眼鏡の奥の克美の眼は尖《とが》っている。

「アメリカの兵隊の応援をせいと言われるですか」

「物資の供出ですたい。もとは朝鮮の内輪もめから起きたもんでしょうが。服屋に服を縫うてくれと頼んどるだけです」

「ミシンは仕舞うとります。それにこの家にはもう仕事場はありまっせん」

克美がにべもなく言うと、野馬は開いている縁の障子の中を覗いた。六畳間にタンスや仏壇やちゃぶ台や、子どもの勉強机に本棚などが窮屈そうに並んでいる。野馬も何となく察したようで、

「門司に来《こ》んですか」

と克美の顔を探った。

「門司に？」

「そしたら仕事部屋を用意しますばい。瀬高さんはそこでどんどん縫うてくれたらよか。なんなら飯炊きの婆さんを雇いますけん」

「何や物凄《ものすご》う働かされそうな話ですな」

「いやいや。手伝い人も置きますけん。ミシンのできる若い子だちを何人か雇います。難しかところは教えてやってください。寝起きの場所と、飯に洗濯その他、不自由はさせまっせん」

出稼ぎの飯場《はんば》暮らしを想像させる。

「瀬高さん、門司に来《き》なっせ。悪かことは言わん。こんな所であんたほどの腕の持ち主が、針を放って何ばしとるですか。女房子どもに食わせることができますか」

野馬はいつになく熱っぽい声で、克美の心をどこまでも押してくる。言われる通りカネは底を尽きかけていた。それでもミツ江が今までの暮らしを縮めることはない。それどころかミツ江の

化粧代も、緑の明治学園の月謝も、シェパード犬のジョンの餌代も滞らせることはできない。

「広島からあたしを連れ出すとき、あんたは言うたやないの。後悔はさせんて」

しかしあのとき、もし克美がミツ江を連れ出さなかったら、この女は原爆のピカで小糸の親方共々、一瞬にその身は溶けてしまっていただろう。それだけでもおれに恩を感じてもいいのではなかろうか。克美はそう思ってミツ江をなじる。しかしミツ江にも言い分はあった。

「いいや、命の恩人はあたしの方や。あたしがあんたを誘わんやったら、あんたも広島にそのまいてピカの火に溶けてしもうとる。小糸松太郎と、あたしと、あんたと、三人一緒にな、賑やかな地獄行きになったことじゃろう」

夫婦喧嘩もここまで落ちると愚かなやりとりになる。命の恩も何もあるものではない。克美もミツ江も欲情の催すままに突き進んだだけである。

野馬がまた押した。

「千載一遇の稼ぎどきですたい」

「……」

克美は押されてふらっとなった。

門司へ行けばミツ江から離れられる……。

カネのことを言えば、ミツ江のことだから反対はできまい。家計の逼迫《ひっぱく》を肌身に感じているのは、カネを使うミツ江の方である。

「家内と相談しますから、返事はその後で」

「わかりました。そんなら細かいことは次のとき」

「何分《なにぶん》よろしくお願いします」

話がつくと野馬は井戸の水を一杯飲んで、ホッとしたように帰っていった。彼は軍用毛布を大量に調達して、中古のアメリカ車を一台買ったという。しかし山道では路面に車体の底が当たって走れない。だから下のバス停まで二十分は歩かねばならない。不便な車を大枚はたいて買ってしまったものだ。

「おなごよりはましですばい。おなごは走らん。かえって男をさんざ走らせますけんな」

野馬を坂の中途まで送っていった。それから後ろ姿が坂の下に見えなくなると踵《きびす》を返した。シラカシの木のそばを通り過ぎて家に戻る。

門司へ行けばこの嫋《たお》やかな細腰の木とも別れることになる。だがすぐその思いは消えて、もうじき夕方に帰ってくるミツ江の険しい顔が浮かんだ。日に日に鬼のようになっていくこの妻と、しばし離れて暮らすことができる。信じられないことだった。


庭でジョンの吠える声がした。

すぐ緑の靴音が駈けるように近づいてきた。明治学園は隣の戸畑《とばた》市だ。電車とバスを乗り継いで緑は毎日通学している。子どもの足には遠いが、カトリック系キリスト教の名門校なので小学一年の小さな子たちも近隣の市から通っている。

ふと克美は、緑とジョンを連れて門司に行けたら、どんなにいいかと思う。門司港の近くなら緑の通学は電車一本ですむ。静かな赤レンガの倉庫街を、緑にジョンを引かせて日曜日は散歩ができる。

この怜悧《れいり》で清らかな娘と、強く賢い犬が一緒にいて暮らしたら、克美は懸命にミシンを踏み針を握って生きていけそうな気がするのである。

だが淡い夢はすぐ消えて、緑が犬を呼ぶ声に混じってミツ江の声も聞こえてきた。本数の少ないバスだから、帰りが同じ車になったのだろう。

「ただいま。お父さん」

黒い学校鞄を置いて、制服を着替える暇もなく緑はジョンの散歩に飛び出していく。秋が深まると日没が早くなるので緑も犬も気が急《せ》くのだ。

「ただいま」

と今度はミツ江の低い声が背後で響く。

「お帰り」

声をかけ合うのはそこまでで、ミツ江は隣の部屋で着替えて台所の土間に降りる。夕飯の支度《したく》にかかるのだ。外の井戸端で腕まくりして野菜をザブザブ洗い、帰りに買ってきた魚のはらわたを包丁で出す。

ミツ江は日々の炊事という女の仕事で、やり場のない気持ちが宥《なだ》められている。食材の煮炊きには順番・段取りがあり、それを考えながら水や火を扱っていると、いつの間にか頭の中は澄んでくる。束の間、克美への憎しみが頭を離れる。

しかし鍋が煮上がってちゃぶ台を出し、茶碗や皿小鉢を並べる頃からまた沸々と腹が煮え始める。ちゃぶ台の前に青黒い顔をした克美が座っているからだ。この頃の克美の顔はますます青くなってきた。病人の顔色の悪さではなくて、研《と》ぎ澄まされた包丁の刃のように艶を帯びている。

この男の顔を舌で舐めたら、鉄の味がするかもしれないとミツ江は思う。人肌の柔らかさや温かさが消えている。いつだったか電信柱に、任侠映画のポスターが貼ってあった。頬に傷のある男優の大写しが出ていて、どことなく克美の雰囲気を漂わせていた。

何かこの男の体の中には悪い血でも流れているような気がする。

「緑。ご飯よ」

はい、と緑が庭から飛んでくる。ミツ江は子どもに愛着がない。それで自分が子を産まなかったことを悔やむこともない。こだわりを持たないので緑を可愛がることも、冷たく当たることもない。それが却って他人の眼には実の親子に映るようだ。

赤魚の煮付けに、ほうれん草の白和《しらあ》え、柿のなますに糠《ぬか》漬けが並ぶ。働かずに半日、縁側から外のシラカシの木肌を取り憑《つ》くように見ていた男に、ご飯がよそわれる。飯がすむとミツ江は即座に立って行ってしまうので、克美は食べながら話を始めた。

「今日の昼に野馬さんが訪ねてきた」

まあ、とミツ江が顔を上げた。

「探して来なさったんか。いったいどんな用事やったの」

「門司は今、朝鮮特需でおおわらわじゃという」

「何や。ガチャ万景気の話かいね」

ミツ江はふんと鼻であしらう顔をする。ガチャンと機《はた》のひと織りで万のおカネが降ってくる。世間は繊維業種の景気で沸いているが、肝心の時節に克美は転落したのだ。もう店も畳んだ男に、いったい野馬は何の用で姿を現したのか。

「米軍の軍服を縫うてくれと言うんさ」

「そんなもんあんたが縫えるの？」

「実物を見れば海軍総督の服じゃろうと、空軍大佐の服じゃろうと、わしに縫えんもんはない」

「ほう、そりゃ大したお方やな、克美さん。そんならここで、あたしだちを追い出してミシンば据えて、服ば縫いなさるか」

痩せた顎《あご》を突き出して、嵩《かさ》にかかったように言うミツ江の顔から、克美は思わず眼をそむけた。

「ついでにどこかの良か奥さんを手伝いに呼んで、二人でようけ総督やら、将軍やら、大佐やら軍曹の服ば縫うたらええわ。それで儲けたらよか」

話の筋が通らない。ミツ江は何かに酔うように言う。

「お前はいったい何が言いたいとか？」

怒りを抑えて克美はじっと見る。

「お父さん、やめて」

と緑が気配を察して中腰になった。

「お母さんもやめて。そんなこと言い合うのやめて」

克美が口を閉ざし、ミツ江も煮え滾《たぎ》る胸を危うく押し鎮めた。ミツ江の喧嘩は口先の争いではなく、火の点《つ》いた手投げ弾を握っている。爆発は一瞬に起こるので先に防がねばならない。

「腹を立てるのはやさしい。しかし家族三人で食うていくには、膝を寄せ合うて話をせにゃならんこともある」

克美は座り直し息を整えて言い聞かせる。

「へえ！　よそのおなごと懇《ねんご》ろになるときには、家族との話し合いはしなさらんとに」

「子どもの前で、何でそんな話を出すんじゃ！」

「子どもが気に掛かるなら、話のできんような悪かことはするもんじゃなか！」

そこでまた緑が間に挟まって、

「お母さん、もうやめて」

と涙声になる。家庭には昼と夜の姿があるのである。昼は助け合う睦まじい夫婦でも夜の交情では獣にもなるのである。すべては夜の闇が覆い包んで、子どもはぐっすりと眠るのだ。まして夫婦が憎しみ合って床に就く家の夜は修羅である。

ミツ江は激昂すると、夜の鬱屈を昼間にも持ち出すのだ。毎日キリスト教の学校へ行って賛美歌を習ってくる娘の前で、身も蓋もない愛欲の夜の女の顔をさらけ出す。克美はカタリと箸を置いて立ち上がった。

ミツ江の首を絞めたくなってくるからだ。


翌日から野馬の電話が朝に晩に掛かってきた。

「家内を説得しよりますけん……」

克美は答えを引き延ばした。

説得どころか話を持ち出せば即、昼が夜に暗転するような夫婦喧嘩が起こる。野馬の電話を警戒してか、ミツ江は姉のサトの家に行くこともやめた。家の中で克美の様子を監視し始めた。

秋晴れの暖かい日が続く。

北九州の野山は陽光に照っている。

ミツ江よ、お前は義姉《ねえ》さんの家には行かんのか。

克美は庭に出て植木の鉢に水をやりながら、心につぶやく。戸外は陽気に溢れ、お前だち姉妹の好きな神仏詣での天気ではないか。榊姫《さかきひめ》でも、乳の観音でも、脳の観音でも、目の観音、首の観音、手足の観音でも何でもいい。お前の手前勝手な、その悪心、乱心も、聞き届けてくれる神《かみ》仏《ほとけ》があるなら、懇ろに詣ってこい……。

障子が開いて、家の中からミツ江の声がした。

「あんた。上の家に野菜ば貰いに行くけん、手伝うて」

坂を上ると農家が数軒ほどあって、米や野菜、茸などを分けて貰っている。ミツ江が風呂敷や買物籠を幾つも提げて出てきた。ただ同然でくれるので、克美の家は助かっている。夫婦喧嘩は一時休戦だ。

軒下で寝ていたジョンが吠えるので、克美は鎖を解いた。犬は教えもしないのにとっくに察知して、喜び勇んで庭を飛び出すと坂道の方へ駈けていく。

ジョンの後から二人は家を出た。

先を歩く克美は色褪《あ》せた開襟《かいきん》シャツに国防色のズボンで、後から来るミツ江は日よけの手拭いを頭からかぶっている。坂道のためミツ江の痩せた腰が定まらずしなしなと行くせいか、その姿は真っ昼間の心中、道行きのようだ。

ときどき克美が振り返ると、ミツ江の手拭いの頭がうつむいている。坂は勾配がきつい。ミツ江の顔が見えないぶん気にかかる。あれだけ食ってかかってくるミツ江でも、本然《ほんぜん》的に女が好きな男というものは、女が苦しむのを見るのがつらい。どんな女でも女であればやはり愛しい。

ミツ江は克美を憎むべきではないかもしれない。この男の愚かさを哀れんでやる方がいい。

ときどき先に行ったジョンが戻ってくる。飼い主の足ののろさに様子を見にきて、それからまた走っていく。出会うのは農家の人くらいで犬は顔見知りだ。

坂はつづら折りに上へ巻いていた。陽の当たっている辺りで陽炎《かげろう》が出ていた。汗ばむほどだ。広島の小糸親方の家から逃げた日のことが、克美の頭をよぎった。駅に行くと人の目があるので山越えをした。あのときは手に手を取って人なき道を行った。

二人で暮らす明日という日が光って見えたものだ。克美が服地を裁ちミシンを踏み、ミツ江が井戸端で野菜を洗い米を研ぐ。たったそれだけのことが、黄金の日々のように思えた。

坂の上の農家に行くと、茄子や芋や秋野菜をどっさり出してくれた。椎茸は生のまま、今夜は茸飯だろう。油揚げを足せば鶏肉も何もいらぬほど美味《うま》い。ミツ江は料理が得意だ。

妙な話だが、克美は意地の悪い女は料理が上手いと思っている。ミツ江の姉のサトのように、博愛的な心を持ち他人を助けるおおらかな女は、なぜか料理の味の機微に気をかけない。食べ物に美味い、不味《まず》いがない。気の良い女は不満なく何でも食べるのだ。

この山でミツ江とこのまま暮らしていこうか。

克美はふと思い始める自分に驚いている。疲れているのかもしれない。ミツ江をここまで鬼のようにしたのは自分である。元に戻すこともできるだろう。ここの人たちのようにわずかの米を作り、野菜、茸を育てる暮らしもある。

ジョンが走って戻ってきた。克美の横を抜けてまっしぐらにミツ江の方へ向かう。克美が振り返ると少し行った道の中途に、ミツ江が立ち止まって足元を見下ろしていた。ジョンが吠え立てる。ミツ江の足のところに長い紐のような影が落ちている。

蛇！

克美は近づいていった。蝮《まむし》は太く短いのでこれは違う。そばへ行くと青みがかった茶色のただの蛇だった。

「ジョン、待て。シット！」

犬は英語も日本語も聞き分けてお座りをする。

「心配ない。地面が温《ぬく》うて這《は》い出してきたんじゃ」

蛇をよけて通るようにと、克美が手を差し伸ばしたとき、ミツ江は頭の手拭いを取ると、いきなり激しく蛇を打った。手拭いがひらめくと、蛇は鎌首を持ち上げ、カッと赤い口を見せた。裂けるような口からめらめらと糸のような舌が出た。

「よせ」

克美の制止をものともせず、ミツ江は草履の足を上げると、蛇の腹を悲鳴を上げながら蹴りつけた。ぬるっと肥えた胴体が地面に一、二転して縞模様が流れた。ミツ江はさらに蹴りつける。つと、蛇の上半身が杖のように直立したと見るや、赤い口がミツ江めがけてまたカッと開いた。

「退け！　退かんか！」

克美が怒鳴る横から、ミツ江の危機を知ったジョンが飛び掛かった。犬は蛇の急所の喉元にがっぷり噛みついた。それからシェパード犬は屈強な前足で蛇の胴体を押さえ込むと、噛みついた首をそのままぐうーんと恐ろしい力で引っ張った。

克美は犬を止めるのを諦めた。そのまま嚙み殺されるのを見るのは忍びないが、首の切れかけた蛇を放っても苦しんで死ぬだけだ。突っ立っていた。蛇の胴体が今まさに引きちぎれかけたとき、犬は押さえていた二本の前足を離してキリキリと振り回し、撓《たわ》んだ紐を放るようにヒューと藪へ投げ飛ばした。

克美は無言でミツ江を見た。ミツ江はガクガクと震えて立っている。克美は言いようのない虚しさに襲われた。ひと働きした犬が次の指令を待っている。克美は犬の方に首を向け、

「よし、ジョン来い」

と命じて歩き出した。波が引くように、この女への思いが褪《さ》めていく。

その夜。気まずい晩飯の後、台所の片付けを済ませたミツ江が克美のそばへやってきた。座るなり黙って彼を睨み付けると、一通の茶封筒を畳に置いた。

「何だ」

「見なはれ」

顎を突き出して言う。克美が取り上げて封を開くと、明治学園の月謝の通知だった。前月と今月の二回分の金額が記されている。未納になっているのである。

「カネは」

「月謝払うと、米が買えんわ。ジョンの餌なんかは、もうだいぶ前から減らしとる」

克美は胸を衝《つ》かれた。犬は告げ口をしない。

いよいよ来るところまで来たのである。

「どこかでカネを盗んでこいと言うか」

「……門司に行ったらええ」

ミツ江は悔しそうに唇を噛んだ。

「仕事に行けばよかたい」

隣の部屋もしんと静まり返っていた。

狭い家の中で、襖《ふすま》一枚向こうの縁に聞こえないはずはない。

二

「ヒナ子。じいちゃんの焼酎ば買うてきちょくれ」

台所からサトの声がしてヒナ子は机から立ち上がった。カラの三合瓶を持たされて外に出る。

毎日一合五勺の焼酎を雨の日も風の日も買いに行かされるのは、菊二が一日の酒量を守らず、一日ぶん買えば二日ぶん、三日ぶん買えば三日ぶんみんな飲んでしまうからだ。見かけによらず菊二は酒豪なのだ。

いつも赤い顔をした江藤下宿の辰蔵叔父も、菊二には敵《かな》わない。酒の飲み方もこの二人は違っていて、辰蔵はケチ臭くちびちび飲んで、酔えば仏像に一升瓶を叩き付けたりする酒乱だが、菊二はこくこくと水のように焼酎を飲み、とくに不満不足のない男だから様子が変わることはない。酒代が嵩《かさ》むとサトは怒り、えいっ、とちゃぶ台をひっくり返すくらいの波乱ですむ。

坂を上って電車道を渡ると谷越《たにごえ》酒店があった。ヒナ子は途中の電信柱を一本ずつ眺めながら行く。そこには映画館のポスターやら何やらの広告、チラシが大小ベタベタと貼り付けてある。電信柱が派手な服を着ている。

カウボーイハットの男と金髪の女が、今まさに接吻しようとばかり見つめ合う映画のポスターは、封切の『ヴァレンチノ』である。昔、無声映画の頃、人気絶頂期に急逝した美男俳優をモデルにした映画だ。

――ヴァレンチノよ。今ふたたび。

と大きな文字が浮き出ている。ヒナ子は酒の小瓶をぶら下げてここを通るたびに、ポスターの男と女の顔が少しずつ接近して唇の距離が間合いを詰めていくように見える。もう少し、もう少し、とヒナ子は思う。

洋画ファンの百合子がこのポスターを見たら、飛んでいきたくなるだろうが、幸生が生まれてそれどころではない。「蒲生《がもう》の乳の木」の霊験かどうか、百合子のお乳は間もなく出始めて、幸生を抱いてわが家へ帰っていった。今頃は子育てとミシンの内職に精を出しているのである。

電信柱に貼られたチラシには「打倒！　吉田内閣」と殴り書きがしてあった。吉田茂という首相の顔はヒナ子も新聞で知っている。四角い顔に薄い髪の毛が張りついたように載っている。同じ人間なのにヴァレンチノとはまったく違う。隣の電信柱にはチラシが貼ってある。

「浅沼稲次郎書記長来る！」

この人物の顔も四角である。ヴァレンチノは何て美しい男なんだろうと、子ども心にヒナ子も思う。浅沼の写真は江藤下宿の二階の職工のおにいさんたちが部屋に貼っている。世の中には絶世の美男子ヴァレンチノに溜息をつく女たちがいて、まったく別に吉田茂や浅沼稲次郎を推す男たちがいる。電信柱は世の中の窓だ。ただ子どものヒナ子には遠い世界の窓である。

「焼酎ばくださーい」

谷越酒店の戸を開けてヒナ子が声をかけると、谷越さんのところのおばあさんが出てくる。質屋、酒屋、米屋、風呂屋はたいてい土地の旧家が経営しているので、ここのおばあさんもきちんと着物を着てエプロンを掛けている。汚れた割烹着姿のヒナ子の祖母とはだいぶ違う。

この人はヒナ子の同級生の、谷越のぞみのおばあさんだ。のぞみとは学校では別の組だから一緒に遊ぶことはなく、彼女は頭がよくてハキハキして級長である。ヒナ子は勉強のできる子は苦手だ。ここの店でのぞみの姿を見たことはない。子どもが店に出てくるのを止められているのか、それとも勉強をしていて忙しいのか。のぞみもやがて小学校を卒業したら、瀬高のおいさんの所の緑みたいに明治学園に行くのかもしれない。

「ヒナ子ちゃんはおばあさんのお使いをして、本当に偉いですねえ」

谷越のおばあさんに褒《ほ》められて、ヒナ子は顔を赤くしてうつむいた。

日曜日になると、ヒナ子は家を飛び出した。友達と遊ぶのではない。赤ん坊の幸生を見にいくのだ。弟が生まれるというのは不思議な気分で、いつも見ていないとなかなか実感が湧かない。会えば気持ちが落ち着いた。

途中、祇園町の商店街を通ると、克美おいさんが開いていた「テーラー瀬高」の店はなくなって、その跡地は倉庫になっている。工場の製品置き場らしく、「高橋工業株式会社」というネーム入りのトラックが停まって、大きな荷物を出し入れしていた。おとなの世界のことはヒナ子にはわからないが、八幡の中心地から外れた荒生田《あろうだ》という町の、そのずっと奥に入った山手へ引っ越したということだ。ヒナ子は懐かしい気がして跡地を見ながら、バス通りを渡った。克美おいさんや緑や犬のジョンのことを思うと淋しくなるので、いつも早足で通り過ぎてしまう。道の向こうへ渡って坂をまたどんどん上がると、山肌に食い込むように家々が建ち並んでいる。どの家に行くにも細い石段を登るのだ。

その中の一軒が百合子の家である。

「植島洋一」と表札が出ている。百合子がこの家に戻って以来、ヒナ子は毎日のように幸生を見にきていた。どうかして二日も見なかったら、赤ん坊はむっくりと大きくなっている。戸を開けると中から涼しい風がヒュゥーと吹き抜けてきた。高い崖の上だから窓から入る山風が玄関に流れる。

「幸生ちゃんば遊んでやる」

内職のミシンを踏む百合子に言うと、ヒナ子は抜き足差し足で赤ん坊の所へ行ってしゃがみ込んだ。

「おとなしゅうしてたら、そのまま寝せといてね」

幸生は今日も両手を、ふむっ、と力を入れて握り締めている。赤い顔をして二重顎になって力んでいる。

「赤ちゃんて、何でこんなに頑張っとるのやろ?」

「これから生きていくからよ」

百合子は頼もしそうに幸生を見ている。

「そうかなあ」

「今から気張っとるの。人生の準備運動よ」

幸生が顔をしかめて泣き出した。百合子がミシンを離れて来て幸生を抱き上げる。片手をオムツの股に入れ、

「おしっこ、ないわね。よしよし」

袖なしのブラウスの胸を開けておっぱいを含ませる。幸生は匂いでわかるのか眼を瞑《つむ》ったまま百合子の胸元に口を押しつけると乳首を鼻で探り当てて頬張った。ヒナ子は鼻をひくつかせた。赤ん坊は変な匂いがする。

「幸生はご飯が古うなったような匂いがするよ」

「ああ。それはおっぱいの匂いよ。たくさんお乳が出るように、お母さん、玄米ご飯食べとるの。その匂い」

「げーっ」

ヒナ子は眼を剝いた。そういえば幸生も百合子もこの家も何だか糠臭いのだった。

「近所の佐藤さんとこの赤ちゃん、いい匂いするよ。お菓子みたいな匂いよ」

「それは粉ミルク使うとるのよ」

「ふうーん」

お菓子みたいな粉ミルクがご飯代わりの赤ん坊と、玄米飯の糠臭い乳がご飯代わりの赤ん坊が世の中にはいるのだ。ヒナ子は幸生が可哀想に思えてくる。

百合子がミシンに戻ると、ヒナ子は下の祇園町商店街まで買物籠を持ってお使いに行った。豚

肉とジャガイモ、玉ネギ、人参、夕ご飯は百合子のお乳が出るように、メリケン粉で作った団子入りの豚汁だ。ヒナ子は夕ご飯を食べて帰ることにする。日が暮れる前に、幸生の父の植島が帰ってきた。

植島一家三人にヒナ子が混じって夕食の膳を囲んだ。植島は幸生を自分の膝に載せてご飯を食べる。

植島がヒナ子を見た。

「ヒナちゃんは大きゅうなったら何になりたい？　幸生には野球やらせたいんや。高校ば卒業したら八幡製鐵所に入って、野球部で活躍するとじゃ」

「野球」

ヒナ子は野球のことはまったく知らない。年寄りの家でたまに話題が出るのは相撲くらいだ。世の中に何が面白くて、あんなちっちゃな球を放り投げて、バットで打ったり走ったりするのだろう。

晩ご飯を食べると、植島が自転車で送ってくれた。緑の所でご飯を食べて克美おいさんに送ってもらったことはあるが、植島のような若い男は初めてだ。匂いが違う、とヒナ子は自転車の後ろで思った。

帰りは坂の町の下りなので、バス通りを突っ切り、電車道を渡り、自転車はあっという間に貴《き》田《だ》の家に帰り着いた。

学校の二学期が始まると、八幡の街は騒々しくなる。小中学校は蜂の巣をつついたような喧《やかま》しさだ。朝から夕方まで校庭にはスピーカーが鳴り響いた。十月の運動会に向けて勉強はそっちのけで、行進、入退場の練習が続くのだ。

徒競走の練習ではパン、パン！　とスタートの合図のピストル音が弾けた。昼を食べると次は女子のダンスで黒いブルーマー姿が校庭をくるくる回る。男子の騎馬戦の練習では、祇園町商店街に筒抜けの音量で詩吟の大音声が流れる。ヒナ子は運動会の狂騒が面白い。まず学校の先生が興奮する。行進の列が乱れるとマイクから先生の叫びが流れるのだ。

「誰じゃ、そこ、はみ出とるぞ！　本番になったらお前だちのお父さんお母さんが来るんや。先生の顔に泥ば塗るとか。わかっとるとか！」

わかりません、とヒナ子は心の中でつぶやく。

「子どもに通用する言葉で指導ばしてください」

ヒナ子はマイクの声が恥ずかしい。今年もまた、あの熱烈「八幡市歌」の合唱練習が飽きるほど繰り返される。

天の時を得　地の利を占めつ
人の心の　和さえ加わり

たちまち開けし　文化の都
八幡　八幡　吾等の八幡市
市の発展は　吾等の任務

連日の練習で生徒も教員も校区の住民もげんなりした頃、運動会の秋晴れの日がやってきた。ヒナ子が朝起きると、今日ばかりは台所に菊二がいてタスキ掛けで巻寿司を作っていた。料理の下手なサトに代わって、いざというときは菊二の出番となるのである。

裏で鶏が鳴いたので覗きに行くと、敷きワラの上に産みたての卵が一個転がっていた。ヒナ子は手を突っ込んで卵をつまむと台所に走って帰った。百合子が赤ん坊を産んだときも、なま卵を呑んだという。ヒナ子も運動会で頑張るのだ。茶碗に割り入れて醤油をかけて、ぐるぐるかき混ぜてクッと呑み込む。

お握りと卵焼きをつまんで食べると、

「じいちゃん、ばあちゃん。先に行ってきまーす。後でご馳走を持ってきてね」

台所に声をかけて家を飛び出して、江藤下宿にタマエを誘いにいった。ヒナ子はタマエに「お、や、な、し、ご！」と言ってからしばらく自分でしょげていたが、夏休みをはさんでまたいつの間にか元のように戻っていた。タマエは優しい心根の娘だ。

二人でどんどん早足になって学校へ急いだ。

学校は坂の中途にあるので、電車道から見ると学校の方角の空が薄い黄土色に染まって見える。運動場の砂と土が大勢の人々の足で掻き混ぜられているからだ。狭い運動場に、今年も千五、六百人を超す児童と、その子たちの大家族や親戚、近所の者たちが押し寄せるので、競技が始まると濛々《もうもう》たる砂埃が巻き上がった。

ヒナ子は赤組で、タマエは白組の鉢巻きを締めていた。江藤家もタマエのために辰蔵が弁当を作って、下宿人を連れて見にくることになっている。

「今年は瀬高のおじさんとこの緑さんは、こっちには見に来んのやろか？」

とタマエが言う。

「引っ越して家が遠うなったからね。ばあちゃんが何も言わんところからみると、今年は来ないんやろ」

百合子もまだ姿を見せないのは、赤ん坊の幸生がいるためだろうか。今年の運動会はヒナ子にとって淋しいものになりそうだ。

学校に着くと校門が見えないくらいの人出だった。門の上、塀のそばの木の上、電信柱、通りの家々の二階の窓も開いて人の顔が埋まっていた。

「もしかしたら今日、あたしのお父さんが見にくるかもしれんの」

思い切ったようにタマエがヒナ子に言った。ヒナ子は眼を見開いた。それは大事件ではないか。

「内緒で見にくるかもしれんの。安田さんがそっと教えてくれたのよ」

安田さんは江藤家に花札をしに来る入れ墨の男だ。二の腕に女郎蜘蛛《じょろうぐも》の絵を彫っているが気の良い人物だ。

「わあ、ほんとにお父さん来るといいね！」

「有り難う」

「あたしもね……」

とヒナ子も思わず口が動いた。

「あたしもね、お父さんが来るかもしれん」

今度はタマエが驚いた。

「ほんと?」

思ったよりタマエが吃驚《びっくり》した顔になったので、ヒナ子は押されて、うん、とうなずいたが何も言えなかった。タマエの言葉につられてひょこんと出てきただけである。

「そうよねえ、ヒナ子ちゃんのお父さんも運動会を観たいはずよねえ。当然よね。きっと来るわ。あたしそう思う。きっと来る」

ヒナ子もそう言われると何だかそんな気がし始めた。ヒナ子が赤ん坊のときに何度かヒナ子を貰いにきたらしい話は、小耳にはさんでいたのである。もしかすると今までにも運動会をそっと観に来ていたかもしれない。けれど母親の百合子がそばにいるので、近寄れないのではないか。そして百合子よりもっと恐ろしいサトもいる。

「でも、あたしお父さんの顔を知らんもの」

「周りの男の人の顔を観察してみたら？　お父さんならわりと近い所からじっと、ヒナ子ちゃんのこと見ているかもしれん。それにヒナ子ちゃんのお父さんやから、顔付きもどことなく似てると思うわ」

「そうやねえ」

ヒナ子は映画の主人公の少女になった気がした。

「会えたらいいね！」

「タマエちゃんもね」

タマエは父親の顔を知っているから会えるのではないか。といっても、とにかく学校の運動場は人出でごった返していた。校門を入ると赤組と白組の席は違うので、二人は手を振って別れた。

合図の花火が鳴って、運動会が始まった。

全校生徒の行進に続き、開会の挨拶がすむと、国旗掲揚で日の丸の旗が空に翻り、小学一年生のペンギンダンスが始まった。ペンギンの帽子をかぶった一年生児童のダンスに拍手が湧く。

午前中の部で三年生の徒競走があり、なま卵が力を発揮してヒナ子は二等に入った。二年のときはビリから二番だったから大奮闘である。

ヒナ子は赤組の席に戻りながら、それとなく辺りを見た。おとなの顔、顔、顔がびっしり並んでいる。その顔の中の一つがこちらをじっと見ていないだろうか……。タマエの父親が見にくるくらいなら、ヒナ子の父だって現れても不思議ではないと思う。

三年の女子のダンス、ピンポン玉を載せた杓文字《しゃもじ》レース。ヒナ子は退場門できょろきょろした。

パン、パーン！

運動場にピストルの音が鳴り響いて、午前中の演目が終わり昼食になった。ここで例年の親探し、子探しの時間が始まるのだ。一クラス約六十人の児童として、一年生は八クラスである。二年は七クラス、三年は六クラス。

学年が上にいくにつれて児童の数が少ないのは、この子たちの父親が戦争に駆り出されたせいだ。若者や壮年の男たちは出征して、日本に残ったのは女子どもと年寄りに兵役をまぬがれたわずかな男たちである。学年が下がるにつれて児童数が多くなるのは、出征兵士が帰還して赤ん坊がどんどん生まれたからだ。

運動会の昼食時には、どの家族も子どもとの待ち合わせの場所を決めていた。プールの塀のそばだとか、校門の前だとか、仮設便所の横だとか、砂場の前、花壇の横、足洗い場のそば。運動場の周囲のありとあらゆる目印になるものが、親子の待ち合わせの場所になる。

ところがそれでも毎年、昼食時間が終わりかける頃になっても、まだ親と巡り逢えない子どもがいる。親も子も必死で探すのになぜか見つからないのだ。これだけ大勢の親子がいると、何組かが不運のクジに当たる。

あるいは運、不運は元から仕組まれているようだ。最初からすでに椅子の数は足りないようにできている。運動会の親探し、子探しは人生ゲームのようである。

「ヒナ子っ」

呼ばれて振り返ると百合子が手を振っていた。有り難い。今年はヒナ子は親なし子にならなくてすんだ。

「幸生はどうしたと？」

この砂埃の中に赤ん坊を連れてくるのは無理である。

「植島さんが家で見てくれてる」

結婚して子どもも生まれたのに、百合子はまだ自分の夫をそんなふうに呼んでいる。

「そうか。今日は日曜やもんね」

ヒナ子は百合子に飛びついた。百合子は洋画の女優みたいにネッカチーフをしている。いつまで経っても娘のような気分が抜けない。ヒナ子は百合子に手をつながれてサトの待っている席へ行った。退場門の近くのゴザ席には、菊二とサト夫婦に、江藤辰蔵と下宿人の杉田のおにいさんたちも来ていて、後からタマエもやっとたどり着いて、みんなで賑やかな昼食となった。

ミツ江叔母と緑の姿はやはりない。

サトが重箱を広げた。菊二の手作りの巻寿司。いなり寿司。薄焼き卵を載せた茶巾寿司。だし巻き卵。海老の塩焼き。鶏肉の唐揚げ。ゴボウのきんぴら。干しタケノコのきんぴら。沢庵漬け。江藤辰蔵のこしらえた弁当は無造作で簡単だ。梅干しおかかの握り飯に、卵焼き。塩鮭に沢庵漬け。辰蔵は病気のトミ江と下宿人たちの朝ご飯を作り、掃除洗濯をしてからやってくる。これだけ作れば立派なものだ。

ヒナ子は徒競走も女子のダンスも好きでなかったが、この濛々たる砂埃の中での運動会の昼食に、なぜかこのときだけ心が躍る。毎日がこの運動会のようだったら簡単なのにと思うのだ。

地べたにゴザ一枚の昼ご飯。自分の家も、よその家も境目がない。ずらーっとゴザを並べているだけ。隣のゴザから唐揚げが小皿に載ってくると、こっちからも海老の天麩羅のお返しがいく。金持ちも貧乏人も見分けがつかず、どの子も裸足に土に汚れた体操服だ。

どの子も親なし子みたいで、みなし児に見える。親も祖父母も親戚のおとなも近所の人も、砂埃の下に手拭いをかぶって乞食ルンペンと大して変わらない。運動会はいい。勉強もいらない。服もいらない。家もいらない。一大家なき子の集会だ。

ヒナ子は弁当を食べ終えると、思い出したように辺りを見まわした。いつの間にかタマエの姿が消えている。父親に会いに行ったんだろう。安田さんがどこかで待っていて連れて行ったのに違いない。

「あたし、トイレば行ってくる」

ヒナ子はいそいそと立ち上がった。ヒナ子の頭にいつか菊二が言っていた澤田という男の顔が浮かんだ。彼の顔は知らないので黒い影の顔である。その黒い顔の男がヒナ子をそっと見に来てくれてはいないだろうか。そう思うと自分もこんな所に座っている暇はない気がする。

ヒナ子がここにいることを知らせた方がいいのではないか。けれど澤田という男はとっくにヒナ子を見つけ出して、どこからかじっと見ているのかもしれない。そんなことを思うとヒナ子は背中がゾクゾクし始めた。

父兄の見物席を抜けて、ロープで仕切った通路を歩くと国旗掲揚台の前へ出た。そこにも鈴生《すずな》りの人々がゴザを敷いて弁当を広げている。見物席に入れなかった人たちだ。ヒナ子は人をかき分けて歩いていく。

「ヒナ子」

と百合子が後ろから追ってきた。

「あたしも行くわ」

ヒナ子はがっかりした。百合子がついてくれば、澤田はヒナ子の前に出てこないだろう。百合子と澤田はもう別れて別々である。その二人から生まれたヒナ子だけが宙ぶらりんで揺れている。今さら父親に会ってどうする。けれど顔だけでも見てみたい。ヒナ子の好奇心はむずむずする。百合子が手を握って歩き出したので、ヒナ子は仕方なく運動場の隅にある仮設便所の方へ歩かされた。

運動会当日は校舎の中は立ち入り禁止なので、例年、校庭の南と北の端に教員たちが大きな浅い穴を掘る。そこにテントで囲った仮設便所ができ上がるのだ。

ヒナ子はそこのトイレにだけは入りたくなかった。子どもたちはその恐怖便所に怯《おび》えて、校舎のトイレに忍び込んで用を足す。

いったい誰がどうやってあんな仮設便所を造ろうなんて思い立ったのか。ヒナ子は不思議で仕方がない。運動会の会場に出来た、あのいやに大きな物凄い茶色の淀んだ溜池。人間の恐ろしげな排泄物が沈殿して、一部はぷかりぷかりと池面《いけめん》に浮かんでいる。その池面に白木の長い板が二枚渡してある。

両足を開いて二本の板に跨《また》がって、池の中央までそろそろと前進して適当な所でしゃがみ込む。体重のぶんだけ白木の板がぐうーんと池面に近づく。茶色の池面がお尻の下に近づく。

その光景が眼に浮かぶと、ヒナ子はサトがよく言う言葉を思い出す。

「この世にも地獄ばあるとじゃぞ」

ああ。ばあちゃん、それはあたしの小学校にある。


百合子に手をつながれてヒナ子はとうとう仮設便所の前までやってきた。そこは案の定、長い行列ができている。入口に垂れ幕が下がっているところは、製鐵所の起業祭に立つお化け屋敷とよく似ている。

「ヒナ子。一緒に入ろうね」

百合子が言った。げっ、とヒナ子は顔をしかめる。中は広いので二人で白木の板に乗って用を足すこともできるのだ。テントは二つ張ってあり、隣は男子便所である。ヒナ子はもぞもぞと辺りを眺めまわした。順番が近づいてくる。

そのとき、ドクンと心臓が打った。一人の男の顔がさっきからこちらを見ているようである。距離はあるが眼が合った気がした。男はこっちへ来たいけれど来られなくてためらっているのである。

百合子も彼を近寄らせないため、今日はわざわざ幸生を置いてきたのである。遠くからこちらを見続けている。その人物とヒナ子はつながりがあるのだろうか。千何百か、二千か、眼がまわるようなその大勢の人間たちの中で、たった一人だけヒナ子にとって特別な人間がいるということか。

間もなく順番がやってきた。

百合子が先に立ってテントの幕を潜っていった。ヒナ子がまごまごと立っていると、

「何してるの、早くおいで」

百合子の顔が幕から突き出て、ぐいと手を伸ばしたと見ると、ヒナ子はもう腕を引っ張られて白い部屋に連れ込まれた。内部はテントの白い生地に陽が射して、霧の中にいるように透けていた。悪臭とは違う、もっと身近で射すような濃い臭いが立ち込めている。

眼の前に人糞の溜池があった。大きい。百合子が白木の板の上をゆらゆらと渡っていく。板の中ほどで用を足すため向こう向きにしゃがみ込んだ。百合子のお尻は茶色の池に咲いた白い桃のようだった。

「大丈夫。この板、沈まないわよ」

と百合子が言う。ヒナ子は息を止めて板の上を歩き出した。百合子のすぐ後ろに来てお尻を下ろした。板がゆっくりと池の上でたわむ。

身の毛もよだつ昼間の夢か。

運動会の弁当のなれの果ての集積場。

じごく。じごく。じごく。ヒナ子は呪文を唱えるように繰り返した。吐く息ばかりで窒息しそうになって、溜まった息を吐き出す。百合子のお尻が立ち上がったので、ヒナ子も後に続く。おしっこはろくに出なかった。


仮設便所のテントを出ると、男子便所の入口と並んでいた。ヒナ子がさっきまで食い入るように見つめていた男が、折しもテントの幕を潜っていくところだった。

ヒナ子は立ちすくんだ。

ああ、お父さん、中に入ったらだめや！

胸の中で叫んだ。

そんなとこに入ったらつまらん！　そんなもんば見たらいけん。お父さん、やめてやめて。

ヒナ子はそれからうつむいた。

ひどすぎる。ヒナ子は唇を嚙んだ。

茶色の肥やしの池の畔に、百合子がいて、ヒナ子がいて……、あの男がいる。男がもしヒナ子の本当の父親なら、こんな所で親子三人が巡り会ったわけである。

こんなのいやや、あたしはいやや。

ヒナ子は百合子を置いて駈け出した。

翌日、学校は休みで、ヒナ子は運動場に走って行ってみた。仮設トイレのテントの跡はいつの間にか新しい土がまかれ、もうとっくに更地に戻っていた。

あはははは。笑い声が聞こえた。白雪姫の絵本に出てくる恐ろしい継母《ままはは》が、地面の中から大きな顔を浮き上がらせている。池のような、あらゆるものを呑み込んでしまう赤い口を開けて笑い続ける。何だかその口はローマ字のOの字にそっくりだった。あはははは。

やがて笑い声が遠ざかり、顔はゆっくり瞼《まぶた》を閉じ、Oの字の大きな口は運動場の地面の中に溶け込んでいった。ヒナ子は片足を伸ばすと、運動靴の足でその跡をこすって消した。それからじっと眺めていた。

ズック靴の踵《かかと》でトントンと打ってみる。土はまだ少し柔らかかった。秋の乾いた陽射しが広がっていた。

三

「姉さん。お早う」

晴れた日曜日にミツ江が荒生田の奥から出てきた。

「おう、支度はできたか」

ミツ江が貴田の家の戸を開けると、上がり框《がまち》に腰を据えてサトが待っていた。頭に日よけの手拭いを姉さん被りにして、もんぺにズック靴を履いている。肩に白い頭陀袋《ずだぶくろ》を掛けて、これで竹杖を持てば神サン詣りの出で立ちだ。

八幡の街から遠ざかってミツ江はすっかり気鬱になっていた。久しぶりにやってきた妹の土気色をした顔に、サトは驚いた。それが先週のことだった。

十三人きょうだいの長女といえば、弟妹にとってサトは母親も同然だ。弟たちは夭折、戦死、病死ありで、生き残った者はとくに便りがない。きょうだいが多過ぎると犬猫が散らばるようにさばさばとして、それっきりだ。母親が半ば生みっぱなしにしたように、長姉のサトも知ったことではない。ただ近くにいるミツ江やトミ江だけは心配の種になる。

「ミツ江、お前、齢《とし》はなんぼになる?」

「四十……七かのう」

ミツ江は久しぶりに思い出すように言う。それならミツ江の気鬱の原因は、克美の商売の躓《つまず》きだけでなく更年期の不調のせいもあるだろう。女がその年頃になると心身に余分に負荷が掛かりやすい。子どもを生まなかったミツ江のような身体にはよけい影響があるかもしれない。そこでサトの頭に浮かんだのが「榊姫神社」だった。

「榊姫サンに詣ってみるか」

この地方の女たちには馴染みの神様である。

「そんならあたしが弁当ば作ってくるわ」

ミツ江の声が活気づいた。行く前から効き目がある。

サトが上がり框から腰を上げると、学校が休みのヒナ子もリュックを背負って出てきた。

路面電車の窓から桃園の八幡製鐵アパート群が見える。三駅目で降りると丘陵地が続いている。人家はない。笹藪の中の道を歩いていく。

「おなごの神サンは偉いもんや。男の神サンはただ強いだけやが、おなごの神サンはただ強いだけでは務まらんぞ。亭主がいると子ができる。腹が膨れる。膨れたなら産まねばならん。いろいろ面倒事が起こるわけや」

サトにかかると妊娠、出産も面倒事である。

「神功《じんぐう》皇后サンも大きな腹ば抱えて、朝鮮へ戦《いくさ》に行きなさった。お産が始まらぬように呪《まじな》いの石ば腰に下げて、男の姿で軍船に乗った」

それから戦に勝って帰って後、筑豊の宇美町《うみ》で出産したという話が残っている。「産み」が「宇美」という地名になった。神功皇后は腹の中に十五ヶ月も子を入れていたという。その子が応神天皇となるのだから、どこまで本当か作り話かわからない。

「神功皇后サンはおなごの神さんの大将やぞ。それで大正天皇の病気では皇后サンが、わざわざこっちの香椎宮《かしい》まで来て祈りなさった。香椎宮の拝殿に跪《ひざまず》いてな、二十分以上も祈り続けたちゅうことや」

無理もない。夫の大正天皇は病身で、折から世界大戦による国内経済の混乱など、人知れず皇后の焦慮《しょうりょ》は止むところがなかった。世の中で彼女が頼むのはただ一人、神功皇后の他になかった。地元の新聞によるとその旅で皇后節子《さだこ》はとくに九州帝国大学病院に寄り、産婦人科病棟と分娩室を視察してまわった。

「おなごの身体はわが身と子どもと、二つの体ば併《あわ》せ持っとる。更年期はそのもう一つの身体が役目ば終えるときやからな。調子が狂うのも無理はなか」

後ろからヒナ子がスタスタ歩きながら聞いている。

「ばあちゃん、体の調子が狂うのは子どもを生んだ人だけやないの？　生まなかった女の人も変になるわけ？」

「そうとも。体があれば障りもある。生んでも、また生まずとも、おなごの体であることは変わらん。生めんやったぶんだけ障りが大きかこともある」

ヒナ子にはよくわからない。

道が登り坂になった。周囲に木が繁っているので見晴らしはきかないがちょっとした丘である。登っていくと石段があり、奥まった所に石の鳥居が待ち受けていた。境内《けいだい》を進むと榊姫神社の拝殿に出る。相当の星霜を重ねたおもむきの佇まいで、いかにも女性の神を祀る風情で小さな銅葺き社の梁《はり》や欄間《らんま》の細工が美しい。社の主《あるじ》は平家の落人《おちうど》のやんごとない姫である。

史実によると榊姫サンは平重盛の二男資盛《すけもり》の娘で、平家が下関に落ち延びてきたとき、幼い安徳天皇の侍女だった。それが当時でいう帯下《たいげ》の病となり、幼帝に泣く泣く暇乞《いとまご》いをして陣列から離れ、北九州の八幡浜の庵《いおり》に臥《ふ》した。まもなく平家は壇ノ浦の戦いで敗れ、満六歳の天皇は祖母の二位尼に抱かれて入水《じゅすい》する。

帯下の病は今でいえば子宮癌《がん》のようなものだろう。それでいよいよ榊姫サンは亡くなる間際に一つの誓願を立てたという。

これより以後、自分の命をここの榊の木に移して、世の女性の帯下の病を救おう。

死んで榊姫サンは神となった。

サトはつくづく榊姫サンに感心する。わが身のことだけで頭が一杯のミツ江のような女と、あまねく全女性の病を救おうという榊姫サンとでは、同じように病気をして死んでも、死ぬときの心の在り方がまるで違うものだ。

サトとミツ江とヒナ子は賽銭を入れて手を打って拝むと、秋日和の境内で水を飲んで木陰のベンチで休んだ。お詣りの女性たちがぽつりぽつりとやってくる。年寄りが多いが、年配の母親に伴われた若い女性の姿もある。妊娠しているようで腹が大きい。女性器の病だけでなく、安産の願掛けもおこなわれているようだ。

ヒナ子は夏に行った「蒲生の乳の木」を思い出した。百合子の母乳が足りなくてサトが願掛けに詣ったのだが、あの神木は乳房の形をした幹の瘤《こぶ》に、荒々しい藁の筵《むしろ》が巻きつけてあった。それは雨風の当たる戸外に痛々しく裸の乳房をさらした貧しい農婦の胸のようで、それからするとこっちは平家の位の高い姫君なので風にも当てぬように屋内に手厚く祀られている。

ヒナ子はみすぼらしい蒲生の乳の木を眼に浮かべて、心がしゅんと萎《しぼ》んだ。

サトは梨を剝《む》いて食べながらミツ江の話を聞いていた。荒生田に越した後から、ミツ江は脳がぐるぐる攪乱《かくらん》するようになったと言うのである。どんな症状かと聞くと、ときどき頭にカーッと血が上って熱くなったり、そうかと思うと頭の中に鋭い針を持った蜂がいて、カッ、カッ、カッと飛び回るようだという。サトは黙ってうなずいている。

またあるときはミツ江の腹の中に、ぐらぐら煮え滾る大鍋があって、もうどうにもならぬほど沸き上がると、それをザブリッ！　とひっくり返したくなると言う。鍋はミツ江の心の内にあって、ミツ江は地獄の釜番の女鬼のようだ。その熱い鍋をぶちまけるのも、堪《こら》えて腹に収めているのもミツ江次第なのだった。大鍋を返せばミツ江自身も火傷《やけど》をする。

「克美さんはどうしとる？」

「仕事の注文がなかけん、近くの山ばうろついてるわ。家に帰ったらあたしがぐらぐら煮え繰り返っとるので、恐ろしゅうて帰れんのや」

ミツ江は狐みたいな顔で笑った。愚かな妹だとサトは思う。もともと自分本位で我儘だったから、夫は少しずつ遠ざかっていくのである。男を怖れさせて強がっても、妻の孤独は埋まるものではない。たまに酒など出して克美に酌でもしてやれば、もとは好きで駆け落ちまでした女房を疎《うと》ましがるはずはない。

日曜は明治学園も休みなので、久しぶりに緑も連れてきてやれば喜んだろう。瀬戸内から養女に出されて母を亡くした緑にも、サトは不憫《ふびん》がいくのである。

サトは立ち上がると、もう一度拝殿の方に向かって手を合わせた。

「今、何時や」

ミツ江は金張りの細い腕時計を見る。

「十一時少し前やわ」

「昼の弁当にはまだ早いな。そんなら今来たバス停まで戻って、そこから皇后崎《こうがさき》まで行って「脳の観音サン」で昼にするか」

三人で榊姫神社を後にした。

皇后崎はヒナ子が菊二と川魚を釣りに行く所だが、サトの向かう所は山の中だった。女の年寄りの目指す先はやはり拝み所なのである。二十分ほどバスに揺られて、それから滝の落ちる音を頼りに細い石段を降りていく。滝壺の畔《ほとり》に小さな観音堂が建っている。

北九州の山野には「目の観音」「胸の観音」「足の観音」などもある。目は眼病、胸は肺病、足は膝関節の病などだろうが、「脳の観音」というのは他の観音と違って妙に不気味な呼び方だ。昔は精神病院を「脳病院」と呼んでいたのでその名残りかもしれないが、これはかりは気持ちの悪い命名だ。

ヒナ子は重苦しい気分で石段を降りたが、サトやミツ江はそんなことは少しも気にしない。ここは頭痛持ちや、子どもの夜泣き、神経症の人が詣りに来る。石仏の前の賽銭入れにミツ江が五十銭玉を一個置いた。おばさん、ケチやな、とヒナ子は思ったが、

「それでは足りぬ」

と脳の観音が言うわけもなく、晩秋の陽を浴びて観音像は穏やかに立っている。

「どうど、どうど、妹をお助けくだされませ」

サトが長いこと手を摺り合わせていた。

それからまた石段を上がって、秋陽の射す銀杏の大樹のそばで、ミツ江が提げてきた昼の弁当を開いた。鮭の握り飯に紫蘇《しそ》の千切りと胡麻も混ざって滋味がある。

「ミツ江おばさんのお握りは美味しかねえ」

ミツ江の作る食べ物が美味いうちは大丈夫だ。サトは妹の身を案じながら、ひとまずは自分に

そう言い聞かせて食べる。

克美の門司行きが決まると、バイヤーの野馬が港の近くに小さい借家を見つけてくれた。直ちに暮らしができるよう、タンスに台所の戸棚、ちゃぶ台など最小限の家具も、どこから調達してきたのか運び込まれていた。

縫製の仕事場は借家から徒歩五分ほどの、埠頭のそばだ。戦前からある古いビルの地下だった。どうも手配が早すぎる。野馬は克美にこの話を持ってくる前から、すでに準備をしていたようである。

十一月初旬、わずかな引っ越し荷物を背に負うて汽車に乗った。緑が手伝いたがったが、日曜日ではなかったのでしぶしぶ学校へ行った。ミツ江は荷物をまとめてくれたが、ついてはこなかった。夫婦二人で押し黙って汽車に乗るのは克美も気が進まない。

「そんならあとは頼む」

ぼそりとそれだけ言って家を出た。バスで八幡へ行って汽車に乗った。門司は小倉のすぐ先だから距離にすれば何ほどもないが、普段より遠く感じられた。終点の門司港駅に着くと、その先はレールはぷっつりと切れていた。ここは九州に張り巡らされた鉄道の、起点であり終点でもある。

切れたレールの手前にストッパーが置かれて、車止めの標識が立っている。その向こうはホームの行き止まりで黄菊の懸崖《けんがい》が壁に並べてある。南は大隅、薩摩半島から轟々《ごうごう》と走ってきた長い鉄の箱が、この車止めの前で静かに停止するのだ。赤錆びた車止めや、懸崖菊の鉢は鉄の轍《わだち》に踏み拉《しだ》かれることなく、初冬の弱い日射しを浴びていた。

克美は広島からの自分の人生の転変に思いが及び、しばしその静かな光景を眺めていた。

ここから本州へ渡るには、海路は対岸の下関まで連絡船が通い、陸路は門司駅から鉄道の関門海底トンネルが延びている。門司港は明治三十二年、西日本屈指の外国貿易港として開かれて、三井、三菱、地元の出光《いでみつ》興産など、商社、船会社、銀行のモダンな建物が軒を連ねていた。

克美の仮住まいとなる借家は、六畳と四畳半の二間に板張りが付いた、これも戦前から建っていたものだ。台所は土間で、裏戸を開けると釣瓶《つるべ》のついた井戸があった。明日から克美がここで米を研ぎ、飯を炊かねばならない。緑は休みの日には泊まりに来ると言っている。手押しポンプなら使いやすいのにと、克美は緑のために思った。

荒生田の山間の家に引いていた電話は解約した。もう以前のテーラーに戻れるとは思えなかった。押し入れには克美が野馬に頼んでおいた二組の布団がある。これでいつ緑が遊びに来ても大丈夫だ。

「おうちが二軒もできるなんて面白い」

無邪気に喜ぶ緑の顔を思い浮かべながら、克美は野馬が置いていった差し入れの握り飯を食べ、寝床を敷いて体を横たえた。

天井に電球が一つ。

それを見上げる克美が一人。

静かである。夫婦の諍《いさか》いのない夜の安らかな時間が克美を浸す。そもそも人間にとって、家というのは二軒くらいあった方がいいのではないか。どれほど親密な家族であっても、ときに緩衝地帯が必要なことはある。

人間は世間から避難するために家庭を作り、その家庭からまた逃れるために、もう一つの安息地を欲する。そんなことを考えると、自分が広島からここまで来たことは何だったのかと、克美は灯の消えた部屋で一人息をついた。


仕事場のビルは埠頭に面して、海風が吹き付ける所にあった。野馬が借りてくれたのは地下の広い一室で、かつて船積みする荷物の一時保管場所だったらしい。窓の上三分の一ほどが地上に出ていて、ガラスの向こうは舗道だ。裏通りだから閑散としているが、ときどき、靴を履いた人間の下半身が通り過ぎる。それが女なら楽しみにもなるが、こんな所を歩くのは港で働く荷役夫が多い。

室内の採光はよくないが、壁もしっかりしている。窓の下にミシンを五台並べ、部屋の中央には大きな裁ち台を置いた。ミシンの一台は克美が使う。あとのは四人の縫い子たちのものだ。

裁ち台の上にも三方の大きな棚にも、カーキ色や草色の軍服の生地が置かれて、慣れない眼には物々しく異様に映る。部屋中を非常時の、いかにも戦争色というか、物騒な色が占めている。野馬が最初に持ってきた仕事は、アメリカ兵の戦闘服の上下だった。

いったい朝鮮半島のどこで、どんな兵士たちがこの軍服を着て戦っているのか、克美には知るよしもない。彼らの体格の特徴も、詳しい階級もよくはわからない。

何百枚もの前身頃、後ろ身頃、袖に、襟などのパーツが、裁断されて運び込まれた。サイズごとに分けられた人体パターンが川のように流れていく。その間をミシンが回る。ここへ来て初めて克美は人間の顔が見えない服を縫った。

それまでは採寸から型紙を起こす、一点物のスーツしか仕立てたことがない。これが大量生産のアメリカ流というものだった。

そのうえに軍服の型紙のサイズが違った。肩幅は広々として、胸幅もたっぷりとあり、袖は日本人には持て余すほど長い。ズボン丈は引きずるようで克美の胸に当ててもなお余る。首から下のアメリカ兵の巨軀が、パターンの中から浮かび上がってくる。こんな連中と知らず本気で戦争をしていたのかと思う。

上着はブルゾン型が中心だった。朝鮮戦争の軍服には迷彩柄はないようで、オリーブドラブと呼ぶくすんだ濃緑色が大半だった。その軍服の色が室内を藪の中のように変えてしまう。小柄な縫い子たちの体は戦闘服の草原に呑み込まれる。草原の底でミシンの踏み車をびゅうびゅうと走らせている。

克美は縫い子たちに縫製の部位を振り分ける。前身頃はポケットや見返しがあるので手が掛かる。そういう部位は手の慣れた年嵩の二人の縫い子に振り分けた。

後ろ身頃やズボンのパターンは、十七歳と十五歳の娘に受け持たせた。克美は彼女たちが縫った前後の身頃を接《は》ぎ合わせ、襟と袖を付ける。分担を決めると流れ作業は速い。一番年下の娘でも午前中に、襟を三百枚は縫い上げた。何しろ数をこなさねばならないのだ。

「この二年間の戦争で朝鮮に投入された兵士の数は、四十万とも五十万とも言うとります」

野馬は服地を運び込むとドサドサ下ろしながら言う。

「縫うても縫うても、津波のごと注文が押し寄せてくる。あんたら気合いば入れて縫わんばね！」

縫い子たちは野馬の筑豊《ちくほう》弁にクスクス笑いながら、ミシンを踏む。仕事に追われても娘の顔は明るい。洋服作りが真から好きな子たちである。克美は自分に預けられた縫い子たちに何か感動せずにおれないときがあった。何を指示しても真っ直ぐに彼を見つめてうなずく。緑の素直さと似ている気がする。この娘たちはまだ誰の手からもねじ曲げられたり、妙な力を加えられていない。

地上にはみ出た窓からは、あいにく海は見えなかったが、貨物船の哀愁を帯びた長い汽笛は流れてくる。でき上がった服はその船に積み込まれる。

軍服の生地は厚手の木綿や羅紗《らしゃ》、ダッフル地が多く、よくミシンの針が嚙み込んで止まってしまった。

「無理に引っ張っちゃいかん」

克美は自分のミシンを止めて移動する。娘のそばに行ってミシン針を引き上げてやる。

「よし、縫ってみろ」

ミシンの針はまた銀色に光りながら走り出す。娘の薄桃色に柔らかく脂肪のついた手の指を克美は見る。その肩越しに熟れ始めた桃のような甘い匂いがまとわっている。ふっと嗅いでみる。しかしこんな可憐な花に、克美の持て余すような情欲が発動することはない。

性愛の対象は愛らしい花ではないのである。冒し、穢《けが》し、憎み、殺意の片鱗さえ生じるような、一瞬の魔を孕《はら》んでいる。肉体の交渉は双方の釣り合いの内に生まれる。少年の性欲には少女の体が合う。

克美の相手にはもっと違った女がいる。縫い子たちはみな農家の娘だった。稲藁を束ねたり、担ぎ上げるけなげな手をもっている。その左の手がミシン針の動きに合わせて、慎重に襟のカーブを操っていく。姿のない米兵の首をなぞっていく。

躾糸《しつけいと》の糸目に沿って、一人の縫い子の手は米兵の肩先をなぞり、もう一人は胸板をなぞり、あと一人はズボンの腰をなぞっている。穢れのない娘たちの桃色の短い指が、顔のない大男のトルソォを百も二百も三百も続々と作り出していくのである。克美はふと胸が焦げるような苛立ちを覚える。言いようのない無惨な気分になる。

土曜日になると夕方には緑が息を弾ませてやってきた。黒革の通学鞄と一緒に、寝間着を入れた布袋を提げていた。戸畑市の明治学園からそのまま市内電車に乗ってくるのである。荒生田の奥の家まで帰っていると、冬の日暮れは早く、門司に来る頃にはもう日はとっぷりと暮れてしまう。

「こんにちは！」

と緑はいつも仕事場の方にやってきた。

縫い子たちの仕事は午後五時が定時だったが、キリが付くところまで残業するのでたいてい七時頃になる。

緑はみんなの仕事が終わるまで、向こうの裁ち台で宿題をやったり、窓の外を眺めたりしている。三分の一だけ見える舗道に夕陽が射して、仕事帰りの人間の足が急いでいく。

「お父さん。人の足って面白いわね」

と緑はミシンを踏む克美に言う。

「顔を見るより、ずっと面白いわ。見てるとね、だんだん足だけの生きものになってくるわ。足だけで生きて、考えたりしてるみたい。ほら、ちょっと靴が止まって考えてる。女の人の足よ。あっ、引き返していく。足がね、考えてるのよ」

この子はじいっとものを見る。緑の父親もそんな男だと思いながら、克美はミシンを踏んでいる。

　みんなの仕事が終わる頃合いを見て、緑は慣れない手つきでコーヒーを淹《い》れ、クッキーの缶を開けて皿に盛る。コーヒーもクッキーも野馬の差し入れだ。野馬はキャンプ・コクラやキャンプ・モジに頻繁に出入りしているようで、珍しい飲み物や食べ物を分けてくれた。バター味のするサクサクしたクッキーは、縫い子も緑もとろけそうな顔をして頬張る。克美は分けへだてなく縫い子にも緑にも、クッキーやチョコレートの缶を与えた。

「緑さんは職長さんに似とんなさらんなあ。ふふふ、お姫さんと馬丁みたいやわ」

　一番年下の井上武子という娘が身も蓋もないことを言ってしまう。みんな笑い出した。緑はけろりとして、

「似てないはずです。だってあたし貰い子だから」

　娘たちはしーんと黙った。だが緑は気にする風もない。

「あたしはこの、瀬高のお父さんのね、弟の子なの。だからまったく他人っていうわけじゃないんです」

「なんじゃ、そんなことかね。身内で子どもをやり取りするのは珍しかことやないわ」

　年長の植田正子がそう言うと、他の縫い子たちもほっと胸をなでおろした。

「お父さん。あたし、ジョンにも港を見せてやりたいわ。港は広々として、ジョンたらびっくりするわよね」

緑は切なそうな眼をして言う。

「どんな犬?」

と井上武子。

「耳がピーンと立ってるの。シェパードだから黒い毛の顔をしてるんですよ。ちょっと怖そうだけどとても優しい」

「ひゃー。シェパード犬かね! 見たいわあ」

「でも犬は汽車にもバスにも乗せられないでしょ。ジョンはとてもお父さんに会いたがっているんだけど」

「可哀想なジョンじゃねえ……」

娘たちはクッキーをかじりながらうなずき合った。やがて戸締まりをして外に出る。冬の日は暮れ落ちていた。克美は縫い子たちをバス停で見送ると、それから二人で港を見下ろす坂道を登って帰る。

「お母さんはどうしとるか」

克美は並んで歩く緑に尋ねた。

「山の上のお百姓さんのとこに、椎茸もぎの手伝いに行ってるみたい。夕方、傘の開いたのを一杯もらって帰ってくるわ」

貴田のサトの家にはあまり行っていないようだ。

「だって冬になると、すぐ暗くなってしまうものね」

いいことだ、と克美は思う。

「昨夜は椎茸ご飯だったのよ。美味しかったわ。お父さんに持ってきてあげたかったわ」

「そうかね」

克美はミツ江と緑の、二人だけの夜を眼に浮かべた。

仕事の報酬は面白いように入ってきた。

克美は今まで、こんなカネのまわり方のする世界を知らなかった。朝鮮動乱が始まったのは二年前だが、大金の渦巻く世界は克美の与《あずか》り知らぬ所だった。

生地を裁ち、ミシンを踏み、くけ針を手に、夜を日に継いで服を仕立てる。それも座業であるから家の外とは交渉がない。たまに客の世間話を聞くこともあるが、無口な克美には向こうから一方的に入ってくるものでしかない。だが当時、上客だった高橋や鶴崎の会社こそ、ほかでもない朝鮮特需の恩恵を受けていたのだ。戦争ほど景気に火を付けるものはない。破壊には強大なエネルギーがいるのだった。

そのエネルギーが形を成したのが爆弾や爆撃機で、莫大な軍需物資その他だ。それらの物量を投じて世界はぶち壊され、それが終結すると、また今度は再生のためにエネルギーが投入される。愛や友和や慈悲で世にカネがまわることはない。

「国連軍が朝鮮半島にぶち込んだ弾薬は、先の戦争でアメリカが日本に落とした総量に匹敵するちゅう話です」

と野馬が克美のコップにビールを注ぎながら言う。小倉の飲み屋の奥の席である。

こないだの戦争は四年間だったから、倍の長さだ。

「それこそ鉄の雨あられじゃね」

克美はコップに口をつける。国連軍の主体はアメリカ兵だ。そんな彼らへの軍事・補給基地が、ほかならぬこの日本なのだから、国内の特需景気が天を衝く勢いであるのは当然だろう。

「しかし野馬さん。このぶんでは朝鮮も永《なご》うは保《も》たんでしょう」

「いやいや、朝鮮戦争は終わったとしても、この特需は当分終わらんですたい」

「なんでです?」

「壊してしもうたものは再建せななりまっせん」

と野馬はにやりとした。

「そうですな」

「そやから終結しても、どっちみちまだまだ日本にカネがまわってくる。あたしたちにも入ってくるとですたい」

野馬は舌なめずりするように言うが、克美は逆に暗澹とした気分になっていく。ついさっきこの男から渡された鞄の中の紙幣の束がじわじわと汚れていくようである。聖徳太子の肖像が入った千円紙幣が百枚。この特需景気で発行された新札だ。勤め人の平均給与が五千円足らずのこのときに、十万ものカネをぽんと差し出された。これでひと月半分の仕事の報酬である。

「鉦《かね》太鼓を叩いて探しても、軍服ば縫える職人はめったにおりまっせん。瀬高さんの手の指はカネの生《な》る木や。くれぐれも怪我せんといてくださいよ」

野馬は上気した顔を店の奥へ向けて手を叩き、親爺に焼酎と肴《さかな》を頼んだ。メチルの入ったカストリではない。今どきまともなアルコール類が手品のようにどんどん出てくるのは、米軍キャンプのある土地の店くらいだ。

克美は節の高い自分の手の指を眺めた。自分が縫い上げる軍服の向こうに戦争がある。

克美は追加を一杯飲むと腕時計を見た。遅くなるとバスがなくなる。野馬を急かして二人で店を出た。

赤提灯の並ぶ路地を行くと、背の高い米兵たちが店の軒下に頭がつかえそうな姿勢で、女と何やら浮き浮きとしゃべり合っている。日本人の女がいつの間にか、彼らと親密に語り合えるような英語力を身に付けていた。

戦争が終わってみると、克美がミシンを踏んでいる間に北九州の中心地はこうも変わっている。小倉や門司は市内に何ヶ所もキャンプがあるせいで、飲み屋街は日本人の男よりも米兵の方が多かった。

「知り合いにな、滅茶苦茶ぼろ儲けしとる奴がおるとですよ」

歩きながら野馬が言う。

「あの連中に」

と、すぐ先の店の前で女の肩を抱いている米兵を顎で示し、

「リターン・レストちゅう制度ができましてな。朝鮮で戦うている兵士をこっちに帰らせて、一週間の休暇を与えるとです。その兵士の宿泊所がR・Rセンターとかいうて、すぐそこのキャンプ・コクラの中にある」

「一週間のねえ……」

男の休暇といえばどんなものか、融通の利かない克美にも容易に想像がつく。

「奴《やつこ》さんだちは慰労金の米ドルを日本円に換えて、腰の両ポケットにぎゅうぎゅう詰めして、町のパンパン・ハウスに直行する。あたしの知り合いの一人が、そのハウスをやっとるとです」

克美は小倉の町は不案内で、米軍キャンプの通用門がある木町《きまち》や田町《たまち》もどの辺りかよく知らない。

「なあに、そのすぐ先の門ですたい。勢いの余った若い兵士ばっかりじゃけ、一遍ハウスに入ったら戦地に帰る前の日まで、もう居続けですたい。日本の女だちもよう相手ばするもんです」

米兵に抱かれて腰を仰《の》け反《ぞ》らせている女がいる。キスの仕方もされ方も堂に入っている。克美は自分もこんなふうに鶴崎夫人の唇を吸ったことを思い出した。

「瀬高さん、たかが縫い賃の十万くらいで吃驚しちゃならんですよ。小倉は佐世保に次ぐキャン

プの町じゃ。一ヶ月に帰休兵が落とすカネはざっと四億て言いますたい。話半分でも凄かでしょ。知り合いのハウスは月に百万は落ちると言うちょります」

天下の八幡製鐵所か、性産業か。その両方が戦争のおかげをこうむっているわけだ。路地を出ると表通りもまた店である。冬の十二月の夜というのにどの店のガラス戸も開け放たれ、客引きの遣《や》り手婆《てばばあ》がしわがれ声を出していた。

「ちょいとそこの苦み走ったお兄さん」

最大の世辞を使って遣り手婆が手を差し招く。克美のことである。野馬がささやいた。

「瀬高さん、今夜はここに泊まらんですか。知り合いの店に案内しますたい。あたしの奢《おご》りで今夜はよか夢ば見てください」

しかし克美の足は歩み続ける。

「せっかくじゃけど、明日の仕事の段取りがありますけん、今夜はこれで去《い》なしてもらいます。ごっそうさん《御馳走》でした」

女を見れば直ちに欲情するわけではない。克美は酔っているのに身も心も冷え冷えとしていた。仕方なく野馬が車を手配した。その夜更け、克美は寝静まった門司の真っ暗な家に帰りついた。

初めての給金を縫い子の娘たちに払うと、克美が驚いたように彼女たちも黙って眼をみはった。技術に応じて年嵩から八千円、七千円、六千円、五千円と、彼女たちが今まで手にしたことのない破格の報酬だ。

「正月の支度ができるな。服でも買うか？」

克美が笑うと、娘たちの返事は堅実だった。

「職長さん。正月の服は自分で縫います。野馬社長の会社によか服の生地ば見に行きたか」

「そうか。お前たちは洋裁学校出じゃったな」

娘たちは自分の母親や姉、妹たちの正月支度もしてやるのだと言う。克美は野馬の店で、鶴崎夫人や高橋の病妻の服地を調達したことを思い出した。鶴崎夫人はどうしているだろう。ふと克美の胸が揺れた。高橋の妻はまだあのまま何とか病状を保っているだろうか。その病人に付き添うといって姿を消した妾の澄子も不憫である。

克美がその後を知る女は自分の妻のミツ江だけだ。それも鬱々として不幸をかこっているのだから、ほかの女たちも晴れ晴れと暮らしている者はいないだろう。なぜか男と女が相寄ると、心の晴れることがない。

恋愛も性愛も何と籠もって暗い世界であることか。

そういえばたまにひょっこり鶴崎夫人を思い出す以外は、テーラーを畳んで後、珍しく克美の心に穏やかな陽が射している。

「そんなら今度の日曜は野馬商会に、服地ば買いに行くことにするか」

克美が言い出すと、娘たちが声を上げた。克美は緑にブレザーコートを、ミツ江には丈が短くて着やすいハーフコートを縫ってやろうかと思った。学校の冬休みにはまだ間があった。緑は土曜の午後から克美の所に泊まりに来て、日曜の朝は早く起きて味噌汁を作り塩鮭を焼いた。そんな海の食材も港で安く買えるのだった。

縫い子たちとは約束通り午前十時、門司港の渡船発着所に近い野馬の会社で会うことにした。野馬には電話で頼んでいたので、顔見知りの女性事務員が戸を開けて待っていてくれた。倉庫とも展示室とも見える煤《すす》けた広いフロアで、舶来生地が次々と台上に広げられる。オリーブドラブやカーキ色の軍服とは別世界だ。娘たちはこの生地を買って帰ると、お互いの体を採寸し合って縫うのである。姉妹のようだ。

年嵩の二十歳の植田正子は、母親と姉のコートを仕立てる。ツイードのいい生地で、歩いていると人が振り返るだろう。それも半値が付いていた。井上武子はスカートとベストをこしらえると言う。

漢字の使用制限があったため、娘たちの名前はどれも地味で平凡で、克美は四人のフルネームをなかなか覚えられないでいる。ただ、名前などより生きた娘たちは潑剌《はつらつ》として見飽きなかった。

帰りにみんなで駅まで波止場沿いを歩いた。

風のない暖かい日で海峡は凪《な》いでいた。

事務員が教えてくれた「軍馬の水飲み場」を探して行くと、ちっぽけな足洗い場ほどのスペースに、水道のカランがぽつんと付いている。もう水は出ないようで蛇口は乾いていた。日本中の村々から供出された農耕馬が、軍馬となってここで最後の水を飲み大陸へ運ばれていった。小さい碑には文字がそう刻んである。

馬は神経の細い生きものであるから胴体を腹当てで包んで前後に吊し、鬣《たてがみ》を振り乱し、嘶《いなな》き暴れるのを一頭ずつ、十数メートルもの高さのある輸送船の甲板へ積み込んだ。その数が百万頭を超えたという。

「向こうで生き残った馬たちはどうなったの？」

と緑が聞いた。

「帰りの船はもうなかったんじゃ」

敗戦で日本に帰ってこられたのは、生きて自力で歩ける者だけだ。あとは人も軍馬も軍犬も亡《なき》骸《がら》は外地に置き去りになった。

「可哀想」

緑と武子が消えそうな声で言い合った。

可哀想か。克美は口の中でつぶやいてみる。そう言ってしまえばそれに尽きる。男の克美などは容易に言えない。娘たちはそんな言葉を真っ直ぐ口に出すのだった。

たった七年前の戦争の記憶が、水の枯れた水道のカランのように乾いていく。向こうの桟橋では米兵と日本人の女が写真を撮り合っている。克美は寝覚めの悪い人間のようにふらふらと歩き出した。

四

年が明けて春になると、ヒナ子は小学四年に進級した。背丈はあんまり伸びず体重も増えない。一クラスに五十四人、ぎゅうぎゅう詰めの四年六組で一番チビである。山田良正とはまた同じ組になり、勉強ができないのは二人とも相変わらずだが、良正は体格が良く背も伸びてクラス一だ。製鐵所の高炉マンの父親に顎の張った角顔が似てきた。

ヒナ子の教室は三階の東の端で、教室の窓から八幡の町並みの彼方に薄紫に霞んだ帆柱《ほばしら》連山が見える。昼休み、ヒナ子はそこからもっこり、もっこりと頭を突き出した山並みの天辺《てっぺん》を眺めている。子どもはおかしなことを考える。ヒナ子はとくにそうだ。

あの遠い山の天辺はここと空気が違うようである。

遠い所の景色は押しピンで止めたように動かない。山の天辺は緑の連なりで、あとは空だけ。すごくシンプルだ。あそこの天辺の辺りだけ、下界から大きなハサミでプツンと断ち切ったような感じだ。

小学校の学芸会で、ベニヤ板に木や草を描いて作った舞台装置のようである。あそこへ登ったらもの凄く大きなベニヤ板の背景画がずらっと立ち並んでいはしないか。そんなことを考えると胸がぞわぞわする。

「ヒナ子、何見とる」

山田良正がやってきた。二人が並ぶと年の離れた兄妹みたいだ。

「山の天辺を見とるんよ」

「天辺に何かあるんか？」

「何もないから面白いとよ」

良正はヒナ子がおかしなことを言うのに慣れている。良正も山を見た。皿倉《さらくら》山、帆柱山、河頭《ごうとう》山、花尾山、権現山、と大小の連山が春の陽を浴びて背比べをしている。

「あそこがどうなっとるんか、あたし、見に行きとうなったとよ」

ヒナ子の頭には、絵に描いたような山の天辺の風景の中に、一枚の立て札が打ち込んである。


ここは世界の境目です。この先は行き止まりです。

もう何もありません。

八幡市役所

何もない所とはどんなふうになっているんだろう。山の裏側がストンと切れてなくなっているんだろうか。それともその先は、白い大きなカーテンみたいなものが垂れ下がっているんだろうか。それとも何も描かれていないベニヤ板の林が、ベタベタ張り巡らされているんだろうか。ああ、わからない。不思議、不思議。

良正は口を開けてヒナ子の話を聞いていた。

この少年はいつも暇である。

「そりゃ行ってみんとわからんのう」

と言う。

「それで、ヒナ子はどの山の天辺に行きたいんじゃ」

うーん、とヒナ子は気持ち良さそうにぽこり、ぽこりと突き出た山の天辺を見渡した。真ん中に聳《そび》える皿倉山がひときわ光って、ヒナ子、ここに来い、と手招きするようだった。

皿倉山は登山口のすぐ上にある見晴らし台という所まで遠足で行った。菊二とメジロ獲りに山の中腹までついて行ったこともある。八幡の町の人間はよく登る山だった。

それよりヒナ子はひとけのない、何もない山に行きたい。

ここは世界の境目です、
という立て札しかない山である。

「そんならあっちの山はどうや?」

皿倉山の西に長い尾根がある。山の天辺ではないけれど、いかにも淋しそうな緑の稜線が空に連なっている。夕方になると西日がそこを照らすのだ。

「あんなとこ行ってどうするんや。皿倉山の中途じゃろう。見るもんなんか何もなかぞ」

良正がつまらなさそうに言う。

「行ったことない所に、あたしは行きたいと！」

きっとあそこは原っぱがずうっと続いているんだろう。山頂の緑と空の色が何だか胡散《うさん》臭く見えてくる。あそこには何かこことは違う世界があるのではないか。

「そんならあさっての日曜に行ってみらんか」

良正がきっぱりした声で言う。

「あの山はなんちゅう名前やろ」

「知らん」

良正は首を横に振る。

「どこから登るんやろ」

「どこからでも登ったらよかじゃろ。山の天辺はあの通り見えとるから、目指して行ったらそのうちに着く」

良正の言うとおりだとヒナ子も思った。とにかく見晴らしの良さそうな山である。誰かがあそこに旗を立てたら八幡のどこからも見えそうなくらいだ。

遠目にもハッキリ見えそうだ。

「良正とあたしだけで行くんか」

「二人じゃ悪いか？」

小学四年になるとヒナ子も考えることはある。

「二人がいやなら、ヒナ子一人で行くか？　春先はタケノコが生えとるから、イノシシが食いに出てくるやろ」

良正はにたにた笑いながら言った。

「お前、イノシシから逃げる途《みち》を知っとるか？」

「二人で行こう」

ヒナ子はうなずいた。


約束の山へ行く朝。

九時に祇園町商店街の煙草屋の前で待ち合わせた。そこは「テーラー瀬高」通りだ。今は店を崩して倉庫が建っている。ガラス戸の向こうでは眉間《みけん》に皺を寄せた克美おいさんが仕事をしていた。ヒナ子はそのことを思うと夢のような気がする。

商店街を抜けて、朝日の照る急な坂道を上がっていく。百合子の家が近くにあるが、今日は休日で幸生の父親の植島がいるだろう。親子三人が仲睦まじく暮らしている小さな借家の屋根に、春の朝日が当たっている。

平野川に沿って登ると、日蓮宗の昇道寺の門の前に来る。いかめしい巨人のような仁王が門の両側の網の中に立っている。今にも網を破って飛び出てきそうだ。

ヒナ子は今日はスカートでなく、ズボンにズック靴の出で立ちで気合いが入っている。良正は山に行くというのに通学用の雑嚢《ざつのう》を肩に提げている。

「山で恐竜の化石ば見つけたときのため、スコップも持ってきた」

「だめ。そんなもん掘ったら夕方になる」

ヒナ子はそっけなく言う。

「へ？　こないだまで、お前の父ちゃん、恐竜じゃ、と言うとったやないか。薄情なやつやな」

「もう恐竜のお父さんはいらん」

歩きながらヒナ子はさばさばした声で言う。確かに恐竜も、首の長いキリンも、製鐵所の煙突も、背が高くて大きいものは懐かしい。けれど運動会では会いそこなったが、ヒナ子の父は人間で、生きてどこかの町にいるのである。

八幡の町を見下ろす崖の道に出た。

皿倉山の登山道はすぐだ。

「わし方の父ちゃんはパチンコに行って、チョコレートば取って来てくれるからな。人間の父ちゃんはよかぞ」

良正が嬉しそうに言う。単純なやつ。

「でも良正のお父さんは子どもをぶちくらす（ぶん殴る）から恐ろしかあ。良正も弟だちもよう泣いとる」

良正はウッと詰まる。

「それでも人間のお父さんがよかと？」

良正の父親は夜中も火が燃えている鎔鉱炉で働いて、朝方、カラの弁当箱を提げて八幡製鐵の門から吐き出されてくる。ヒナ子はその父親の水気をしぼり取られたような顔を想像する。

「そりゃわしだちが悪かけん、仕方がなか」

良正の家は男の子ばかり六人もいて、徹夜明けの父親がうるさくて眠れなかったりするのだろう。ヒナ子は菊二とサトの三人暮らしで、年寄り世帯ののんびりした家には想像がつかない。

枝道に来て良正が足を止めた。

「ここら辺りから入ろうか」

ヒナ子は良正の後から従った。道は奥へ奥へと延びている。しばらく進むとひょいと広い道に出た。高い岩の壁があり、赤錆びた鉄の機構が聳えてガランとしている。どうやらそこは昔の採石場の跡らしく、掘削《くつさく》した岩の壁が剝き出しでそそり立っていた。

ということは工事のトラックが通るのだ。とすればこの道は山を下って行くのである。

「天辺はあそこに見えとるのになあ」

良正はうらめしげに言う。掘削した岩壁に沿ってしばらく行くと、やはりその先は下り坂になっていた。町へ下りていくのだろう。そこをさらに下ると熊笹の生い茂った斜面に出た。その中に細い獣道《けものみち》のようなのが一本、上へ続いているのが見つかった。

「ええぞ、近道じゃ」

と良正が言う。斜面が急で上を見通せないが、ここを登ればもう天辺に行き着くしかないようである。二人は獣道のそばに腰を下ろして休み、水筒のお茶を飲んだ。

眼の下は一望に開けていた。

遠くの空の下に八幡製鐵所の工場群が、赤茶けた長い屋根を並べ屛風のような煙突から、白や黒や錆色の煙を吐き出している。その向こうには温いお湯のような色をした洞海湾が広がっている。

二人で熊笹の繁る道を登り始めた。

「良正」

と後からついてくるヒナ子の小さい声がした。

「何や」

「あたし、おしっこ、まりたい《したい》」

良正が振り返ると、ヒナ子はきょろきょろと辺りを見ている。藪の中途だからここでするしかない。

「前を向いとくから、早よせえ」

でも、とヒナ子はぐずぐずして、

「おまえ見たらつまらんど《だめよ》」

「あほ。そんなもん見るか」

良正が背中を向けてゆっくり登っていく。ヒナ子は観念して、くるりと向きを変えてしゃがみ込んだ。ズロースを下ろすと、山風がサラサラと道の下から吹き上げて、ヒナ子のうなじの毛や、裸の股の間を見えない手で撫で上げていく。

ヒナ子はうつむいておしっこをした。透き通ったおしっこがにょろにょろと熊笹の間を流れ下り、葉陰にいた一匹の蟻が押し流されていくのが見えた。

蟻の災難じゃ……。ヒナ子がつぶやく。

そのときヒナ子は背中に妙な静けさを覚えたものだ。振り返ろうとして、しゃがんだまま動けない。良正、見たな。と思ったが振り返れない。良正の目玉が、ヒナ子のお尻にジンジン刺さってくるのである。

立ち上がってズロースを上げながら、ヒナ子は良正と背中合わせに低い口笛を吹いた。

何のこともない。あたし、平気や。

ヒナ子が振り返ると良正は向こうを向いている。その背中がいかにもぎこちなかった。

「待たしたのう」

「ああ」

と良正は気の抜けたような声を出して、胸の中でうそぶいた。

何じゃ、小さい尻やんか……。

熊笹の斜面を登り詰めると上に着いた。

林は木が生い茂ってずいぶん高い所に木漏れ日がちらちら見えた。林の下草を分けて二人はそろそろ歩く。せっかくここまで来たのに空は見えない。カシやタブノキの鬱蒼とした林の中だ。

「ここはどこや」

「山の天辺じゃろ」

「でも木ばっかりよ」

「雑木《ぞうき》の山じゃろ」

「違う！　天辺は野原のはずや。ふわふわって草の生えた原っぱのはずやもん」

ヒナ子は吃驚して頭がぐらぐらした。いつの間に変な所に出てしまったんだろう。夢ではない。登る前に眺めた天辺は陽が降り注いで、明るい広々とした草原が光っていたはずである。あの長閑《のどか》な山頂の景色はどこへ行ったのだ。そしてここはどこなのか？

「あっちに行ってみるか」

良正が気を取り直すようにヒナ子の手を摑んだ。そして奥の方へ歩き出した。下草の中を泳ぐように一足、一足進んで行くと高い崖の上に出た。

煙に汚れた八幡の町が見えた。

「ほら、やっぱりここが天辺じゃ」

良正が息をついた。岩のそばは二人がやっと腰を下ろせるほどの狭い草地である。ずっと狙い定めて登ってきた所は、こんな崖のどん詰まりだった。

「ヒナ子よ。遠くにある景色ちゅうもんは、ちいそうに見える。大きな岩は豆粒に見えるし、林は草っ原に見えるもんじゃ。お前はどこにもありはせん景色ば欲しがっとる」

良正はおとなみたいな言い方をした。ヒナ子は黙って水筒の蓋を開ける。本当に夢のようである。あの天辺は消えたのだ。この先は行き止まりです。もう何もありません。立て札に記してあるその通りだ。


サトは毎日、祇園町商店街へ買物に行く。そして帰りに江藤下宿屋へ寄るのだった。奥の薄暗い部屋には、その日も妹のトミ江が寝ている。

「今日はどうな？　美味か魚をこしらえてやろう」

サトはわが家の台所も同然で、赤魚の半身を煮て三つ葉の卵とじもこしらえた。料理は下手であるが、病人のためにこの頃は工夫をしている。

江藤辰蔵が作る料理は、下宿人用で古い魚や脂の多い肉を醤油辛く真っ黒に煮染めるのだ。本人は酒さえ飲んでいればいいので、病人の栄養は考えない。

煮上がったものをお盆に載せて枕元に置く。

「タマエちゃんはまだ学校から帰らんとかね」

「もう六年生になるけん、学校も遅うなる」

寝床に起き上がりながらトミ江が言った。サトは最近タマエの姿を見ない。以前はよくヒナ子と外で縄跳びなどしていたのである。女の子のいない家の中はどことなくひんやりして薄暗い。トミ江は毛が抜けて禿げた頭にかつらをかぶり、白粉を塗り眉を描いている。自分の妹ながらサトは気味悪さを覚える。辰蔵がよく逃げ出さないのを内心手を合わせて拝んでいる。

「タマエは学校から帰っても、家でよう勉強しとるよ」

とトミ江が言う。ヒナ子にも見習わせたいものだ。けれどタマエは江藤家の娘ではない。わけあって行方をくらませた人物の娘を預かっている。親はその後、音信不通のまま足かけ二年になるのだった。

江藤辰蔵は下宿屋兼金貸し業を商って、今日は貸し金の取り立てに出かけている。サトは辰蔵が洗濯した物を物干しから取り込んで畳む。下宿人の作業着は厚地で洗いにくかろう。そんなものを井戸端で辰蔵はゴシゴシと洗うのだ。吝嗇《りんしょく》ではあるが、この妹婿にサトは頭が下がる。

江藤家を出ると、サトは足を急がせて貴田の家へ帰ってくる。年寄り夫婦と孫だけの貴田家は、江藤下宿屋の暮らしから見れば簡単なものである。

「ただいま」

声をかけて家に上がると中はしんとしていた。ヒナ子もまだ学校から帰ってないのだろうか。

すると奥からふっとヒナ子の低い声がした。

「お帰りなさい」

四畳半を覗くと、ヒナ子がぺしゃんと畳に座り込んで、背中をまるめ何やら縫い物の最中だ。

「何じゃ。帰っとらんのかと思うた」

「人形ば作っとると」

ヒナ子の言う人形は、てるてる坊主である。小さい頃、サトはヒナ子の玩具《おもちゃ》にと人形を作って与えるのだ。しかし不器用なサトが作ると、頭の毛も手も足もない人形はてるてる坊主そっくりになってしまう。それでもヒナ子は喜んで、もう一つ、もう一つとせがむ。

サトもその気になって張り切って、言われるままに作り続けて木箱一杯になった。木箱は旧陸軍の弾薬箱だった代物で、重い錠前が付いている。ヒナ子は毎日その蓋を開けて人形を取り出した。

「ばあちゃん、この箱は人形ばどんどん生みよるよ。ほら、こんなに増えとる！」

弾薬箱から人形が勝手に生まれるわけはない。サトが作り続けたのであるが、そのうちサトも、てるてる坊主が勝手にどんどん増えていく気がしてきた。てるてる坊主の弾薬箱は、以来、ヒナ子のお宝だ。

ヒナ子は学校から帰ると、オイショッ、と重い蓋を開けてそばに座り込む。サトの裁縫箱を出して古裂《こぎれ》を広げると、てるてる坊主作りに精を出す。弾薬箱はすでにてるてる坊主で溢れんばかりだ。

「こげに人形ば増えて、もうよかろうもん」

「いやや。もっと一杯欲しい」

おかしな子や。サトは孫娘を眺める。この子は妙に凝り性で、そのくせサトによく似て不器用で、その上に飽きない性質で、気が向くと一心にのめり込む。

今日もヒナ子は言うのだった。

「ばあちゃんも人形ば作って」

「よしよし、晩ご飯食べたらな」

今夜の菊二は新築の屋敷の襖一式を張り上げて、客の家で祝い膳によばれる。だからサトとヒナ子の二人だけの夕食だ。サトは台所で鶏肉とタケノコと油揚げをぐつぐつ煮る。その一品きりのおかずで、サトもヒナ子もご飯を三杯もお替わりする。

ご飯がすむと電灯の下に二人は座り直した。サトが掌に四角い裂《きれ》を載せて、その真ん中に古綿を入れてキュッと糸で締める。頭と胴体らしきものが同時にでき上がる。

こういう手仕事にも相棒がいる。ヒナ子とサトはいろんなところが似ていていい相棒だ。

ヒナ子はてるてる坊主の顔に墨で目を描く。黒い点々のような目でも描き上がると、その目がヒナ子をじっと見つめている。心を持っているもののような目だ。手も足もないけれど、おぼろげながら人の形をしたものの不思議である。一つ、二つ、三つ、四つ……。畳の上にでき上がったてるてる坊主が積み上がる。

「ばあちゃん。どこまんでん《いっまでも》止まらんね」

作れば作るほど止まらない。

「てるてる坊主の呪いみたいじゃ」

妙なもので作るほどにこの手仕事は熱を帯びて、もっと、もっと、と胸の内から声が湧き出してくる。

てるてる坊主のお浄土じゃ……。

とサトは思う。ハサミを握る手に思いがこもった。

年寄りの願いは家内の安寧に尽きる。

どうどお頼み申します、とサトの口が動き出した。

どうど、どうど、ヒナ子がすくすくと育ちますように。

どうど幸生が元気に育ちますように。

どうど妹のトミ江の病が治りますように。

どうどミツ江の気鬱の病が治りますように。

どうど克美さんの女癖が治りますように。

どうど緑が幸せな娘ばなりますように。

どうどタマエも親元ば帰れますように。

どうど百合子が幸せなおなごになりますように。

どうどうちのじいちゃんが長生きばしますように。

てるてる坊主の黒い目がぽっかり開いている。

明け方近く、ヒナ子は布団の中で重い瞼を開いた。いつもは一度眠ってしまったら朝まで眼を覚まさない。それがこんなことは生まれて初めてだ。夜はまだ明けきらない時分で部屋は真っ暗だ。布団の中でヒナ子の耳が開いている。天井の上には屋根があった。その屋根の上になぜかもう一つ天井がある気配だ。

ゾワゾワゾワ、ドドドドッ。

何かが天井裏を這っている。大きくていかにも重たそうな生きものが、ゾワゾワゾワ、ドドドドッと天井裏を這っていく。天井がゆさゆさと音を立てて揺れた。

「ばあちゃん」

怖くなったヒナ子が隣の布団に声をかけると、

「ああ、眼ば覚ましたか」

とサトの低い声が返った。

「底の抜けるような雨じゃのう」

「まだ降っとるの？」

まるで滝の水が落ちているような響きだった。サトが願掛けに行く菅生《すがお》の滝もこんな音がしたのである。

ドドドドドドッ……。

雨音はますます大きくなる。もう屋根の上だけではない。家全体が滝に打たれてもみくちゃになっている。

「ちょっと外の様子ば見てみるか」

サトが暗がりに立ち上がった気配がする。ヒナ子も起きると手探りでサトの後について部屋を出た。廊下のガラス戸の外は雨飛沫《しぶき》で白く濁って何も見えない。獣が吠えるようなゴウゴウゴウという音がする。雨の吠え声だ。

玄関に降りて戸を少し開けると、たちまち雨の猛獣が風を孕んでゴオーッと襲いかかってきた。ヒャア！　と言ってサトは戸を閉めた。

「窓や。裏の窓から見よう」

滝壺の轟音の中を膝を震わせながら、サトはヒナ子の手をつないで台所へ行く。外は塀一枚で裏の通りが見える。ピカッと稲妻がサトの白髪頭を照らした。

二人は戸棚の横の小さいはめ殺しの窓を覗き込んだ。

「ありゃあー」

サトが声を上げた。道は見えず真っ暗である。その道とおぼしき暗闇を、板きれのような白い物がすうっと過ぎていく。

「ば、ばあちゃん」

通りは川になっていた。

「ヒナ子は寝間着を脱いで服ば着ろ。ランドセルに学校の教科書と筆箱ば詰めろ」

サトが避難の支度を言いつける。幸いまだ水は床の上にはきていなかった。慌ててはならないが、逃げる準備は早くから必要だ。ヒナ子は部屋に手探りで戻って、身支度をした。サトは耳が遠くなり始めた菊二を起こしに奥へ行った。

昭和二十八年六月二十八日のことだった。

六十一年ぶりの大災害となる。

その頃、洪水のことを大水とも呼んだ。この数日、南洋の海に生まれた低気圧の前線は朝鮮半島まで進んで、北九州までせり上がり、集中豪雨に見舞われた。六月二十五日の降り始め初日の北九州は、降雨量一〇〇～一五〇ミリとなって大雨注意報が出た。

翌《あく》る二十六日も前線は動かず、降雨量も一〇〇～一五〇ミリと変わらず、崖崩れ、水害の恐れで大雨警報に替わる。二十七日の雨はさらに勢いを増して、空前の雨水を吸い込んだ地面は不気味に膨れ上がったのである。

暗いうちから起き出していたヒナ子とサトと菊二は、とうに服を着替えてまんじりともせず朝を迎えた。夜中では水が床上まで上がってきても逃げることはできない。外は滝壺の中である。

ようやく土砂降りの中で夜が明けると、戸外は変わり果てた景色が広がっていた。帆柱連山の花尾地区から上流を発する平野川の本流、支流が決壊し、濁流が八幡の町を流れ下ったのだ。ヒナ子の家は平野川から五百メートルほど離れていたが、黒い水が床下にちゃぷちゃぷ揺れていた。江藤下宿の杉田のおにいさんが辰蔵に頼まれて、雨の中を合羽《かっぱ》を引っかぶって様子を見に来てくれた。

江藤家の井戸は泥水が湧き出して使い物にならなくなっていた。幸いヒナ子の家の井戸水は無事だった。杉田のおにいさんは井戸水を持ってきたバケツに一杯汲んで、その上に自分の合羽をかぶせ、滝のような雨飛沫の中をよろよろと帰っていった。

雨はなおも弾丸のように打ちつけてくる。ヒナ子は軒下の窓から黒い川になって流れる表の道を見ていた。近所の白い猫が流れてきた。首輪の色に見覚えがある。死んでいるのだった。それからアヒルの屍骸《しがい》も流れてきた。

その頃、百合子は傾いた家の、台所の柱の陰に座り込んで、幸生にお乳を飲ませていた。居間の畳の上を轟々と平野川の濁流が流れ下っていた。家の周辺は平野川に沿った傾斜地の崖だった。夫の洋一は昨日から市の防災課の応援に駆り出されて、まだ帰らない。

雨は激しかったが、幸生がおとなしく寝ているので、百合子は朝ご飯の支度をしようと台所に行った、そのときふわっと家の空気が膨らんだ。一瞬そんな気がしたのだった。突如、ドンッ！と崖側の部屋の壁が迫り出した。大砲が当たったたような衝撃だ。

百合子は目を瞠った。

幸生の寝ている部屋に向かった。そのときガタガタと生きものみたいに柱が身震いし、天井が落ちてきた。大音響がしたはずだが、その音は覚えていない。豪雨の音がふっつりと消えて、辺りはもの凄く静かだった。

百合子はわが子の方へ、重力のない世界をすうーっと鳥のように飛んで行ったような気がした。それから幸生を抱きかかえて、台所の柱の陰にかろうじて滑り込んだ。何も恐ろしいことはなかった。夢を見ているようだった。

もうすぐ夫が助けに来てくれるだろう。それはもう百合子の確信に近かった。百合子は幸生に乳を含ませながら、崩れかけた家の柱に身を寄せて待った。

五

朝になると雨はしだいに小降りとなり、門司市の空は薄明るくなってきた。克美がラジオをつけると、九州は宮崎、鹿児島を除いた全域が雨雲に包まれているようで、熊本市などはほぼ全戸が床上浸水したという。鹿児島本線は五百箇所近くが不通となり、復旧の見込みは当分立ちそうにない。

克美は雨がやむと、用心のため地下足袋を履いて外を見に出た。長靴は万が一、泥水の深みに嵌《は》まると水が入って歩けなくなる。昼少し前だった。昨日は土曜で、いつもなら緑が学校帰りに泊まりに来ているところだが、この雨で市内電車の線路が水没し臨時休校になっていた。表の道まで出ていくと、すぐ真上の風師山《かざしやま》から川のように雨水が流れ下ってくる。

門司の町は細長く延びた市街地の背後に、風師山、戸ノ上《とのうえ》山系が緑の屏風のように連なって、克美の借家はその麓《ふもと》にある。つまり三十度の勾配の途中に引っ掛かっていて、雨水は流れ下っていくので降っても浸水の恐れはない。

だがこの日は坂の下を見下ろすと、町の様子が違って見えた。昨日まで確かにあった地面がなくなっている。克美は雨合羽を引っかぶって家と仕事場を往復したが、今は一面の泥田の中にどこかで見たような商店があり、路面電車が立ち往生している。奇妙な光景だ。

町の先の港は岸壁が消えている。海に打ち寄せられた瓦礫の山に埋もれて、その向こうには横倒しに腹を出した無惨な船の姿もあった。港通りは水位が上がり、ほとんどの建物が波の上に浮かんで見える。

そんな建物の中に克美の仕事場のビルもあった。

あいにく倉庫も作業場も地下である。ビルの階段口の上から覗くと、扉は完全に泥水の中に沈んでいた。山と積み上げた軍服の生地。縫い上げた服の束。ここひと月半ほどかけた、克美と四人の娘たちの手間が、そっくり扉の中にある。

部屋の中まで水が入っているだろうか。それを調べるのも港一帯を浸したこの水が引いてからの仕事である。克美はビルを後にして今来た方へ取って返した。その頃からやんでいた雨がまた激しく降り始め、見る間に視界が閉ざされる。

ふと克美は行く手の山が膨れ上がる気がした。雨の水煙の間から一瞬それが垣間見える。同時に山と地続きの町全体まで地面が地響きで揺れた。

崩れる。

夢を見ているように克美は泥水の中に立ち止まった。ぐわらぐわらぐわらぐわら。市街区を見下ろす山の中腹から土煙が上がるのを克美は見た。巨大な高い壁となって土石流が滑り落ちてくる。崩れる山は生きもののようだった。山肌に建ち並んでいた集落が、重力の失せた映像を見るようにずるずると流れ落ちる。

麓の町は雪崩《なだ》れ落ちた家の瓦礫や、根こそぎ掬われた山の木々、大岩小岩が打ち重なる。逆さに土に刺さった大木は髪の毛が逆立ったように空中に根を剥き出している。どろどろどろどろ。また地面が鳴動を始めた。どこかであらたな地滑りが起きているらしい。

土砂の海を克美は一歩一歩、泥水の町を行く。家は坂の上にあるので戻ることは危険である。それならどこへ行けばいいか。人の姿はどこにもない。外に出ることもならず家の中で様子を見ているのだろうか。

また山の崩れる音がした。南無三！　思わず拝んで、馬鹿、いったい誰に命乞いをするのか、と自分に怒る。生きる値打ちがあるほどの人間か。激情にずたずたの気分になって克美は泥の海を腰まで浸かって歩く。海が満潮になれば水位はさらに上がるだろう。とにかく高い場所を探そうと思う。

倒木や岩のそばには、首の落ちた鶏や、足の取れた犬の屍骸などが泥に埋まっていた。

「成仏せい、成仏せいよ」

と克美は唱える。駅の近くは泥濘《ぬかるみ》の中に路面電車が埋まっていた。電車道を越えて水中を進むと、荷を積んだ馬車が横倒しになっている。人と馬は綱を切って逃れたのか、荷車だけが流木や瓦礫を堰《せ》き止めている。そこへ異様な丸太が一本、瓦礫に乗り上げていたが、克美がそばに寄って見ると両手の千切れた人間の亡骸だった。

泥人形と化した遺骸は男とも女とも見分けがつかず、どろどろの体の顔や首といわず、胸、腹に長い紐のようなものがびっしりと絡みついている。克美は恐る恐る近づいて眺めた。すると屍骸に巻きついているのは縄や紐のたぐいではない。思わず声も出ずにのけぞった。それは何十匹とも知れぬ死んだ蛇だった。

「おうい、大丈夫か」

背後から小船が近づいてきた。

「手を出せ。引いてやるぞ」

克美は船縁から手を差し伸ばす男たちに、ようやく引き揚げられた。合羽姿の男たちは町内の見回り役のようだった。男たちは蛇が絡みついた死骸に気づいた。

「ひゃあ！　こりゃなんちゅうことじゃ」

「人も蛇もむぞか《無惨な》ことや！」

と悲鳴を上げる。

「山崩れで土ん中の蛇も、巻き添えを食うたんやろ」

北九州の山には蛇が多いことは克美も聞いており、八幡の皿倉山などは蝮山とも言われていた。男たちが亡骸に手を合わせる。克美も一緒に頭を垂れた。

「これでは成仏もできんじゃろ。蛇ば取ってやろう」

一人の男が船縁から腕を伸ばして、亡骸に絡みついた蛇を引き抜こうとしたが、死んだ蛇はキリキリと人の体に食い込んでいる。

「こ、こいつめ！　人間様に絡みやがって！」

「やめれ、やめれ。こいつだちも山津波がおとろしゅう《恐ろしく》て、人間にしがみついたんじゃ」

老人の声が止めた。そうかもしれない。蛇も断末魔に必死で人間にしがみついた。人を頼るのだ。船はゆっくりと亡骸から離れた。このままでは搬出することが難しいので、警察に通報することになる。

「この五、六十年は台風が来てもこんな大水はなかった。ひどか不意打ちじゃ」

年寄りの男が言った。

「おたくはどこに行きなさるかね」

男が尋ねた。

「埠頭に仕事場があるとです。様子を見に行きたい」

「よし、そんなら埠頭へ送りましょう」

年寄りがうなずくと船は海の方へ向きを変えた。


時間が経つと港はしだいにゴミの集積場と化す。山から流れ下ったすべての塵芥が折り重なって堰をつくり、タンスや破れ襖、鍋釜などまで泥水を流れていく。その雑多な漂流物の間に、また無数の蛇に絡みつかれた人間の亡骸があちこち漂っていた。

克美はビルの少し手前で船を下りた。埠頭の近辺は汐留の段差が設けられていて、小船は底を突いて乗り上げる恐れがあるのだった。

仕事場のビルの近くまで来ると、今度は建物の裏手へまわった。そこから二階のベランダに上がる外階段が付いている。ベランダの床には地下室の採光用に、金網張りのはめ殺しの窓があったはずだ。克美は二階へ上がるとベランダに屈《かが》み込んで地下の採光窓を覗き見た。

窓の中に昼の光が射し込んでいる。しかしそこには何も見えない。ということは室内は完全に水没しているのだろう。ミシンも縫い上げた大量の軍服の山も、裁断する予定の積み上げた生地も海水に浸かっている。それはもうゴミである。

克美は階段を降りてまた泥水の海に戻った。

仕事場の状況は何とか諦めがついた。すると今度は坂の上の家が気になってくる。克美の家の辺りも崩壊が起こっているかもしれなかった。町から眺めると克美の家の付近に土砂崩れで破れたような山肌はなかったが、小さな崩れが起きかけていないとも限らない。

克美はまたずぶずぶと水をかき分けて山に向かって歩き出した。今頃、バイヤーの野馬も克美の方の状況が摑めずに、やきもきしているだろう。国鉄の関門海底トンネルを含めて、汽車の全線が断ち切れているのだから双方共に身動きが取れない。急いで帰って野馬に電話を掛けねばならなかった。

町の至る所で泥に埋まった蛇の屍骸を何十匹も見た。いったいここの土地の下にはどれだけの蛇が棲み着いていたのだろう。猫や鶏の屍骸も無数に見た。

克美はこないだの戦争では召集が来て北支へ行ったが肋膜炎《ろくまくえん》を患い、半年で帰された。帰っていなければ命はなかったかもしれない。危うく死を跨いで生き延びてきた。死は近くにある。生と死は二つながら一枚の布地の糸目のように、織り込まれて人と共にある。

克美の叔父は中国の山西省の荒野で戦死した。従兄の一人はミッドウェー海戦で潜水艦と運命を共にした。そのとき叔父や従兄たちと一緒に死んだ人々はどのくらいの数にのぼったろう。従弟の一人はシンガポールのセントーサ島の、要塞を見おろす上空で戦闘機に乗って散華《さんげ》した。

あの戦時中、死は世界を股に掛けていた。それに較べるとこの町を襲ったのは小さい地獄だ。

世界地図を塗り潰すような地獄と、鉛筆の先で突いた点のような地獄。山崩れで泥人形となって死んだ人間の苦に、その人間に取り縋《すが》って死んだ蛇の苦もある。

そして克美の忘れることができない人物、少年であった彼に生きる手立てのミシンの縫製技術を叩き込んでくれた小糸親方を思い出した。世にも不運な男である。自分が手を取って教えた徒弟から、自分の妻を奪い盗られた人物。その親方は広島の原爆投下直後、摂氏五〇〇〇度にも達するという熱線に灼かれた。

一つ一つの地獄は点である。点として存在する。その中には個別の死があり苦悶がある。蛇に絡みつかれて土石流の下敷きとなった亡骸も、鉄を溶かす温度の倍以上もの熱線に灼かれた小糸親方も、セントーサ島の空に散華した従弟も、死は別々にある。

眼の前に戸ノ上・風師連山が聳えていた。生きものの背中みたいな山肌にザックリと何本も深い亀裂が走っている。克美はそのときようやくミツ江と緑の顔を思い浮かべた。八幡の山は大丈夫だったろうか。この数日の雨は八幡の山も襲っている。それからまた、地元から通ってくる縫い子たちの身の上も気になった。

雨が小降りになると、浸水した家々から人が外へ出て来始めた。誰も彼も茫然と泥水の町を眺めていた。克美は派出所に行くことにした。そこへ行けば市内のことも八幡のこともわかるかもしれなかった。派出所の表には人だかりができていた。巡査が人々に被害の状況を知らせているところだった。

山崩れの大きかったのは門司港沿岸の鉄道沿いの町で、清見、丸山、広石、白木崎などに被害が集中しているという。小森江《こもりえ》地区の小学校と中学校が崩壊し、運動場は天から大岩が降り注いだようであったという。

その後、雨は弱まったが二次崩落の恐れがあることから、克美は坂の上の家には戻らないまま、避難場所の公民館に身を寄せた。

三日目の七月一日の朝である。

克美が水の引いた道路の瓦礫撤去に加わっていると、背後から思いがけない声が呼びかけた。

「瀬高さんやないですか！」

泥まみれの自転車を押した野馬が立っていた。

「やれやれ、無事で良かった」

普段はダンディなこの男も、今朝ばかりは開襟シャツにニッカズボンだ。その足にゲートルを巻いて地下足袋《じかたび》で固めている。

「見間違えるごたる姿ですな。どこへ行くとですか」

克美はスコップを握ったまま近寄った。

「ほかに行く所はないですたい。瀬高さん、あなたば探しに来たとですよ！」

野馬は嬉しさのせいか声が高くなった。

「家から自転車でここまで来られたですか」

と克美は野馬の頭から足元まで眺める。野馬の家は小倉市の山手だと聞いていた。

「汽車も電車もあっちこっちで泥に埋まっとるし、行けるところまで行こうと自転車ば出したとです。水が引いたおかげで思うたよりどんどん走りましたばい」

野馬は今しがた門司港の自分の会社の様子を見に行ってきたという。野馬商会の社屋があるのは同じ港でも市の突端で壇ノ浦に近く、克美の仕事場とはだいぶ離れている。野馬商会のある埠頭も流木と瓦礫に埋まった。岸壁に近い野馬の社屋は水の引いた今朝、一階は泥だらけの床に商品が散乱していたという。流木が建物の窓ガラスをぶち抜いて、そこから泥水が流れ込んだのだ。

野馬は一息つくと、克美の手拭いで頬被りした姿を眺めてクックックッと笑った。

「瀬高さんも見間違うとこでしたよ。しかし町内の清掃をしとる暇はありまっせん」

「そりゃ野馬さんも同じことだ。人の格好を見て笑うとる場合じゃない」

久しぶりに克美は笑った。野馬は克美の仕事場も見に行ってくれていた。

「地下室はまだ水が引きません。ポンプを入れて吸い上げるしかないですな」

それは家主がやるだろう。ただもうあの部屋は使えない。ただでさえ湿気の多い海辺の地下室で、この梅雨の季節に泥水の跡が容易に乾燥するはずがない。そんな所に服地を保管することはできないのだ。

「ついでにさっき市役所に寄って、縫い子たちの家が無事か、住所ば言うて調べて貰いました」

と野馬が言う。何と手早い男だろう。

「それで、みんな、どうでしたか」

「大丈夫でした」

克美は安堵の息をついた。

道端での立ち話はキリがない。「ところで」と野馬は揉み手をして言った。

「水に浸かった服は作り直さねばならんです。仕事が忙しゅうなります。覚悟ばしてくださらんか」

克美はきょとんとして野馬の顔を見た。

「仕事と言うても、ミシンは泥水の中です」

「それがちゃんと別の所にあるとです」

野馬は泥まみれの自転車を立て直して、

「じつは西門司にもう一軒、去年の秋に仕事場を借りておりましてな。こっちは被害はありまっせん。自転車でひとっ走り行ってみますか」

「道は大丈夫ですか」

「あたしがここへ来るとき、通ってきたんやから大丈夫ですたい」

話は急展開となった。

「公民館に自転車がある」

と克美が言った。流れてきて使えそうなものが置いてある。それを借りることにした。

「さあ乗って」

と野馬が自分の自転車の荷台を指さす。手際がよい。こうでなければ金儲けはできないのだ。公民館は目と鼻の先だ。克美はそこまで野馬の自転車に乗っていき、それから二台の自転車を連ねて水の引いた町を出た。


ザックリと深傷《ふかで》を負った山並みを右手に見て走る。

途中の川は決壊して大岩小岩の転がる集落もあった。

家々のほとんどは屋根だけが土石の上に頭を出して、建物の下の方は押し潰されていた。その岩々を噛むように川の水は町へ流れ下っている。野馬が朝方通ったルートを二人の自転車は折り返して進んでいく。

小森江を過ぎると被害のなかった穏やかな町の風景が広がり始めた。

門司を発って二時間余り。

目印の西門司小学校に着くと臨時休校のままだった。

「こっちの仕事場は古い民家を借りとります。国道に沿うて庭も屋敷も広々とした所です」

と野馬が言う。被災地を抜けて、ようやくほっとした声である。

たどり着いたのは昔ながらの土蔵を備えた家だった。家主が死んで跡を継ぐ人間も絶えたという。

門を入ると庭の奥に玄関がある。長い縁側が見えてそっちの方が何だか賑やかだ。開け放たれた縁側の障子の向こうから、ぞろぞろと人の顔が現れた。女たちの顔である。それも若い娘たちの顔だ。

「野馬さんや」

「姉さん、野馬さんが来なさったよ」

そんな顔が一つ、二つ、三つ、四つ。

「縫い子たちですよ」

野馬が言いながら自転車を降りた。克美は自転車を停めて娘の顔を見まわした。並んだ四人は十六、七歳だろうか。その顔が天女のように美しく貴く見えた。眼が洗われるように清々しい。

縫い子なら門司の仕事場にもいるのである。しかし土石と泥の原を辿ってきた克美の眼には、娘たちのどの顔にも災禍の翳りはなく、ただ安らかに花のように微笑んでいるかに見える。

「野馬さん。その小父《おじ》さん、どなたさん？」

「おう。これからあんたらと一緒に仕事ばなさる人や」

と野馬が彼女たちに教えた。玄関を入ると式台に腰を下ろし、二人並んで地下足袋を脱ぐ。

奥は戸障子が取り払われて、広い通し座敷が仕事場になっている。奥から涼しい風が通り抜けてきた。パタパタと娘たちが縁の方から出てきて迎える。

「鹿毛《かげ》のお姉さん！　野馬さんがお客さんを連れておいでました」

誰かが奥へ注進に行くと、すぐ人の気配がした。

「おいでなさいませ」

きりっとした若々しい女性の声が響いた。生気がみなぎっている。ああ……。疲弊しきっている克美は、その声に陶然となった。生気とはつまり人間の色艶である。

「ようおいでになりました。大変でしたでしょう」

三十半ばくらいの絣《かすり》のもんぺ姿の女が出迎えた。

「まず足を」

水の入った桶が二つ、足元に置かれる。泥水に浸かった足は蒸れて膨らんでいる。野馬と克美は桶に足を入れて漱《すす》いだ。女が手拭いを野馬と克美に差し出す。克美がためらいがちに受け取ろうとしたとき。

女の手が先に動いて、左手で克美の足を取り、右手に摑んだ手拭いで拭きあげる。

あ。と恐縮する間もない手際の良さだ。克美の足はじいんとした。久しく触れられたことのない、女性の細く気合いの入った指の感触である。

「タエちゃーん。麦茶お出しして」

それから開け放しの仕事場に案内された。二十畳以上はあるような二間続きの座敷に、ミシンが七、八台並んでいる。広い裁ち台は三つ。奥は倉庫代わりの部屋か、縫い上げた服の束や、縫製前のパターンの束や、まだハサミが入る前の生地の束が積まれている。

「こっちは縫い子が四人と、裁縫師の鹿毛さんでやっとります」

と野馬が克美に女たちを紹介する。

「鹿毛悦子といいます」

女が頭を下げると、そばに並んで座っていた縫い子たちも一斉にお辞儀をした。女学校の教室のようで克美はおかしくなった。

「広いですなあ」

克美が辺りを見まわしてつい羨ましげに言った。野馬が傍らに積まれた白い生地を指さして、

「こっちは軍服だけではのうて、雑多な注文もいろいろ受けとるんですよ。これは怪我した兵隊が着る病衣です」

なるほど。

「奥の部屋の方には、兵隊の寝間着もあります」

軍服とそれらを、二組に分けて縫わせているという。克美はそばのミシン台に掛かった軍服を眺める。見慣れたカーキ色の軍服の前身頃であるが、どことなく違う。

「これは？」

「わかります？」

と鹿毛悦子がニッコリした。

「ふふ。アメリカの婦人用軍服です」

言いながら身頃を手に取って、自分の胸元に当ててみせる。階級を表す肩章《けんしょう》は付いているが、いかにも細身の身頃の胸元には、乳房のゆとりを作るタックが二本入っていた。

克美は厳めしい肩章と、その下の乳房を連想した。そのミスマッチが何ともいえず心を溶かすのである。

「なるほど」

克美はわれ知らず笑みを浮かべた。美人ではない、と鹿毛悦子のことを思う。化粧もしていない。眉は太い。背は高すぎて、利発そうで、今までの克美なら敬遠する。ただ一陣の風が吹いたようにハッとなったのは、その服がひどく似合ったからだった。

一瞬、彼女は凛々《りり》しく強いアメリカの女性士官みたいな顔になった。そして身頃を胸から離すと、たちまち絣のもんぺ姿の女に戻った。


昼を食べてないと言うと、素麵《そうめん》が出された。それから仕事の話になった。当分はこの広い仕事場を二つに区切って、克美もここで自分の仕事をすることになった。門司の縫い子たちもここにバスで通ってくるならそのまま働いてもらい、辞める子がいれば、その後の補充をすることになる。仕事は急ぐ。何しろひと月半かけて縫い上げた服がすべて駄目になったのだ。

克美の住まいもこの付近に借り直すことにした。そうとなると段取りは早い。さっそく明日にも野馬と鹿毛悦子が手分けして近所を探してみるという。

「それまでここに寝泊まりしてください」

野馬が有無を言わさぬ顔をした。

「ここにですか……」

胸がむずむずする。

落ち着かない気分のまま克美はうなずいた。

やがて夕陽が射してくる。ここの屋敷の庭も雨水が溢れたようで泥んこだ。その黄土色の泥濘を、燃えるような茜が浄土のように塗り替えていく。

「今からまた門司まで帰るのは難儀でしょう。どうせ公民館の避難暮らしなら、今夜はここに泊まっていってください」

野馬がすすめた。彼は小倉の家まで、ここからは悪路もなく自転車で一気に走って帰ることができる。悦子が着替えを出してきてくれた。糸目の飛んだ不良品の病衣である。

女の手は幾らもあるので誰かが克美の晩飯を炊いて、干物の鰺《あじ》を焼いた。ついでに焼き茄子もできたという。やがて野馬が自転車に乗って帰っていくと娘たちも、

「さよなら」

「さよなら」

と手を振り合っていつの間にかいなくなった。こだまが消えるような哀愁が残った。

「お風呂、沸きましたからどうぞ」

と鹿毛悦子が挨拶に来た。当分、克美が寝起きする奥の四畳半に寝床をのべて、寝巻がわりの米軍兵士用の病衣を畳んで置くと、最後に彼女も帰っていった。

女たちの立てるすべての物音がやんだ後、克美は数日ぶりに風呂に入り、さっぱりした体に白いかぶりの病衣を着た。アメリカ人になったような妙な気分になる。布団に入るとたちまち寝入った。

夢の中で克美はまだ泥濘の中にいた。自転車を押しながら歩いていた。

「助けてください」

「助けてください」

どうぞ、どうぞ、と後ろから悲しげな息も絶え絶えのか細い声がする。振り返ると、その声は地面の下から発せられていて、下を見ればぞろぞろと何百匹もの黒い蛇が克美の後からついてくる。

克美は急いで逃げようとする。しかし蛇たちもそれに応じてスピードを上げ、シュルシュルと黒い縄のように滑ってくる。

「助けて、助けて……」

「あなた、あなた、あなた……」

蛇たちの声は女の声である。

どこまでも追ってきた。

六

ヒナ子が『二十四の瞳』という映画を観たのは小学五年の秋だった。学校から学年別に分かれて町の映画館へ観に行くのだ。生徒数三百人余りが徒歩で行くので長い列ができた。この頭数《あたまかず》では路面電車に乗りきれなくて、ぞろぞろと一時間かけて歩いた。

映画館の中は暗い。上映前はすべての明かりが消えて真っ暗闇になる。それから正面の大きなスクリーンがぼうっと明るんでくる。白黒の映像が浮かび上がってくる。胸がどきどきする瞬間だ。岬の白い道を滑るように一台の自転車が走って来る。スクリーンの中の知らない世界の幕が開く。

わおー！　子どもたちがどよめいた。

ヒナ子はもの凄く感動した。

「ありふれた言葉を使ってはいけません」

と学校の先生は作文の時間に言う。けれど人間があんまり感動したときは、ありふれた言葉しか出てこないのだ。ありふれてない言葉を探す余裕がない。言葉をいろいろ探しているうちに、感動していた心が醒めて、興奮は飛び去ってしまう。

それでヒナ子は『二十四の瞳』を観た感想文に、たった一行だけ、「私はもの凄く感動しました」と書いた。

その映画は大石先生という新米の女教師が、岬の分教場にピカピカ光る自転車を漕いで赴任してくるところから始まる。舞台は太平洋戦争の頃であるから、女性が自転車に乗るということはビックリ仰天ものだ。

その頃、女性のことを、おなご、と呼ぶのが普通だった。それでたちまち「おなご先生」は土地の人々から冷たい眼で見られるようになる。けれど大石先生の自転車乗りにはわけがあった。遠い岬の向こうから遠距離通勤だったのである。

生徒は十二人いた。両目を合わせて二十四の瞳になる。その子どもたちと若い女先生の物語。戦争に行って盲目になる男の子。先生の夫は戦死する。そういう話だ。けれどヒナ子は初めての映画にぼうっとなって、ただ口を開けて眺めていた。

兵隊になって出征した男の子たちの半分は戦死し、ソンキという渾名《あだな》の子は眼を負傷し、杖をついて大石先生に会いに来る。かつていたずらっ子だったソンキが今は静かに眼を瞑って笑う姿に、ヒナ子はウウウッと声を殺して暗がりで泣いた。

十二人の子たちと女先生が影絵になって、映画の帰り道も瞼に浮かんでいた。

「あたし、映画観たい」

以来、ヒナ子がよくそう言うようになったので、百合子は小さい幸生をサトに預けて一緒に映画館へ出かけた。百合子は前の年に起きた八幡の大水で借家が流され、一家でヒナ子の所へ身を寄せて暮らしていたのだ。

ディズニーの『白雪姫』を博多の洋画館まで百合子に連れられて観に行った。


ゴジラの映画がくるという噂が流れた。

八幡の大イベントの一つである小学校の運動会が終わると、街には初冬の風が吹き始めた。西前田の電停近くに「有楽館」という映画館がある。大映、東宝二社の系列館だ。ゴジラは東宝の制作であるから、封切になるとそこで上映されるはずだった。

ヒナ子は学校の帰り、山田良正と有楽館まで行ってみることにした。ゴジラの映画が出来ることは、ラジオでも夏頃から宣伝が出始めていたのである。そろそろゴジラの姿を撮ったポスターなどが、映画館の前に貼られているかもしれなかった。

二人は校門を出ると早足で電車道の方へ下りていった。道の左手には八幡製鐵所の社宅の、四階建てアパートがニョキニョキ建ち並んでいる。

「あたし、映画館の真っ暗いのが好きや。そん中から白雪姫やら七人の小人やら、いろんなもんが一杯出てくるんやもんな」

「ときどきチカンのおっさんも出るしな」

良正がケッケッケと笑った。映画館はいつも満席、超満員で立ち見も出る。冬は観客の発散する熱気が館内の暖房となり、夏は通風のため格子窓を開けると外は商店街の裏通りで、覗き見の顔に塞がれてなお暑苦しくなってしまう。

それでも映画ほどの娯楽がこの世にあるだろうか。おとなも子どもも映画館に通い詰める。チカンが出たときは一声上げると客がつまみ出した。

それより問題は、話題沸騰の『ゴジラ』の入場券が三枚も簡単に手に入るかということだ。映画館には子どもだけでは入れない。サトに連れてもらって行くのである。ただ、券は買えても席が取れるとは限らない。当日は早くから並ばないと立ち見になる。おとなは立ち通しでもいいが、ヒナ子たちは小さいので人の頭にさえぎられて、スクリーンはまったく見えなくなる。

「江藤下宿の親爺は、ヒナ子の親戚のおいさんじゃろ？　そしたらゴジラの切符、おれにも取ってくれんか」

良正はにやにや笑いながら言う。江藤辰蔵は芝居や映画の興行主と付き合いがある。良正は子どものくせにそんなことも知っているのだ。

「ばあちゃんに頼んでみる」

サトと一緒に辰蔵の家へ貰い風呂に行ったとき、一言頼めばいい。

「わあ、胸がどきどきしてきた」

映画館の真っ暗闇から、高峰秀子の大石先生でも、アニメの白雪姫でもなくて、今度は大迫力の怪獣ゴジラが出てくる。ただその肝心のゴジラがどんな生きものなのか、よくわからない。学校の図書室でヒナ子は恐竜図鑑を開いたが、ゴジラの名前は載ってなかった。

「ゴジラて恐竜とは違うんか？」

「違う違う」

と良正が首を横に振る。ゴジラは海の底深く何千万年も眠っていた恐竜の一匹で、それが水爆実験で目を覚まして起き出した。元は恐竜だったのが、水爆のエネルギーで別の生きものに変わったものであるらしい。

「スイバクて何や？」

ヒナ子は何にも知らない。

「広島と長崎に原子爆弾が落ちたじゃろ？　あのでっかい火の玉が原爆で、水爆はそれより何倍も凄か力を持っとるらしいぞ。今年の春、その水爆実験が太平洋のビキニ島ちゅうところであったじゃろう」

「へえ」

ヒナ子は聞いたこともない。というより世の中のたいていの事件はヒナ子の耳のそばを通り抜けて行く。

「ほら、その辺りを通りかかった第五福竜丸が、水爆の死の灰ばかぶって船員が死んだ。朝礼のとき校長先生が言うとったじゃろが」

「ああ、死の灰ちゅうやつか」

朝礼で「ビキニ」の話を聞いたとき、ヒナ子の頭に映ったのは南洋の海に浮かんだ豆みたいな島だ。それがドッカーンと爆発する。そして煙が消えた後にはただ海だけが光っていた。映画館のニュースで観た映像か、ヒナ子の空想なのかはわからない。

「大昔から海の底で眠っとった恐竜が、水爆で眼を覚ましてしもうたんじゃ」

行く手に電車道が見えてくる。手前に有楽館があった。映画館はたいてい二階建てで、こぢんまりとしている。その正面の入口の横に、怪獣の大看板が立っていた。ヒナ子は走って行ってそばで見上げた。

「えずか《怖》あ《い》ー」

悲鳴を上げた。見上げるようなゴジラが二本足で立ち上がり、背中には鶏のトサカみたいな形の大きなトゲをブスリ、ブスリと生やしている。図鑑や雑誌で見る恐竜なんかとはまるで迫力が違う。ギロリと光る大きなまなこ。鋭い歯を剝いた口。そこから赤い怪光線を吐き出している。

ゴジラは生きものなんだろうか。もとは恐竜なのだからゴジラも生きものかもしれないが、獰猛な虎やライオンでもワニでも、生きものには生きものらしい表情があるものだ。けれどこの大看板に描かれたゴジラには、生きものらしい表情がない。

「ゴジラは人間が作り出した鬼や、と杉田のおにいさんは言うとった」

「でも鬼は火なんか吐いたりはせん」

鬼よりゴジラの方がずっと恐ろしいとヒナ子は思う。鬼は人間と同じ体つきをして、手も足もある。鬼は怖い風貌であっても生きものの姿をしている。怪獣ゴジラの恐ろしさは半分は生きものでないところだ。確かに生きているのではあるが、水爆を混ぜてでき上がった奇妙な体である。

「こいつ、電車を口にくわえて食いちぎるんやど」

良正はもう映画を観たように言う。ゴジラの弟分になったようだ。

「それから東京のデパート、踏み潰すんやど」

ゴジラ旋風が日本の首都に吹き荒れるのだ。

「ああ、早ようゴジラ来んかなあ」

良正は恋人を待つように言った。


良正と別れた後、帰る道々、ヒナ子の脳裡にゴジラの顔がずっとついてくる。どこかで見たことがあるような顔である。そんな気がする。だが何かに引っ掛かったみたいに出てこない。

家に帰り着くと、サトが幸生をおぶって庭の洗濯物を取り込んでいた。背中で眠っている幸生も、おぶっているサトも夕陽に当たって、ぬくぬくと幸せそうな後ろ姿だ。奥の部屋の窓際で、百合子がミシンの内職に励んでいる。百合子は植島と結婚しても好きなミシンだけは踏み続け、毎日カタカタ……と軽快な自転車を漕ぐようだ。自転車に乗って、百合子は楽しそうにどこかへ出かける人のようだ。

ヒナ子はふと山手にある昇道寺の仁王像を思い出した。大水の前に百合子がいた町の古い寺で、大門の両脇に一体ずつ見上げるような仁王さんの像が立ちはだかり、近所の子どもたちを震え上がらせている。

「言うことば聞かんと、山から仁王さんが下りてこらっしゃるど！」

言うことを聞かないとサトも言ったものである。二体とも筋肉隆々《りゅうりゅう》の見上げるような巨体で、上の方に恐ろしい顔がついていて、子どもたちはよく見覚えている。

右の仁王は口を閉じていて、左の仁王は頬が張り裂けんばかりに、クワッ！　と口を開けていた。薄暗い大門の金網の中は仁王の何かしらない憤怒《ふんぬ》が渦巻いている。いったい仁王さんは何であんなに怒っているのだろう。なんでやろ？　ヒナ子は不思議な気持ちになる。

原子怪獣ゴジラの火を噴く顔は、その憤怒の仁王さんにそっくりだった。


市内の映画館は昔、芝居小屋だった所が多かった。小屋といっても立派なヒノキの舞台のある建物だ。東京や大阪から有名な芝居役者や漫談家が来て泊まる部屋も設けてあった。そこへ映画の波がやってきて、いつの間にかヒノキの舞台は剝がされてスクリーンが張られ、板の床が取っ払われてコンクリートになり椅子が据え付けられた。

二階に板囲いの小部屋が造られて、板壁に穴が開いた。小部屋の中でカタカタカタカタと円盤状のフィルムテープが回り出すと、一条の青白い光線が板壁の穴からぼうっと出て、スクリーンに映像が浮かび上がる。

白黒の写真のような映像だ。それが軽やかに動き始める。人も馬も車も堰を切ったように動き出した。

写真が動くので、最初のうち映画は「カツドウ写真」と呼ばれたものだ。ヒナ子の家では、年寄りの菊二もサトもいまだに映画のことを
「カツドウ写真」

と言っていた。それで映画館に観に行くことを、

「カツドウば観に行く」

と言い、それをもっと縮めると、

「カツドウば行く」

という奇妙な言葉になるのだった。

そのカツドウにゴジラがやってくる。凄いことである。

有楽館の前身が芝居小屋だったかどうかは聞いたことがないが、八幡製鐵所の西門通りに、もう一軒、映画館があった。

外国映画の古いのがまわりまわってやってくる。ヒナ子は映画館になってからは行ったことはないが、そこは元は芝居小屋だったのだ。当時は「八幡劇場」という名前だった。ヒナ子はサト

についてそこへ行って、身も凍り付くような恐怖芝居を観たものだ。

普段は信仰に篤く人には情をかける年寄りであるのに、サトが朝から張り切って弁当をこしらえ、出かけていく日の演目はなぜか酷いものばかりだった。

ヒナ子が今も忘れられず、この先もずっと記憶に魘《うな》されそうな芝居は、継子《ままこ》いじめというか、いや、継子殺しの身も蓋もない恐ろしい結末の芝居である。ヒナ子がまだ小学校に上がっていない頃のことだ。

幕が開くと照明が落ちて場内は暗かった。上から黒い布を舞台に降ろして、夜の気配を出していた。舞台の袖で見えない太鼓がどろどろどろどろ……と打ち鳴らされ、いきなり不気味な雰囲気である。

舞台に小さい家が一軒建っていた。ベニヤ板を切り抜いたような小窓に障子がはまっている。その中には緑色だったか青だったかの、変な色の明かりが点《とも》っていた。

突如、家の中から小さな女の子の悲鳴が上がる。

「かかさまー。堪忍」

許してくれと切れ切れに声がする。

どろどろどろどろ……とまた太鼓が鳴って、

「ああーーー、痛ーい！」

とまた女の子の悲鳴。そのとたん窓の障子が開いて、中からポーンと白く細長いものが二本、放り投げられた。舞台の床をころころと転がっていく。

「わっ」と場内にどよめきが立った。

ヒナ子の眼が飛び出た。投げられたのは女の子の細い腕である。人形の腕であることは一目瞭然だが、それがだんだん本物の女の子の腕に見えてくるところが凄味である。太鼓の音がどろどろどろどろと流れるうちに、その世界に引きずり込まれていくのだ。

また女の子の悲鳴が流れる。

「かかさまー。堪忍」

場内は凍り付いて固唾《かたず》を呑んでいる。

「ああーーー、痛ーい！」

と振り絞るような声がして、また太鼓がどろどろどろどろ。丸窓の障子が開いて、今度はさっきよりもう少し長くて白いものが、ポーン、ポーンと飛んできた。ころころとそれが転がる。

「わっ」

と場内にどよめきが上がる。女の子の足が二本だ。ヒナ子はパッと両手で眼を覆って、床に突っ伏してしまう。

ばあちゃん、いやや。いやや。もう帰る、帰る。

頭の上では恐怖に満ちたおとなたちの、「わっ」という声がかぶさってきた。小さいヒナ子は「わっ」の声の波の底にいた。息が苦しい。手と足の次は何が飛んでくるのか見えないが、ヒナ子はもう堪えられない。

けれど外へ出るには眼を開けねばならなかったし、立ち上がると恐ろしい舞台が眼に飛び込んでくる。うつむいて眼を押さえているヒナ子の背中を、サトの手が揺さぶった。

「ほれ、ほれ、ヒナ子、早よ見い。今、凄かところや」

サトは喜んでいる。どうかしている。ヒナ子は必死に眼を瞑った暗闇の中で唇を嚙んだ。

ばあちゃんは変である。

ごつい節くれ立ったサトの掌は温かく、ヒナ子は小さい頃からその手で抱かれたり、涙を拭いてもらったり、髪の毛をとかしてもらったものだが、その情愛深い年寄りの手がたとえば八幡劇場の演《だ》し物の、継子殺しの舞台などになると、

「ほれ、見い、ほれ、見らんか」

と怖がらせるのはなぜだろうか。温かい手の裏にヒナ子が怖気だつ世界へ誘い込むような力がある。それは年寄りたちがよく言う「地獄・極楽」の組み合わせみたいに、気味悪い裏表なのだった。


十一月。

粉雪混じりの風が八幡の街に舞い出した。

八幡製鐵所の起業祭の足音もそろそろ聞こえ始める頃、東宝系列の有楽館に、とうとう呼び物

のゴジラがやってきた。八幡の有楽館と小倉の昭和館の表には、電車の車両をバックリと口にくわえた、なまなましいゴジラの雄姿の大看板が取り付けられた。

有楽館から昭和館へ、次は昭和館から有楽館へと、円筒形のアルミ缶に入った『ゴジラ』のフィルムが、毎日、電車に乗って行ったり来たりを繰り返す。映画館のフィルム運びの老人は日に三往復する。菊二が読んでいた新聞の記事によると、東京の「渋谷東宝」に並んだ入場待ちの列は、道玄坂《どうげんざか》という所まで続き、都内では十五万人に達し、この様子では全国の東宝一番館での観客動員数は、百万人に届く予想だとある。

映画を観終わった観客は、おとなも子ども一様にハンカチで眼を押さえ、手の甲で涙を拭きながら帰っていく。水爆実験で眼を覚まされ、南海の果てから東京湾に現れたゴジラは、艦隊の爆雷攻撃をものともせず芝浦に上陸し、口から放射能の光線を吐きながら、防衛隊を蹴散らした。列車を踏み潰し、東京の街を炎に包んだ。

「ばあちゃん。『ゴジラ』ば観に行こう」

ヒナ子が毎晩サトの背を揺さぶるので、サトは辰蔵から招待券を工面してもらった。辰蔵は自宅に旅回りの浪曲師を招《よ》んでいた縁で、映画館の館主たちとは芝居小屋時代からの付き合いがある。

招待券は二枚あったのでサトと良正が一枚ずつ、ヒナ子はチビなので就学未満児ということにする。入口の横にある切符を売る窓口は素通りで中に入った。

いくらチビのヒナ子でも就学未満児には見えないが、そこの女性はサトの顔見知りで暗黙の了解である。席は良正が一時間前から列に並んで番取りをした。

「えずかどー。泣いてもしらんど」

家を出がけにサトが毛糸の肩掛けを羽織りながら言ったものだ。雪になりそうな夕方だった。ヒナ子は、ふんとそっぽを向いた。世の中に八幡劇場の「継子殺し」より恐ろしいものはないのである。

三人で場内に入ると、招待券二枚で二つの席に三つの尻を押し込んだ。サトの尻は幅があり、ヒナ子の尻はほんのちょっとの隙間で足りる。明かりが消えるとざわついていた空気がすうーっと引いていった。

ゴジラの字幕が現れる。芝居小屋の雰囲気の名残りがあるのか、客席からつられて拍手がパチパチパチと鳴る。ヒナ子は尻をもぞもぞと動かした。音楽や物音や人の声ばかりでスクリーンが見えない。前の席はおとなたちの大きな影法師が塞いでいた。

立ち上がっておとなの頭の隙間から覗くと、国会議事堂が映っていた。ゴジラをどうするかで怒号が飛び交っている。

「こら、座らんか」

後ろから男の声がして、ヒナ子は頭を引っ込めた。

「舞台のとこまで行って立ち見ばするか?」

と良正がささやいた。良正も見えにくいのだ。音楽が少しずつ緊迫していくところだった。もうすぐゴジラが東京の街にのっし、のっし、と迫ってくる。ダダダダーン、ダダダダーン、ダダダーン。ゴジラ登場の暗く重い前奏曲が大きくなっていく。

頭の隙間から見ると夜の海だった。遊覧船が灯をともして賑やかに浮かんでいる。そこへ音楽と共に波を分けてゴジラが登場するのだ。頭の隙間から光る大きな目玉が出た。

「わっ」

とヒナ子の喉から大きな声が出た。ヒナ子だけではない、場内全体が「わっ」という声で一つになった。

「よし、行くど」

良正が立ち上がって席を横へ動き出した。通路に出るのだ。ヒナ子もサトの膝の前を背をかがめて通り抜け、蟹のように良正についていった。

ダダダダーン！　音楽は最高潮だ。

観客はゴジラに眼も心も奪われている。座席が取れず通路に溢れた客は新聞紙を敷いて座っていた。良正とヒナ子は新聞紙を踏みながら前へ進んだ。

舞台の下まで来ると、子どもたちが立ち見していた。舞台に顎を乗せたり両手をかけたりして、スクリーンを観るのに特等席である。舞台の端から端まで見通せる。ゴジラの尻尾の先がデパートの看板を振り飛ばすのが見えた。

東京湾から上陸するゴジラの大きな姿を、ヒナ子はもう一生忘れない。夜の海は暗くて、遠くの船で炎が上がっている。背中のトサカが濡れてぬるぬる光っていた。らんらんと光る眼は昇道寺の仁王像だった。ヒナ子は何だかわけもなく懐かしくてたまらなくなった。

「ゴジラーー」

と思わずスクリーンに叫んだ。

「ゴジラーー。あたしがおるけんねー。あたしがついとるけんねーー」

その声に場内からおとなたちの笑い声が流れた。

そのときゴジラが火を吐きながら、ふと首を返してヒナ子の方を見た。眼が合ってヒナ子はドキッとした。大きな、サーチライトみたいなゴジラの眼と、ヒナ子の蜆貝《しじみがい》みたいな小さい眼がチカッと合った。

ゴジラの行くところ敵なしである。火と怪光線を武器にして、ゴジラは大きな影法師と化して進んでいく。爆撃機の攻撃を受けるゴジラは、頭上から、前後左右から猛火を浴びる。手を振り足を振りして敵機を打ち払うゴジラ。その壮烈な姿に観客がいつしか涙ぐんでいる。

敗戦末期の特攻の悲劇を思い出すのか。まだ九年前のことだから、その情景がかぶらない方がおかしい。

ゴジラは進んでいく。高圧線の鉄塔をなぎ倒し、国会議事堂を踏み潰し、場内からは拍手の渦が湧く。勝鬨橋《かちどきばし》を蹴り飛ばすとヤンヤの喝采が上がった。

「ええどう《いいぞう》。ゴジラー、もっとやれー」

とゴジラの応援団である。

ゴジラにも終末の気配がひしひしと迫ってくる。東京を火の海にしたゴジラは、やがて制裁を加えられねばならないのだ。放射能を浴びて不死身になったかに見えた怪獣にも、弱点はあった。神でもロボットでもない生きもののゴジラは、水中酸素破壊剤《オキシジエン・デストロイヤー》なる薬で溶かされることになる。

ヒナ子はその経緯がよくわからないまま、ゴジラの断末魔をスクリーンの間近で観た。苦しみ悶えるゴジラの巨体が映画館の暗闇に大写しになった。ゴジラを殺す薬を作った芹沢博士は、哀れなゴジラと死を共にするためみずからの命綱を切る。

生きものは死ぬのである。

死ぬときには苦しむのである。

ゴジラの断末魔の長い咆哮《ほうこう》に、ヒナ子の胸は破裂しかけた。流す涙でゴジラの姿がぼやけた。

「ゴジラー！　死んだらいけーん。いややー。いやー、いやー！」

とヒナ子が絶叫した。観客席から笑い声が起こり、だがその合間にすすり泣きの声も聞こえた。泣き叫んでいるのはヒナ子だけではなくて、もっと小さい子どもたちは舞台のスクリーンの前で泣き倒れ、声も出なくなるとヒクヒクとしゃくり上げた。

海中にあぶくと共にゴジラの体が沈んでいく。ゆらゆらとゴジラの亡骸《なきがら》を葬るように泡が舞い上がる。

場内が明るくなると、お客は脱力したように顔を上げた。気を取り直した親たちが、自分の子どもを連れに舞台に上がって来た。ヒナ子はその中で一番大きな子どもだった。サトが来てヒナ子の顔をハンカチで拭いた。サトの皺だらけの瞼《まぶた》も赤くなっていた。

館内のすべての人々を泣かせ、連日『ゴジラ』は映画館を大入りにして興業を終えた。

『ゴジラ』の映画が去ると起業祭が来た。サーカスや曲馬団、お化け屋敷が賑わった。緑は学年が進むと勉強が忙しくなって、起業祭に顔を見せなかった。

杉田のおにいさんが非番だったので、ヒナ子は良正と一緒に、鎔鉱炉と軌条《きじょう》工場を見に連れていってもらった。毎年行く所だが行くたびにヒナ子も良正も興奮して、手に汗を握って見た。帰り道、おにいさんの奢りでうどんを食べた。

「二人ともゴジラば観たか」

とおにいさんがうどんをかき込みながら聞いた。

「見た、見た」

「うまいこと出来とったのう、あの怪獣」

恐竜ファンのおにいさんも、江藤辰蔵から『ゴジラ』の切符を買ったのだった。

「あのゴジラは生きものと機械の合成や。その合成された生きものの不気味なとこが恐ろしさの元やな」

おにいさんが箸で宙を差して言う。

「フランケンシュタインと似とるかもしれん。それでもゴジラは元が恐竜じゃからな、人造人間と違うて、どっか愛らしいかとこがある。永遠のゴジラじゃなあ」

「あたしはゴジラの吠え声がえずかったあ」

ヒナ子の耳にその声は生きものの喉から出るのとは別の、太い鉄パイプを強風が通るような冷え冷えとした響きに聞こえた。

「ゴジラの声はどうやって作ったか、知っとうか？」

おにいさんが二人を見た。

「あれはコントラバスの弦を外してな、松ヤニを塗った革手袋で、その弦をキィーキィーとしごいたんや」

「コントラバス！」

その音を大きく響かせたものらしい。映画雑誌に載っていたという。弦の擦れる音か。溜息をついた。どうりであんなに掠れたような、冷たい吠え声が出たのだった。

「熊や虎の声ではゴジラに合わんのや。動物の声はどんな猛獣のでもどっか温かみがあるんやな」

その晩のこと。ヒナ子は夢の中で、ゴジラがのっしのっしと祇園町商店街の坂を上っていく後ろ姿を見た。背中のトサカの棘が月の光に油を塗ったみたいに照っている。坂の上の方に昇道寺の大きな門が現れた。

ゴジラはあそこへ帰っていくのだ。

ヒナ子はぼんやりと思った。そのときゴジラが背中を曲げてひょいと振り返った。有楽館のスクリーンで眼と眼が合ったように、ゴジラはヒナ子の目をチラと見た。そしてゴジラは少し口を開けると、

「オーーーー」

と低い声でヒナ子に長く吠えてみせた。挨拶でもするような優しい声だ。吐き出す息が流れてくると、夢の中なのに温かかった。

「ヒナ子、誰にも言うなよ」

そんな眼だった。それから仁王門の方へのっしのっしと歩いていった。ヒナ子はぽっかりと夜のしじまの中に眼を開けていた。鼻の先に暗い天井があった。

七

昭和三十二年、朝鮮特需に続いて神武景気が起こり、八幡の空高く鯉幟《こいのぼり》の吹き流しのように、煙突の煙が長々とたなびいた。

それもそのはずで戦時中、国内にあった高炉三十七基中、今も稼働しているのは八幡製鐵東田の三基だけである。たったそれだけで敗戦国の経済成長の基幹部門を支えている。この街に降り注ぐ煤煙の文句を言う者は一人もいない。

市制四十周年を記念して、十一月、祇園町商店街から眺める皿倉山に帆柱ケーブルが完成した。麓の駅から山頂まで山懐《やまふところ》にタスキを掛けたように線路が渡り、眼には計れぬのろさで水の雫《しずく》ほどのケーブルカーが昇降する。微《かす》かに、微かに動いている。

中学二年になったヒナ子は花尾中学校の三階の窓から、その遠い景色を眺めていた。こないだまで何にもなかった草ばっかりの天辺に、水滴みたいな電車が登っていくのである。何だか昼寝の夢みたいな風景だ。

山は市の南に位置するので、北の工場地帯から噴き上がる製鐵所の猛煙は届かない。ヒナ子は先週の日曜に山田良正と見に行ったばかりだ。麓の駅は順番を待つ人々で溢れて、結局乗らないまま帰ってきた。

麓の駅で見たケーブルカーは菱形で、今にもひしゃげそうな不安な感じだった。見上げるような急斜面を、その危なっかしい箱型の電車が登っていく。麓と山頂と両方の駅から電車が出るとき、長いベルの音が呼び交わす。中学校の窓まではその音は聞こえてこないが、上からと下からと二台の電車が交差するX字形の地点が途中にある。

ヒナ子はケーブルカーがそこに差し掛かるのを、今か今かと眺めるのだ。しかし二粒の遠い水滴はキラキラ光るだけでいっこうに動かない。

「貴田。どこを見とるか。次を読め！」

国語の教師の声がして、ヒナ子はしぶしぶ立ち上がる。

「か、か、から、ま、まつの、はやしを、い、いでて、か、か、からまつの、は、はや、はややしに、いりぬ。か、か、からまつ、まつの、はやしに、い、いりて、またまた、また、ほほほほ、ほそくみちは、つ、つづけり」

中学二年で、ど、どうして、き、北原白秋のこんな淋しーい詩を勉強しなければ、ければければ、いけないのだろう、とヒナ子は思う。ヒナ子が朗読を始めると、白秋の詩は悲惨になるのである。小さい頃に吃《ども》っていたのが、なぜかまた中学に入ってぶり返し、ヒナ子は国語の時間が嫌でならない。

授業が終わって教師が廊下に出ていくと、ヒナ子はわざと大きな声でみんなにすらすらと読み直してみせた。

「からまつの林を出でて、からまつの林に入りぬ。からまつの林に入りて、また細く道はつづけりーィ」

指されなければこんなに立派に読めるのだ。ヒナ子自身も吃音《きつおん》の不思議に内心で驚いている。友達が笑い出した。吃る真似をしていたのだと勘違いしたのだろう。みんなの笑い声を聞きながら、ヒナ子はフン、と鼻を鳴らした。

あたし、早《はよ》う、学校ばやめてやる。

だんだん学校嫌いの子になっていく。

教室の窓から見るケーブルカーは面白かった。吃りながら教科書を読み終わって椅子に腰を下ろすと、窓の向こうの山ではケーブルカーの位置がいつの間にか動いている。山腹を少し登っている。ヒナ子の眼を盗んで、まるで抜き足、差し足でそろーり、そろーりと進んでいる。

泥棒みたいな電車だ。

授業中のよそ見が多くなった。


「明日、わしもケーブルカーば乗りに行くど」

ヒナ子が学校から帰るとサトが笑顔で言った。

ヒナ子もまだ乗っていないのに、年寄りのサトがどうしてこんなに早やばやとケーブルカーに乗ることになったのだろう。

「山の観音さん詣りに行くんじゃが、ついでにみんなでケーブルカーに乗って天辺まで行くことにした。土日は客が混んで大事《おおごと》じゃろうが、明日なら何とかなるやろ」

山の観音さんはケーブルカーの麓の駅から二キロほど山道を登った所にあり、ふだんは山頂行きケーブルカーにわざわざ乗る必要はないのだった。

サトは明日のお詣りの白装束を出して支度をしている。白い着物に白い手甲《てっこう》。白い足袋《たび》。足にぐるぐる巻き付ける白い脚絆《きゃはん》に白緒の草鞋《わらじ》。胸に掛ける頭陀袋《ずだぶくろ》。頭にかぶる白手拭い。それを全部身にまとうと、幽霊のでき上がりみたいな姿になる。

「久しぶりに天辺まで行って、そこから権現山まで歩いてくるつもりや」

サトが白い着物に手を通してみる。

「ふうーん」

ヒナ子はサトの幽霊姿を眺める。

その格好で町内の年寄りがぞろぞろと、皿倉山に向かって出発するのだ。年寄りがいなくなった町は雨上がりの朝みたいにカラリと湿気が取れていく。何だかもう老婆の団体の山登りだ。

明くる朝、ヒナ子が学校に行くとき、サトはもうすっかり幽霊の装束ができ上がってお詣りの金剛杖をついて、学校へ行くヒナ子より一足先に家を出た。年寄り仲間を誘いにいくのである。

「ヒナ子が勉強ば出来るごと、山の観音さんにお願いばしてきちゃる」

そんな願いばせんでもよか。

ヒナ子は心の中で言って家を出る。

可哀想なばあちゃん、とヒナ子は思う。

齢《とし》を取ったサトの願いは自分の健康でも長生きでもなくて、ただ娘と孫たちの幸福を思うばかりだ。ヒナ子が学校が嫌いなことを知ったらサトはさぞがっかりするだろう。そんなサトの現在の憂いの種は、今年五歳になった孫の幸生の夜尿症《おねしょ》である。

母親の百合子は毎日、ぐっしょり濡れた幸生の布団干しと寝間着や肌着の洗濯から解放されることがない。百合子はミシンの内職に追われていて、もしや幸生をひどく叱ったりしないだろうか。それでなくても幸生は体が弱く、何度か肺炎で入院しているのである。サトの白髪頭にはそんな心配が影を深めているのだった。

山に近い教室の向こうの空はよく晴れていた。今朝もそろりそろりとケーブルカーが登っていく。ヒナ子は数学の時間も理科の時間も、そわそわしながら山肌に眼を貼り付けた。朝露の玉みたいに光るケーブルカーが山頂へ上がっていくのが肉眼で見える。

大勢の年寄りが次々と、天国、いや、山頂へと運ばれていく。麓のケーブルカーの駅に並んだ年寄りの白装束が、ヒナ子の眼に眩しく映った。ガチーンと金属音がして、ケーブルカーが階段状のホームに登り詰める。長いブザーが鳴り響いて、

「到着ゥー。山の上駅ィー」

語尾の長いアナウンスの声がする。白装束の老婆の列がぞろぞろと杖をついて降りてくる。山の上駅のホームはたちまち老婆たちで溢れ返る。

ヒナ子はまるで見ているようにそんな光景を想像した。


その日の夕方である。

ヒナ子が家に帰ると、玄関に見覚えのある女物のローヒールと紺色の小さい幼児靴が並んでいた。アッとヒナ子はズック靴を脱ぎ飛ばして中に上がった。

「幸生ちゃん！」

茶の間に飛び込むと、案の定、割烹着のサトの膝に幸生がチョコンと乗っていた。そばに百合子がロングスカートの裾を広げてけだるそうに横座りしている。

「ばあちゃん、ケーブルカーに乗ってきた？」

ヒナ子が聞くとサトはふむと首だけうなずいたが、その顔を見ると、今し方、皿倉山の天辺に上って来た人間とは違うようだ。何だかずっしりとこの世の重力に固められたように座り込んでいる。

「どうしたん？　ばあちゃん」

ヒナ子がそばに寄って幸生を抱き取ると、横から百合子が言った。

「お母さんね、離婚するとよ」

浮かない顔で、浮かない声だった。

「離婚て？」

「ヒナ子も知ってる植島洋一さんと別れるのよ」

げぇっと、ヒナ子は蛙みたいな声を出した。

横からサトが百合子をたしなめて、

「子どもにそげなことば知らせんでもよか」

「だって、ヒナ子はあたしの子どもやから言うて聞かせるのよ。子どもでもちゃんと教えておかんとダメなことがある。知らんではすまされんわ」

百合子はヒナ子の眼をしんと見た。

「ごめんね、ヒナ子」

と手を伸ばすと髪をそっと撫でた。

「お母さん、植島さんのこと好かんようになったと？」

ヒナ子はまだ植島のことをどう呼べばいいのか迷っている。百合子の夫ではあるが、ヒナ子は貴田の戸籍に入れられているので、父ではない。戸籍上、百合子は姉になるのだから植島洋一は義兄である。だがお義兄《にい》さんと呼ぶのは抵抗がある。

こういうことは百合子が結婚したとき、最初にきちんと何と呼ぶか決まりを作って呼ばせるべきだったのだ。それをずるずるなし崩しにしたのは、百合子だけではない。菊二とサトにも責任がある。年寄りは甘いと江藤下宿の辰蔵もよく言っている。

「うん、もう好きじゃないとよ」

「なして」

とヒナ子が聞く。

「そうじゃ。なしてじゃ？　どげしてそんな気持ちになったんじゃ」

とサトも詰め寄っていく。

百合子は顔を上げ、胸を張るようにして言った。

「洋一さんは優《やさ》しゅうてよか人やけど、物足りん」

「物足りん！」

サトの濁って薄黄色い眼がパッと見開いた。

物足りないのだと？　自分の夫が？　菊二と夫婦になって以来サトは一度もそんなことを考えたことがない。チラとも頭をかすめたこともない。そもそも女房にとって、じゅうぶん満足のいく、物足りる夫などがいるだろうか。

菊二のような定収入のない建具《たてぐ》職人で、襖や屏風に山水画を描いて、メジロ獲りとその鳥籠作りが無上の楽しみであるような男を夫にもつサトから見れば、夫という者はもとから女にとって不足の、不十分な、満足のいかない相棒である。

だがその足りないぶんは夫に求めるより、自分が勝手に補っていくものだと、明治・大正から結婚生活を送っているサトは割り切っていた。

「物足りんやと？　よう働いて、給料ばちゃんと持って帰って、そのうえ優しゅうて、それで物足りんやと？　そんならお前は、ろくに働かんで、給料は外で遊んで使うてしもて、それで女房子どもを殴る蹴るするような男がよかか！」

「そんなことは言うてないわ」

「言うとる！　わしの耳にはそんなふうに聞こえるど。洋一さんはヒナ子にもようしてくれる。学校の費用も出してくれなさる。わしだちにも何かと気を遣うてくれなさる。お前は人間らしか男が気に入らんで、どんな男が良いと言うんか」

「男の人はもういらんのよ！」

「なんち」

サトは気圧《けお》される。

「あたし、仕事して自分で働いて暮らしたいと。男の人が家に帰ってくるのを、ご飯作って待っとる生活がもう嫌になったと」

ヒナ子は幸生を抱いたまま固まっていた。何だかこれ以上聞いているのが苦しくなる。ヒナ子はまもなく十三歳で、祖母の言うことも母の言うことも少しは聞き分けられる。

「ヒナ子、幸生ば連れて外で遊んでこい」

とサトが言った。これ以上、子どもに聞かせたくはない。ヒナ子がうなずいて幸生の手を引くと表へ出ていく。玄関の戸の閉まる音がすると、サトは口を開いた。

「じいちゃんは許さんと言うやろ」

「でもあたし、もう決めたん」

「決めた？」

「ばあちゃん。ごめんなさい」

と百合子は消え入るような声で言った。サトはまじまじと百合子の顔を見た。

「そんなら幸生はどうする気じゃ。おなごが働きたいと思うても、小さい子ば持ってどうやって働くことができるとか」

「ミシンがあるわ」

百合子は答えた。

八幡の中央区に丸物百貨店がある。そこへ行くと東京と同じ洋服やバッグや靴が売られている。百合子はそこの婦人服売り場で補正の下請けをしていた。

朝鮮特需に続く神武景気で、百貨店の倉庫はマネキン人形の林ができている。服を売っても売っても女性客は引きも切らない。下請けでなくいっそ正社員にならないかと、百貨店から声が掛かった。

最近になって雨後のタケノコみたいに出てきた町の洋裁学院と違って、百合子は数少ない戦前の洋裁学校を卒業していた。誘いが来ても不思議はない。

「幸生やヒナ子のことを考えると……」

と百合子は言い淀んで、

「内職仕事じゃどうしようもないやろ？」

「植島さんは幸生のことはどう思うておられるか」

「あの人は親もないし、あたしと別れたら、男手一つで幸生を育てる自信はないって言うとよ」

「それでお前が幸生を引き取るとか？」

「母親が育てるのが一番と思うわ」

その母親を助けるのはサトしかいない。

百合子が丸物百貨店に勤めることになったら、幸生の面倒は誰がみる？ 言わずと知れたサトである。そのためには百合子と幸生を今度はサトが引き取らねばならないだろう。

サトはしだいに百合子の側に気持ちを寄せていく。しかし、百合子が家に帰ってくると町内に出戻りの事実が筒抜けになってしまう。これは問題である。

「…………」

サトは見えない壁に白髪頭を打ち付けたように、座り込んで黙っている。

年が変わると、幸生は貴田の家に預けられた。百合子は丸物百貨店へ路面電車で一駅の春の町に家を借りて通勤する。歩いても十分ほどの距離だ。そして休日には四駅乗って幸生に会いにくる。近所には百合子の離婚はふせてある。

ただし江藤下宿が電話を引いたので、百合子の離婚はそのうち瀬高の家にも伝わり、久しく姿を見なかったミツ江がやってきた。風邪でもひいたのかミツ江はマスクをはめていた。手には大きな包みを提げている。

「百合子ちゃん、離婚したんだって？　トミ江姉さんから聞いたわ。せめて幸生に入学祝いでもやろうと思うてね」

「幸生の入学は来年じゃ」

サトが呆れたように言う。

「あらそうかい。そんなら来年用にすればいい」

ミツ江は笑って屈託がない。

それから眼をきょろきょろして幸生の姿を探す。

「さっきヒナ子が外に遊びに連れて行った。あの子がおるんで助かっとる。幸生もよう懐《なつ》いてのう」

「父親は違うても、きょうだいじゃからね」

と言いながらミツ江はマスクを外すと、包みを開け始める。丸物百貨店の包装紙の中に紙箱が入っていて、出てきたのは男児用の黒いランドセルだ。

「この家からヒナ子の後に、ランドセルば背負うた子が出るとは、よもや思いもせんやったわ」

ミツ江は取り出して、どう？　と腕に掛けて見せるが、サトはその顔を呆気に取られて見ていた。マスクの下から現れたミツ江の鼻が青黒く鬱血《うつけつ》している。

「その鼻は、ど、どうしたとか！」

元来、ミツ江の鼻はのっぺりした顔の中で、鼻梁のないぺちゃんと鼻だった。それがしげしげと眺めると青黒く腫れてはいるがその鼻が細く高くなっている。そこだけ見れば女優のような鼻である。

隆鼻術《りゅうびじゅつ》！　というものだ。

サトもその噂は何となく聞いていた。近所に大きな建材屋があって、そこの女経営者の鼻が去年だったか、婦人会費を取りに行ったとき、ただ一度だけ見たが、ミツ江とよく似た青あざが浮いていた。

この女は噂によると誰かの妾であるらしい。鼻だけでなく瞼《まぶた》の手術も受けて、眼は二重、鼻はアメリカ人のように尖《と》んがっていた。ミツ江は、眼はそのままで、鼻だけを整形したようだった。それでもだいぶカネがかかったことだろう。

「何ね、気がついたと？」

バツが悪そうにミツ江が言った。

「姉さんと違うて、あたしにゃあたしだけの苦労があるとよ。色も白うならねばいけん。鼻も高うならねばいけん。女癖の悪か男を亭主に持つと、せんでもよいこともしてみるとよ」

そのカネも出所は、その女癖の悪い亭主の懐からだ。

「それはお前の自由というもんや。わしは何も言うたりはせんど」

サトは肩を落としてうなずいた。

「親きょうだいに迷惑かけるわけではないしな」

「それより百合子ちゃんは……」

とミツ江は声を低くして、

「よう思い切ったもんや。子どももあるというのにな……」

ミツ江は夫の植島洋一の顔を思い出した。市役所に勤めているのだから、やがて百合子よりもっと情のある妻をもらってほしいとしんから願う。

しかし、戦争が終わって変わったのは現人神《あらひとがみ》から人間になりなさった天皇さんだけではない、とサトは思う。おなごも変わったのである。普通の家庭の主婦が、ケチのつけようのない夫におとなしすぎて物足りないと離婚を申し渡し、そしてまた役者・俳優になるわけでもないのに隆鼻、眼瞼の美容手術を受ける。凄かもんじゃ。

サトは火鉢に掛けた鉄瓶の湯でお茶を淹《い》れた。

「幸生は元気かい」

「それがねしょんべん坊主たい」

幸生は赤ん坊の頃から虚弱で、ねしょんべんの癖があった。貴田の家に来てからも、布団を濡らさなかった日は一日とてない。心配になったサトが近所の通称、下手《へた》先生、本名は瀬田先生の医院へ連れていくと、夜尿症は神経の細い男の子に多く起こり、成長するにつれて自然に治ってくると、老人の医者は諭《さと》すように言った。

「ばあちゃん。男の子は逞《たくま》しゅう育てなっせ」

さいわいに薬もいらなかったし、幸生はサトやヒナ子によく懐いて、母親を恋しがって夜泣きすることもなくなった。ただサトは晴れた日も雨の日も、濡れた布団を干した。

もう赤ん坊ではないのだから、無理にオシメを当てさせても、寝相が悪くて漏《も》れてしまう。そのうち幸生のねしょんべん布団からキノコの傘が生えるのではないかと、サトの悩みの種は続く。

「そんなら姉さん。また、滝の観音に詣ってみらんか」

ミツ江が言い出した。何事か問題が起こるとこの二人の頭に浮かぶのは、八幡の山中に滝の飛沫を浴びて苔生《こけむ》している石の仏たちだった。サトは一も二もなくうなずいた。それで幸生も連れていくかどうかである。

下手先生が言うように、逞しく育てるには山歩きはもってこいだ。それなら途中で足が疲れたらおぶっていけるように、緑とヒナ子も連れていくことにしよう。年寄りの相談は自分勝手ですこぶる早い。

学校はちょうど春休みで、子どもたちを連れた山歩きにはもってこいの時期だった。早いもので四月になるとヒナ子は花尾中学三年に進級し、緑は去年、明治学園高校を卒業して福岡の私大へ進んでいる。

進学といえば江藤下宿で養ってもらっているタマエも、前の年に花尾中学を卒業して八幡中央高校に通っていた。途切れ途切れに連絡を寄越していた父親が送金を始めたからだった。

四月に入ると辺りの山々は桜の薄紅色に包まれる。新しい暮らしが始まるのは、結婚生活を打ち捨てた百合子ばかりではない。

「ミツ江や。いったいお前のその鼻の青じみはいつになったらもとに戻るんじゃ？」

「気にせんで。そのうち自然に色が薄うなるから」

話がまとまると、ミツ江は青黒い鼻をまたマスクで覆って、いそいそと家に帰っていった。

晴れた朝、製鐵西門前の電停で待ち合わせると、ミツ江と緑が電車から降りてきた。しばらく会わないうちに緑はおとなの女の人みたいになっていて、ヒナ子は見間違うところだった。ミツ江の鼻はマスクこそ外しているが、まだ青じみが残っている。鼻が高くなってますます狐顔である。

「ヒナ子ちゃん、大きくなったわね」

緑が眼を細めて言うが、ヒナ子の身長はようやく百四十二センチメートル。一年に二センチやっと伸びたのだった。幸生はもっと小さい。この体でミツ江が買ってくれたランドルセルを背負って通学できるものか、とサトは案じている。

思い出せばヒナ子が小学一年になったとき、学校が嫌だと泣く背中に赤いランドセルを背負わせ、それをサトがおぶって半年以上も毎日、小学校へ通ったのだ。もしかすると今度は幸生がそうなるのかもしれない。それなら滝の観音に詣って願を掛けるのは幸生の夜尿症より、サトの今後の健康だ。

子ども連れなのでさすがにサトも今日は普通の服にもんぺを穿《は》いた。足は菊二の地下足袋を借りて固める。幸生を背負う覚悟の姿なのだろう。

電停から真正面に、帆柱ケーブルの線路をタスキに掛けた皿倉山が聳えている。今日、サトたちが行く滝の観音は、五合目から権現山へ通じる岐路にある。

「ばあちゃん。ケーブルカーに乗らんの！」

ヒナ子が山道の入口で振り返った。皿倉山頂行きのケーブルカーのホームが見える。人が溢れていた。あそこにいる人間たちはもうすぐ山の天辺に運ばれていくのである。斜面のホームに菱形の電車が、山頂駅を向いて乗客を呑み込んでいる。

ヒナ子たちもそっちへ行くものと思っていた。

「ばあちゃん。駅に行かんの！」

ヒナ子は愕然として叫んだ。

「今日は幸生の大事な願掛けで滝の神さんに行かねばならん。ケーブルカーはその後じゃ」

幸生の手を引いたサトに宥《なだ》められて、ヒナ子はしぶしぶ歩き出した。

「何でこの子は寝小便なんかするとやろ」

とヒナ子が言うと、

「そんなならお前は何で叱るとやろ」

サトがグサリと言ったのでヒナ子は喉が詰まった。

「良かとこ、悪かとこ、いろいろあって人間じゃ。みんな同じなら区別がつかん」

幸生はミツ江や緑が一緒なので我慢してよく歩いた。

皿倉の滝は今までよく行った菅生の滝と較べると、ごく細くて小さい落差だった。小さな滝壺を囲むように、年月に磨滅した石ころみたいな仏が並んでいる。中央に顔の崩れ落ちた石の観音が立っている。ここは小児の病気に霊験があるという。病院でいうと菅生の滝が総合病院でこっちは小児科医院みたいだった。

顔のない石仏にサトが手を合わせる。

「どうど、どうど、どうど、こん子のねしょんべんを、治してくだされ。どうど、どうど、どうど、ねしょんべんを、治してくだされ」

いつもそうだがヒナ子にはサトの唱える、どうど、どうどという声は滝の水音みたいに聞こえる。サトは滝の水になる。どうど、どうど、と落ちる滝とサトは一緒になる。ヒナ子は少し怖くなる。顔のない石の仏が目を瞑っている。

緑もミツ江も手を合わせて祈った。ヒナ子は何と言って拝めばいいのかわからなかったので、幸生の幸福を祈った。

滝の観音詣りがすむと、道を取って返してケーブルカーの駅に行った。

こぼれそうな客を乗せてドアが閉まると、下の駅のブザーが鳴った。それに応えて上の駅のブザーも鳴り渡る。長い銀色のレールが眩しく光った。

「恋人同士みたいね」

緑が顔を近づけてヒナ子にささやいた。恋人？

緑はいつの間にかおとなのようなことを言う。

ゴトゴトゴトゴトゴトゴト。

下の駅からケーブルカーが上がっていった。

ゴトゴトゴトゴトゴトゴト。

上の駅からもケーブルカーが下ってきた。

青々とした山腹の真ん中辺りに上下の電車の分岐点があり、レールはそこで菱形に交差していた。上からと下からと黄色い二台の電車が、ゴトゴトゴトと交差していく。双方の乗客の顔が窓から見える。遠目に手を振り合っているのがわかる。

山頂駅に着くと天辺は鍔《つば》の広い帽子のようだ。周囲を見渡すと空中にふわりと地面ごと浮かんでいる。ケーブルカーで一気に上ってくると、何回も来たことのある山が違って見えた。

洞海湾が黒く細長い水溜まりのように横へ広がり、その水際を八幡製鐵所の工場と煙突群が埋めている。大勢の登山客がその遥か下界のペッタンコの街を見おろしている。濛々と煙幕が張った奇妙な街だ。

「皇后杉まで下ってみようか」

とサトがミツ江に言う。

「ああ。どこへでも行こうばい」

ミツ江の顔は珍しく晴れ晴れと明るかった。

ヒナ子と緑が左右から幸生の手を引いて草のスロープを下る。十分ほども山道を下りると、奥の権現山の分岐に差し掛かった。歩くうちに行く手が鬱蒼として暗くなる。おとなが二、三人で両腕を回しても足りないほどの杉の巨木の林道である。

「ばあちゃん。おとろしか《怖い》」

ヒナ子がサトにすり寄ると、

「ここは神功皇后さんが海ば越えて三韓征伐に行ったとき、船の帆柱にする木を伐《き》った所や。おとろしか《怖い》ことは何もない」

サトがゆったりとした声で言う。

「神功皇后さんはおなごの身でありながら、おとこの天皇さんや熊襲《くまそ》よりも強かったんじゃ」

神功皇后の朝鮮半島進出は、紀元四世紀後半か五世紀のことである。彼女は十四代仲哀《ちゅうあい》天皇の妻で、新羅《しらぎ》へ出兵する前に北九州に寄港して、この帆柱山の木で軍船の折れた帆柱を造り直した。そして腹に天皇の子をみごもって髪をみずらに結い、膨らんだ腹を男の装《な》りで隠し、軍船に乗ったのである。

そのとき皇后の軍船が着いた所が八幡の皇后崎《こうがさき》で、戦勝してこの地へ戻り妊娠十五ヶ月の体で出産に臨んだ所が、大野城の宇美《うみ》八幡宮になる。

「妊娠した女の人が戦争に出て行くなんて凄いわよね」

と緑が言う。それも男装で行くなどまるで映画の場面である。しかも出産日を五ヶ月も延ばすのだ。

「神功r皇后さんはおなごの中のおなごじゃ」

サトは自分の身内みたいに自慢する。九州北部では神功皇后信仰が年寄りの女たちに染み込んでいるのである。もともと女の性分が強い土地柄で、「皇后さん」と言えばそれだけで通じる。戦時中は戦神《いくさ》として祀られたが、皇后さんが本当に実在したかどうかは史実的には曖昧だ。しかしそんなことはいい。もしいるならサトたちの胸の中にいるのである。

「おなごは強うならんといけん」

とサトが言う。

それは無理だとヒナ子は言いたいが黙っている。

子どものヒナ子でも祖母の姿を見ていて、つくづく損だと思うのだ。サトのように強くなっても、ろくなことはない。菊二は絵に釣りに鳥獲りと、好きなことばかりして大して働かない。サトは炭坑に入って炭塵で真っ黒になり、あげくに菊二の兄夫婦の子を養って、自分が齢を取るとその子の子どもまでも育てねばならなくなった。強い女は損である。

「うちは強うならんよ」

ヒナ子はうそぶいた。

八

瀬高克美は西門司に見つけた借家から仕事場へ通っていた。朝夕、自転車を漕いでいくと、林から鶯の声がしきりに聞こえた。鶯は春から梅雨を越えて夏も鳴きつづける。

ヒーーー、チョッキ、チョッキ、チョッキ、チョッキン、チョッキン！　チョッキン！

鶯の谷渡りだ。この辺りには山が迫るので小さな谷や藪がある。鳴き声の最後のチョッキン！チョッキン！　が高く響いて克美の耳には、貯金、貯金、貯金せよ、と聞こえてくる。

「貯金する……カネはない」

ペダルを踏みながら鶯に言う。

その声に混じって、

ホッホッケチョケチョ、ホッホッケチョケチョ、ホッホッケチョケチョ！

と時鳥《ほととぎす》の鳴く声がした。こっちは特許許可局だ。

鶯と時鳥の切るような声は似ているが、宿敵同士だという。宿敵は似てくるものらしい。

自転車で十分ほど走ると仕事場に着く。

玄関まで娘たちの声が響いて心地良い。鶯の鳴き声のように可愛い。縫製の人数が増えたのは前の仕事場で働いていた娘たちが三人、後からやってきたからだ。克美と鹿毛悦子を加えた九人の人間がミシン一つで食べていかねばならない。

朝鮮特需はとっくに終わり、ミシンのペダルを踏む端から札が降ってくる時代は去った。米兵相手の軍服の需要も終わった。代わりに野馬商会が繊維組合と企画した国内向けの紳士婦人服を受注してきた。特需の後に神武景気が起こり、続いて岩戸景気の波が湧き始めている。

三年余り前まで作業場に積み上げていた、あの猛々《たけだけ》しい軍服の山は消えて、平和な世の男と女の衣服の布地が広げられている。戦争で焼き尽くされた焦土に光が射し込んできたのである。特需のときのようなぼろ儲けはないが、人間が敗戦から立ち上がって生き直すときは、身にまとうそれなりの衣服がいるのだった。ぼろを脱ぎ捨てて着るものを整える。

克美が以前にテーラーで仕立てていたような高級紳士服とは違う、ウール混紡のジャケットやズボン。女性のスーツ。安価な輸入綿のワンピース。タイトスカート。これで格好だけはつくのだった。

そんなわけで服の注文をさばくのに息つく間もない。

「でも就業時間は守らせて戴きます。若い娘に過剰な残業はさせたくありません。嫁入り前の大事な体を預かってるんですからね」

絹地と違って安価なウールや綿素材を大量に扱うと、屋内には綿埃が舞うのである。その微かな塵が、それでなくとも過重労働を負わされる若い娘たちの肺をむしばむ。娘たちが弱い咳をコンコンとし始めたら、肺結核の兆しを疑わねばならない。

その点で鹿毛悦子は、仕事を持ってきた野馬を舌打ちさせるほどの頑固者だ。

夕陽が射して娘たちが帰っていくと、克美は業務日誌をつけ簡単な翌る日の仕事割を記し、悦子は仕上げた製品を点検して収納庫に移す。やがて玄関から二台の自転車が走り出した。

林の道にはまだチョッキンの声がする。林の手前で悦子は右に折れて帰ることも、そのまま克美の後について家まで来ることもあった。

家に来るときは近くの魚屋で刺身など買って、晩ご飯の膳に載せた。海辺の町だったから旬の魚が安価で買える。柔らかなタコの刺身などアテにして二人で酒を飲む。

悦子はタコや烏賊《いか》など、体の血にも肉にもならないようなものを好んだ。

コクコクと喉を滑らせるように冷や酒を飲み、そのうち酔いがまわってくると舌足らずになった。頭がよく、そのうえ普段は頑固者の女が酔うとなかなか面白い。

克美は飲みながら、悦子をなぶるように構うのだった。

「悦子さん、悦子さん。あんたみたいなよかおなごが、なして男の一人もおらんとじゃ？　もしや気の毒に、裾の方は穴なしか」

すると悦子はしどけなく横座りした格好で、口に盃を運びながら、

「まあひどい。あたしだってそんなものは、一つ二つくらい、あるわよお。でも肝心のそこへ入れてくれる男が行ってしもうたの」

それは初耳である。

「どこへ行ってしもうたか」

「サイパンの空へよ。トンボに乗って飛んでいって、盆になっても戻ってこんの」

「ということは飛行機乗りじゃったんかい」

「トンボよ。ほら目玉の大きい奴がいるでしょう」

悦子は盃を置くと、両手の指で目玉の輪っかを作って眼に当てる。どうも言うことがよくわからない。酔っているので、悦子の体は座ったたままぐらぐら揺れている。

「なるほど」

克美は適当にうなずいてみせた。指の輪っかは飛行機乗りの風防眼鏡だろう。

「それで向こうへ行ったきりで、悦子さんの裾の、何は、空いたままのカラッポか」

悦子はうつむいている。膝がしどけなく割れて柔らかそうな白い足の裏が見える。正気の悦子

と、酔いのまわった悦子が、一つの体の中で揺れ動いている。

克美は膝ですり寄って悦子の肩を抱いた。片方の手で半ば割れた女の膝を開いていく。

「いや。克美さんなんか、嫌よ」

「わしもトンボじゃ。ほれ見い」

克美は両手の指で風防眼鏡の輪っかを作る。その顔を悦子の顔の上におっかぶせて、

「ほれ、どうじゃ。トンボじゃろ」

体重を掛けて仰向けに押し倒す。

「マサオミさん……」

悦子の口から声が漏れた。

死んだトンボの名前だろう。南の海に墜ちたのだ。終戦間近い戦死だろうから、はや十三年も月日は流れた。

「よしよし、よしよし」

宥めるように克美は首を伸ばし、悦子の唇を塞いだ。


しらふのときの悦子は仕事一筋に見えた。

根っからこの業界が好きなようだ。

注文が来た婦人服のデザイン画に、自分の案を描き入れて野馬に渡すことがあった。すると十

中八、九、発注先からＯＫのサインが出た。

克美が見ても悦子のデザインの方がずっとモダンだった。そのうち最初から、デザイン込みの注文もぽつぽつ来るようになった。客の評判を取ったらしい。

昼は火花を散らすように仕事をして、夜は他愛なく酔って克美のトンボに押し潰される。けれど克美は悦子の中に容易に崩れない固い芯を感じる。右か左か、仕事の話で案が分かれたとき、悦子は場合によって決して退かないことがある。

「それなら」

と悦子が克美をじいっと見て言う。

「それなら、どうする？」

克美は悦子の眸《ひとみ》の中に、夜の彼女の痴態を見る。

「それならどうするんじゃ」

「辞めさせてもらうだけです。あたしの女の子たちは連れていきます」

言うより、身体の動く方が速い。スッと立ち上がると声をかける間もなく部屋を出ていった。

「おい、おい、おい、おい」

と克美は呼んだ。

「おい、待てよ！」

立ち上がって悦子の後を追いながら、この女にはもとから愛はないのだとわかってくる。冷たい女というのではないが、温《ぬく》くもない。このひんやりとした孤独な女の情念に、克美は心当たりがないわけではなかった。

月に一、二回、ミツ江の待つ荒生田の家に帰る。ミツ江は克美を待っている。荒生田での彼女の生活費のほかに、明治学園を卒業した緑が福岡市のミッション系私大に入ったので、そのぶんの学費、寮の費用、生活費もミツ江に手渡す。

バスが青葉の渦に輝く山間に入ると、こっちの林からも鶯や時鳥の鳴き声の渦だ。鳴き声に刺されるように歩き続けると、この山にほったらかしているミツ江の姿がなまなましく浮かんできた。

悦子は三十代半ば、ミツ江はそろそろ五十半ばになる齢だ。ここに住み始めてから六年が経つ。ミツ江もだんだん姉たちの家へ遊びにいくのが億劫になったのか、街へ下りることも少なくなり、着物道楽の出費も減った。

山暮らしの地味な姿が身に付いてきた。

「ただいま」

シラカシの林が迫る家の玄関の戸を開けると、返事がないので脱いだ靴を揃えて式台を上がる。廊下から茶の間に入ると、台所の細々とした水音が響いている。ミツ江の後ろ姿が向こうの台所の流し台で洗い物をしている。

克美が抜け、次に緑が抜けていった家の中で、ミツ江はやっぱり台所に立っている。独りなりの暮らしを以前と同じように守っている。主婦の世界は狭いものだとミツ江の背中を見て思う。

ミツ江が気配に振り返った。

「あんたか」

驚くふうでもなくつぶやいた。隆鼻術とやらをした青あざは、もうだいぶ薄くなっている。いつの間にか思いきったことをする女で、克美は文句も言えなかった。

「昼はまだね？」

「ああ」

「素麵でも食べなさるか」

「そうじゃな」

ミツ江は大鍋を取り出して、素麵を茹でる水を張った。小鍋は麵の出汁《だし》つゆを作るため、昆布とカツオ節を入れて火にかける。板のように削げた背中や尻が、夏物の薄い簡単服の上から透けて見える。昔この女の体を抱くようにして汽車に乗り、盗んできたときのことを思い出す。

克美は自分の取った齢には気づかない。

素麵ができるまでと、汗に湿った服を脱いで裏の井戸端に行った。山風が洗うように流れてくる。井戸の釣瓶を取って水を汲み、手拭いを濡らすと凍るように冷たい。それで体を拭き上げると、気持ちが引き締まった。

克美の眼に庭の物干しが映った。

ミツ江の洗濯物が日光に晒されている。袖なしの簡単服の隣に、メリヤスのシュミーズやズロースを風になびかせているのは、独り暮らしが慣れたせいだろうか。

戦後間もない頃は女性の普段着も着物が多く、下着といっても襦袢《じゅばん》や腰巻き程度でとくに眼につくことはなかった。けれど洋服を着るようになると、女の下着はすっぽりと変わってしまう。洗い晒しのシュミーズやズロースはみすぼらしい。色気も何もなく不憫な気持ちになるのである。

隣に吊るした薄いエプロンの裾が風に煽《あお》られて、その下に何か別のものが干してあるのが見えた。真っ黒い異様なものだ。近づくと、どうやら月経用の穿きものらしかった。

なるほど、と克美は了解する。エプロンの下にはもう一枚、洗い晒して黄ばんだものが覗いていた。経血の痕と思える茶褐色のしみが眼に入った。珍しいものではない。男が結婚して狭い借家で女房と暮らしていけば、こんなものはしばしば眼に止まる。

「見るなの座敷」というのがある。

昔話に出てくる「鶴女房」や「蛇女房」など、異類婚姻譚では、夫が見てはならない部屋がある。覗けば女房の恐ろしい正体を知るのだ。男にとれば女も異類であるかもしれない。見るな、ではなく、見ない方がいい。

ミツ江とこの町で暮らし始めた頃、克美はそう思ったものだった。克美は踵を返すと、また井戸端を通って裏口から家の中に戻っていった。

ミツ江は台所の流しに立ち、茹で上がった素麺をザブザブと水洗いしていた。洗い終わるとちゃぶ台に大鉢を出して、素麺を盛り薬味の紫蘇の葉を刻んで並べる。麺のつゆに紫蘇の葉を入れると、香気が立った。

二人で向かい合って箸を取る。

緑の姿がないので食卓は穴が空いたようだ。

「あの子は帰ってくるんか」

「あんたよりは」

とミツ江は表情も変えず、

「もっとこまめに、土曜のたんびに帰ってくるわ」

克美の心を見透かしたように、ひやりと笑う。

「でも淋しいと思うたことはなかよ。もとはあんたとあたしの二人だけから始まったんや」

「そうじゃな」

広島から夜半に山越えをして、どこまでも汽車の駅に向かって歩き続けた。無明長夜《むみようちようや》のようなあのときの山道が、今日ここまでつながっている。

その晩は家に泊まることにした。夕暮れが近くなると、ミツ江を一人置いて西門司に帰るのがためらわれたのだ。

風呂上がりに寝酒の冷やを飲むと、克美は隣のミツ江の布団に身を差し込ませた。山の夜はいくぶん涼しい。

ミツ江は電灯を消すとすぐ向こうむきに寝てしまっていた。克美の手が、おい、とその肩を自分の方へ引いた。けれどミツ江の体がこちらを向かない。なびいてこない。

「おい」

と低い声でなおも薄い肩を引き寄せようとすると、

「いらわんで《触らないで》」

大儀そうにミツ江が低く応じた。

「何や。久しぶりじゃのに」

「きついと《疲れている》」

顔の見えないミツ江の声がした。

「何ばして、そんなにきつかとか?」

「ただ調子が悪かとよ」

そういえば心なし声も錆《さ》びている。口を利くのさえ億劫らしい。

「何じゃ。月のあれか」

克美が言った。ミツ江は黙っている。

「それで今夜はできんのか」

重ねて聞くと、

「もう寝るわ」

掠れて聴き取りにくかった。

克美は昼に見た裏の洗濯物を思い出した。

ミツ江と一緒に暮らしているときは、克美も女房の月経のサイクルは何となく感知していた。血が下るということが実際にどんなものかは知るよしもないが、鬱屈とした下腹を抱えて生気のない姿を見れば大方察しがつく。またミツ江が背中で言った。

「今夜はしとない《したくない》」

否も応もない、一言だ。

たったそれだけで追い払われた。詫びも何もない。眼の前の大戸に閂《かんぬき》がかかった。今夜はできない。性愛の極楽は開きかけて崩れ落ちたものだ。その勢いが今夜はない。

「もう寝して」

弱々しく頼む口調だ。克美は得体の知れない疑念が湧いてきた。ミツ江は鶴女房ではない。蛇女房だ。その蛇の生気がどこか萎えている。広島を出て十五年である。齢を取るとはこういうものだろうかと、ミツ江の布団から半身を起こしながら思う。

「よし、よし。そんならわしは何もするまい。ゆっくり寝るがいい」

克美はそう言うと自分の布団に戻った。

西門司の仕事場へ戻ると、娘たちが口々に朝の挨拶をする。悦子がミシンを止めていそいそと立ち上がった。

「ああ、お帰りなさい。相談したいことができて待っていたんですよ」

ミツ江と会ってきた克美の眼に、朝の悦子の姿は眩しいほど溌剌としている。奥の茶の間に入ると悦子が新聞の折り込み広告を差し出した。

昨日の朝刊に挟まれていたものだ。昭和二十八年の水害でやられた門司港一帯の開発整備が成って、港の裏手に新しい建物ができている。以前に克美が借りていた付近に貸しビルの案内が出ていた。物件は建物の一階すべてで、事務所に作業場、倉庫付きで、車が二台入る駐車場もある。

「ここは商売をするには引っ込みすぎてるわ」

悦子の言う、ここは一時しのぎの場所のはずだった。それがいつの間にか不便のままに居過ごしている。商売は荷を出さねばならない。そして材料を運び入れねばならない。門司港は九州の物流の拠点である。

「それにここは家賃も安くて住みやすいけど、何しろ民家の間取りですもの。仕事場じゃないわ」

畳敷きの部屋に娘たちが集まっている眺めは、何やら寺子屋めいている。

「ただ家賃が高すぎる」

特需の頃なら何でもない額だった。しかし今はそうはいかない。景気は好調だが、軍服さえ縫っていれば溢れるように仕事が流れ込んだ時代ではない。ここで請け負っているのは女子どもの着る服だ。紳士服の誂えではない。つまりミシンさえ扱えれば誰でもできる仕事である。

景気が上がれば似たような工場も増える。発注元の野馬商会も最近は下請けの縫製工場を、五、六ヶ所も持っている口ぶりだった。

「ドングリの背比べをしてるから伸びないのよ。門司港でこの仕事場を借りたら今の何倍も注文が取れるわ。女の子の数も増やせる。今は洋裁学校ブームだもの、縫い子の予備軍はぞろぞろいるわ」

悦子の話しぶりも景気がいい。

「そろそろ車も買ってもいい頃だし」

「車？」

克美はきょとんとした。彼の足は自転車だ。

「そんなもの誰が運転する」

「あたしよ。免許は以前に取ってるの。前の仕事を辞めたときに車は手放したけど、いつでも運転手を務めますわ」

悦子は澄まして頭を下げる。

「しかし何をするにも先立つものがいる」

権利金に敷金、移転費に、仕事場を拡充するとなればミシンの他にも設備費を見込まねばならない。いったい小型トラックなどというのはどのくらいするものだろう。

「あたし、スポンサーを見つけたの」

悦子があらたまって話し始めた。

「当分の間、そのスポンサーに出資してもらうというのはどうかしら」

「当分……とはいつ頃のことだ」

「儲けが出るまで」

と悦子がクスッと笑った。

「何を、愛人でもあるまいし」

どこにそんなカネを出す人間がいるものか。

克美は苦笑いをした。

「ふふ、あたしの愛人よ」

「なに?」

「相手はあたしの従姉です。子どもの頃から姉妹みたいに育ったの。彼女はうちの母の姉の子で、伯父は八幡製鐵の下請け会社を一代で大きくしたのよ」

その伯父が死んだ後、一人娘だった従姉に婿養子を迎えて会社を継がせた。婿も才覚のある人物で、会社は順調にいっているという。

「その従姉にスポンサーになってもらうという話はどう？」

「カネは持っているんだろうね」

「だって先代の社長の娘なのよ。夫の社長も頭が上がらない大株主よ」

気位の高そうな女の顔の影絵が浮かぶ。克美は自分ならどんなにカネを積まれてもそんな女の婿にはならないぞと思う。

「しかしそう簡単に相手が承知するかな」

「広告を見た後、ちょっと彼女に話をしていたの。それで話に乗ってくれそうなのよ」

「だが、このわしが気に入らなかったらどうする」

克美と悦子はすでに共同経営の約を交わしている。

「だから従姉に面接をしてもらうのよ」

「何だ。それを早く言ってくれ」

「だって克美さんが向こうに泊まってくるからよ」

何か妾宅にでも行っていたように聞こえる。

「それで、もうこっちへ来る話がついているのか」

「ええ、今日の午後」

克美は呆れたが、しかし条件がいいので先を越されないよう急いだ方がいいのである。

「わしらのことはどんなふうに説明した」

克美はふと真顔になった。

「どんなふうって？　ありのままよ」

悦子は当惑したように克美を見た。

「ありのままとは？」

「野馬商会の世話で成り行きで知り合った、ただの同業者。克美さんは妻も子どももいる男……」

「なるほど」

と克美はうなずいた。そんなところでいいだろう。

とにかく見ず知らずの金持ちの女に頭を下げることになる。克美はどんな顔をしてその場に臨めばいいのか、当惑した。女に面接されるのである。

「そんならわしも訊くが、君はどういう人間だ」

と克美が問う。

「あたしは従姉も知っての通りの、向こう見ずで、跳ねっ返りの、オールドミス」

「そりゃ何のことじゃ？」

悦子はときどき流行りの言葉を使う。

「行き遅れの女のことよ」

悦子はそう言うと立ち上がった。部屋の柱時計を見上げる。少し早いが、そろそろ昼のうどんの準備でもして、従姉が来る前に食べておかねばならない。


表の道に車が停まった気配がした。

重い乗用車のドアの音がする。

作業場の方から娘たちの声が、来た、来た、と弾んだ。

悦子が門まで迎えに出ていく。

克美は糊の利いた半袖ワイシャツに着替えさせられた。青黒い、錆の出たような顔色で、人相は良くない。そんな男でも白の開襟シャツのおかげで、多少、見栄えがよくなった。

「こんな民家で驚いたでしょう。適当な仕事場がなくてね、急場しのぎで見つけたのよ」

悦子が従姉を案内してくる声が近づいた。

庭に面した奥の座敷に座卓を置いて、障子を開け放し扇風機をつけた。

克美は座卓の前から立ち上がり出迎えた。

向こうの廊下から一人のすらりとしたスーツ姿の女が、緑の庭木の背景から浮き出るように近づいてくる。過ぎた時間が巻き戻されるのを見るようだった。かつて克美の手が巻尺を当てたことのある女性の後ろ首の貝殻みたいな骨の手触り、背筋の張りなどが時の彼方から戻ってくる。

鶴崎夫人に違いない。

鶴崎夫人の姿は真っ直ぐに近づいてきた。そういえば悦子と夫人は理知的な面差しが似ている。どうして今まで気がつかなかったのだろう。

克美は茫然と立って出迎えた。

座敷の敷居の内と外とで二人は向かい合い、互いに言葉が出なかった。ようやく鶴崎夫人の方が動揺を抑えて口を開いた。

「はじめまして」

懐かしい響きが彼女の唇から洩れた。

「こちらこそ」

克美は頭を下げた。

夫人が先に名乗った。

「鶴崎と申します」

悦子からこの話を出されたとき、たぶん克美の名前も聞いたことだろう。昨夜の夫人の煩悶はいかばかりだったかと、克美は思うだけで胸が焼けた。

逢いたかったと思えば万感迫る。

しかしこんな身も心も縮む最悪の再会を、まさか夢にも思うことはなかった。

「みちこ姉さんは」

と悦子はそんな呼び方をして、

「大のコーヒー党なのよ。夏でもホットで戴くの」

門司の珈琲屋で買ってきたブルーマウンテンとやらを、悦子は台所へ淹れにいった。

その間、克美は夫人と無言で眼を合わせていた。甘美で恐ろしい時間が流れるのを感じた。やがて悦子がコーヒーを淹れて戻ってきて部屋の空気は緩んだ。

三人のコーヒー碗に琥珀色の液が注ぎ分けられる。こんな悪夢の最中にも深い香りは流れるのだ。コーヒーは何と懺悔と悔恨に似合うのだろう。

克美は有り難い気持ちがした。

「瀬高様は」

と鶴崎夫人は動じない眼を向けると、克美のことをそんなふうに呼んだ。

「こちらにお住まいなのですか」

「いや、わたしは近くの借家に住んでおります。家内と娘は八幡の方で」

「まあ。別々にお暮らしですか。それはご不自由でございましょう」

「そのうち早う、家族そろって一つ屋根に暮らそうと思うております」

夫人に導かれるようにして、虎口《ここう》をそろそろと脱していくようだ。悦子に気取られぬよう夫人が見えない手を引いてくれるようである。

向こうの広い作業場の方からミシンの音が流れてくる。七台ものミシンが一斉にカシャ、カシャと金属の羽音のような音を立てると、離れた座敷では遠い潮騒のように聞こえる。夫人は珍しそうに耳を傾けていた。

コーヒーを飲み終わると、悦子は鶴崎夫人に娘たちの作業場を見せるため立ち上がった。

門の外まで鶴崎夫人を見送った。夫人は自分で車を運転して去っていった。

夕方、娘たちが仕事を仕舞って帰った後、克美は仕事場の片付けを終えると自転車を玄関に出した。

今夜は鶴崎夫人のことで話がしたかった。克美と夫人との関係を悦子がまったく気づいていなければいい。隠し通せるものかどうか、悦子にさぐりを入れてみなければならなかった。克美は悦子を家に誘おうと自転車のそばで待った。しかし悦子はなかなか出てこない。

念のため中へ戻って姿を探し、それからいつも彼女が自転車を置いている作業場の裏にも行ってみた。すると悦子の自転車はすでにない。克美はようやく彼女に置いてきぼりを食ったことを知るのだった。

にわかに克美の胸に黒い雲が湧き始めた。

悦子が挨拶もせずに黙って帰ったことはこれまでにない。しかし鶴崎夫人と三人でいるときの悦子にはとくに変わったふうはなかったのだ……。

合点がいかないまま克美は自転車にまたがった。

門を出ると辺りは夕陽が射していた。

茜色がだんだん濃くなっていく道を、克美は胸騒ぎを抱えて自転車を走らせた。

谷の藪にさしかかると巣へ急ぐ鳥の声がした。

鶯も時鳥もとっくに山へ帰った後のようで、カラスの胴間声《どうまごえ》がカアー、カアーと太く高く空中に響き渡っていた。

九

克美はあてどない日を過ごす。

ミシンを踏みながら心は寄る辺なく漂っている。

あの日の午後。あの廊下の向こうから鶴崎夫人は現れたのだ。しっとり艶のある湿ったような麻の上等のスーツに、初夏の陽が白く当たっていたのがリアル過ぎて、幻のように見えた。

だがあの再会が幻なら、鶴崎夫人はひそかな眼差しででも、思いを込めた秋波を送ってくれてもよかったのではないか。

会いたかったわ……と。

しかしあの席で夫人は克美に対し、初めて会う人間のように口を閉ざしていた。

別れて足かけ七年にもなる。なぜあのとき克美が突然、店を畳んで姿を消してしまったのか、わけを聞きたかったに違いない。

しかしまさか他人の囲い者の女に手を出して、街も追われて逃げ出したことなど、知るよしはないだろう。そう思いながらも、また一方では噂の流布に脅えてもいる。

いずれにしても克美が今、最も後悔しているのは、知らぬこととはいいながら、鶴崎夫人にとって妹同然であるらしい従妹の悦子と体の関係をもってしまったことだ。それは悦子が言い繕っても、鶴崎夫人の鋭敏な勘を逃れられるとは思えない。あの日、夫人は面談を終えて帰るときまで、克美に物言いたげな未練の表情を現すことはついになかった。

夫人は終始、静かに自分の裡にこもっていた。あまりに穏やか過ぎて、克美が入り込む隙もなかった。

夫人はこれからどう決断を下すだろうか。

野馬商会と悦子は、克美にとってどちらも放したくない商売仲間だ。戦後のこの景気上昇期に、克美がたった一台のミシンを持ってテーラーの看板を掲げても知れたものだ。仕事仲間と資金のどちらも欲しい。

あれから肝心の悦子自身は、鶴崎夫人とどうコンタクトを取っているのか、克美にはわからない。悦子に成り行きを聞けばいいのだが、それができない。いろいろためらっている自分の心の内が露見しないかと、気の弱い男だから一層、縮み上がっている。

もしや悦子はとうに気づいているのではないだろうか。いや、気づくどころか、悦子はとっくに鶴崎夫人から克美の不実を聞かされているかもしれない。克美の心配は膨らむばかりだ。製鉄の町の狭い下請け業界で、高橋工業の社長の囲い者を寝取って追われた仕立て屋の話は、当初から鶴崎夫妻の耳に入っていても不思議はないのだった。

真実はやがて表に現れる。水がしみ出るように、人の口から口へと漏れ出ていくものではないか。

夫人と会って十日も経つのに、悦子はまだその後の夫人の話を出そうとしない。悦子は夫人と克美の関係は知らないまま、ただ従姉の決断を待っているのだろうか。そうならどんなにいいものか。

あるいは克美の所業はとうに悦子にも夫人にも知られていて、二人の女は今はただ克美を罰するため焦《じ》らして苦しめ、虚しく待たせているようにも見えるのだ。

ミシンの音がやんで、今日も仕事が終わった。

「お先に去《い》なしてもらいます」

と縫い子たちが口々に言いながら帰っていく。

克美は一日の仕事を記帳し在庫を調べ、ふとわれに返ると屋内は森閑としている。いつの間にか悦子の姿も先に消えていた。戸口の鍵を掛けて自転車のところへ行くと悦子の赤い自転車はなくて、克美を待っているのは自分の黒い古自転車一台だけだった。

克美は背中に凍えるような冷気を感じる。

何ものかずっと遠い彼方から鋭く克美を差している指がある。その指の先がどこまでも離れずに追ってくるような気がする。広島から北九州へ時間を超えてついてくる。

克美は自転車に乗って借家へ帰る。

チョキ、チョッキ、チョッキーン。

鷲の谷渡りの声は、さすがにめっきり減った。

山は息苦しいほど真緑の盛夏に入る。

激しい夕焼けが林道を染め上げている。


週末に克美は荒生田の家へ帰ることにした。

先週も帰ったばかりだったが、西門司の借家にいると居たたまれなくなる。ミツ江はトゲのある女房だが、緑が加わると家庭のぬくもりが生まれるようだ。

緑は福岡市内の大学の寮住まいで、毎週土曜には帰ってきて一泊した。

「お父さん。私は来週、用事ができて帰れません」

などと緑からハガキがくると、克美はミツ江のところに戻るのはやめにする。つまらない男である。

「今夜から家に帰るんであとは頼む」

仕事が終わって、悦子に声をかけた。荒生田の家には電話がないから、月曜の朝まで何かあっても悦子に任せておく。

「ごゆっくり行ってらして」

普通に言ったつもりかもしれないが、悦子の、ごゆっくり、の響きが克美には妙にねっとりと聞こえた。

帰りがけ、途中で近所の魚屋へ行った。長い髪をサザエの殻のようにグルッと巻いた年の頃は四十前後ほどのおかみが、ゴム長を履いて出迎える。夫は漁師で、ここへ来ればいつでも獲れての魚が買える。

荒生田の家は町から遠いので肉や魚はいつも食卓に上るものではない。克美は今夜のおかずと晩酌の肴をかねて、刺身用に旬のスズキ、味噌汁用にコチを買った。

おかみは青白く光る包丁を手にする。スズキもコチも台の上で生きてビリビリとウロコを震わせている。そのとき裏から漁師の声がした。

船から帰ってきたらしい。姿を現すと克美に挨拶し、

「おいが攻めてやろう」

と女房のそばに寄った。

包丁は亭主の手に渡る。

攻めるとは、殺すという意味だと、この店へ来るようになって知った。漁師は自分が店にいる

ときは、いつも女房に代わって魚を攻める。

男と女を分けるならば女はつまり生む性で、縄文の昔から生きものの殺生は男のものと言えば、今の世には古いかもしれない。しかし確かに女の細腕は台所包丁を握っても、生きた魚をさばく包丁は似合わない。

「こん魚は昼に海から揚げたばっかりです」

亭主はコチを売り台の陰のまな板に載せて、カツンと物蔭で一撃する。コチはやがて汁物用にぶつ切りにされ、次はスズキが刺身になる。

克美は魚屋の店頭に立ったまま、漁師の女房の裸身を想像する。白身の締まったコチのような肢体が眼に浮かぶ。そのイメージの次に克美の脳裡に浮かぶのは、潮焼けした漁師の銅器のような肉体だ。この夫婦の体と魂は理想的に折り合っている気がする。

二人の営むセックスとはどんなものかと、まざまざと思う。

「毎度ありぃ」

克美は漁師から魚の冷たい包みを渡された。

魚を提げてバスから降りると、山手の小道は覆い被さる木の枝の影が深い。家の前まで来ると、林のシラカシが薄暮にそよとも揺れず、いつもの細腰を女身のように傾けて立っている。

克美の胸に苦いものが上がってきた。待たされ焦らされて克美の心は荒れている。何の、この優しげな木が鶴崎夫人などであるものか、と思う。あの女は親から不動産やカネを譲り受け、夫となる男もあてがわれ、それから今は戯れの情を交わした克美を切り捨てようか、また拾い直そうかと思案しているのではないか。

家の灯が山の夜気の中に滲むように点いていた。

「ただいま」

克美が玄関の戸を開けると、弾むような緑の声が返ってきた。ぱたぱたと迎えに出た彼女は、台所を手伝っていたようでエプロンを付けている。

「お帰りなさい。お父さん」

克美の手に提げた荷物を取って廊下を歩く。郷里の弟の家からこの子を貰ってきたが、もとは他人同士の夫婦を一つ家の中に形だけでも収めてくれている。克美は有り難いような気がした。

「お帰んなさい」

茶の間に入ると割烹着のミツ江が食器を並べていた。彼女の顔はドキリとするほど青味を帯びて、額や頬の皮膚が異様に透きとおっている。整形した鼻が血の気の失せた顔をよけいに能面のように見せた。

「お前」

どこか具合が悪いのか、と克美は聞きかけて後の言葉を呑み込んだ。緑が聞いている。久しぶりに一家が揃った食卓で尋ねるのはよした。

「スズキとコチを買うてきた。魚屋の袋を見てくれ」

克美はミツ江の顔から眼を外して言った。

焼き茄子に、畑蓮根とミョウガの梅和えができていて、あとは克美が買って帰ったスズキの刺身が並べばいい。ミツ江はビニール袋の中を覗いて、

「おう、ようけ買《沢山》うてきなさった。緑は刺身を皿に並べておくれ。あたしはこのコチを汁にするわ。克美さんは着替えて、一杯飲んでいなされ」

と腰を上げた。

ミツ江が台所へ行って熱い昆布出汁を作る。その鍋にコチの切り身を投じる。味噌を擂《す》る香りがして、間もなく茶の間の食卓にコチの汁鍋が運ばれてきた。

「わ。美味しそう」

と緑が声を上げる。大学の寮の食事にないものだ。

「そんなら三人でたいらげてしまおう」

と克美が言う。ミツ江もまくし上げた割烹着の袖を下ろして食卓についた。克美は彼女の猪口《ちょこ》に酒を注いでやった。

「飲め」

「いきなりじゃね……」

とミツ江は一瞬ためらった。

「いいからまあ飲め。魚は酒と一緒に食うもんや」

ミツ江は酒に口をつけた。

克美はさっきの魚屋のおかみのことを思い出した。あの漁師の女房も、ミツ江と同じに料理が上手そうだった。料理の上手な女は妙に包丁が似合う、と克美は思う。青白く光る刃先をいつも研ぎ上げているのである。そういうことに気の付く女は何につけても鋭いのだ。

人が良くても、温順でも、騙されやすくあってもならない。包丁の刃先に親指の腹を当てて、いつも切れ味を見ているような勘の鋭い女でなくてはならない。そういう女を妻にして、真に平穏な結婚生活が送れるだろうか。

魚屋のおかみは夫の漁師が魚を攻めてやらなくても、そんなことは簡単にやれるのだ。だからこそ漁師は彼女に声をかける。

「おいが攻めてやろう」

と……。

克美が自分の腹の下に組み敷いた女たちは、悦子もそして高橋泰三の愛人の澄子もそんな鋭い女たちだ。鶴崎夫人はどうだろうか。克美はこの女性だけはわからない。もしも夫人と駆け落ちでもしたら、今まで彼が口に入れたことのない、とんでもなく不味いものを食わせられそうな気がする。

それとも夫人はあの顔で、あの細い白魚のような手の指で、鮮やかな包丁捌きを見せるだろうか。

盃を重ねて、スズキもたいらげ、コチも汁をすすり身をしゃぶって克美は箸を置いた。開け放した縁の向こうの、夜の庭の先に、シラカシの塗り込めた闇がある。蚊取り線香をそっちへ持っていって、克美はごろりと横になった。

緑が食卓を片付けているようだった。

「お母さん。後で洗ってしまうから、お先にお風呂どうぞ」

「いいよ。あたしも台所へ運ぶから」

「大丈夫。大丈夫。後から背中を流しに行ってあげるわ」

いい子だ……。克美はうとうとしながら、緑とミツ江の和やかな会話を聞いている。


それからどのくらい経ったろうか。

どこからか克美は何度も呼ばれた。

「お父さん。お父さん！」

ああ、緑だ。しかしその声は一向に近づかなかった。ただ克美を呼び続けている。

眼が覚めると、暗い縁側で眠り込んでいた。起き上がって声のする土間の方へ行くと、緑が風呂の脱衣場から首を出しているのだった。

「何をしとる」

「お母さんが」

緑は仄《ほの》暗い洗い場を振り返った。何が起こったのかわからないが、異変が生じたのは間違いない。克美は緑を押しのけて中へ入ると、洗い場の戸をガラッと開け放った。すると湯気のこもった床の上に何か平べったい影のようなものがある。

ミツ江がべったりと石の床に横たわっているのだった。

克美は自分の足が他人のような間遠い感覚で、洗い場の濡れた石の床を踏んだ。ミツ江に近づいた。ミツ江の体にはさっきまで着ていた服がかけてある。入浴中に倒れたものらしく、服から出たミツ江の裸の肩や手足は濡れていた。

克美は揺らされるように頭がぐらぐらした。

「お茶碗洗って、お母さんの背中を流そうと思って戸を開けたら、こんなだったの」

緑の服も濡れている。

「お母さんは、大丈夫、眩暈《めまい》がするだけやって言うけど、近寄って体起こそうとして床を見たら、もうそこら一杯……真っ赤で」

暗い裸電球の下でミツ江の口が動いた。

「大丈夫。あたし、生きとるわ」

克美は眼を凝らした。異様な臭いがする。

屈み込んでミツ江の肩に手を伸ばして抱き起こそうとしたとき、腰にまわした片方の手がぬるっとした。水に濡れているのではない。暗いので黒く見えたが、灯にかざすと克美の手は赤黒く染まっていた。

血じゃ。

克美は身震いした。

何じゃ、これは！

人間の体から出たものが恐ろしい色をしている。ミツ江の痩せた、残骸みたいに骨ばかり露わな体から、こんな激しい血潮が流れ出ている。

克美は血に慣れていない。

人の体はもとから血を体内に囲っている。こないだの戦争で、この国の大方の男たちは戦場へ行って山河を染める血潮を見たが、兵役を途中で解かれた者は人間の体を巡る血のことを忘れている。

克美は総毛立っていた。腥《なまぐさ》い匂いが鼻をつく。

「お父さん」

緑が克美に声をかけた。

「もう血は止まってるみたいよ」

彼を落ち着かせるように言った。

「そ、そうか」

克美はうなずいた。

「そ、そんなら動かしてみるぞ」

と意を決した。この濡れた洗い場の固い床に、いつまでも寝かせておくわけにはいかない。思い切って服をかけたままのミツ江の濡れた体を抱え上げた。

そのとき、克美の脳裡に、昔、この体を軽々と抱き上げた記憶が蘇った。あのときからミツ江はずっと痩せてしまったのに、何という重さであるか。女の体とは思えない重量だ。

これが病というものの重さなのか、ミツ江の持っている業というものの重さなのか。克美も一緒に死の奈落へと引きずり込まれるようだった。


翌日の朝まだき、克美は山を下りて、麓の米屋の電話から救急車を呼んだ。

ミツ江は八幡の「製鐵所病院」へ搬送された。移された部屋は婦人科病棟である。あいにく日曜で当直の医者は若く、精密検査のための機器は止まっていた。

「今夜は奥さんの容体を観察します。明日の朝、婦人科部長の診察によって今後の指示が出るでしょう」

と三十になるかならぬほどの医者が言う。これほどの性器出血なら婦人科医なら子宮癌をまず疑うだろう。しかしその検査には日にちがかかるようだった。

「明日ですな」

「ええ、ご病人は落ち着いていますから、ご家族は明朝の部長回診までにここへおいでください。今夜はお宅に帰られて結構です」

ミツ江は処置を受けて、死んだように眠っていた。部屋は個室でちょうど空きベッドが一つ置いてあり、その夜は緑が泊まり込むことになった。

「お父さんは今晩は帰って寝《やす》んでね。わたしが起きてついてるから」

緑の言葉にうなずいた。今朝になって風呂場に入り洗い場を眺めると、前夜の血溜まりの跡が陽の光に晒されていた。あのときは克美がうたた寝している間に、緑は気が動転することなく、服を取ってきてミツ江の体にかけて、急を知らせてくれたのだった。

そういえば緑の生みの母は結核で若死にしたのだった。克美は普段は思い出すこともなかった緑の母親の顔を眼に浮かべた。まだ三十代半ばだったはずである。戦後しばらく療養所が十分に整っていないときで、母親は長く自宅療養をしていた。その頃、緑は小学校も高学年になっていたから、母の看護を手伝っていただろう。

病人は何度か喀血したと聞く。緑は実の母と継母と、二人の病人の血を見たのだった。

眠ったままのミツ江と、今夜は着の身着のまま病室に泊まり込む緑を残して、克美はひとまず製鐵所病院を後にした。

ミツ江の身の回りの物を整え、多少のカネも用意して明朝ふたたび病院へ出直さねばならない。

市内電車で荒生田まで行き、そこからバスで山の家に帰る。

途中ふと、貴田の家へ寄って、サトにミツ江の入院を知らせた方がいいかと思ったが、やめた。ミツ江の病気は即、克美の不品行、不誠実のせいとなって跳ね返ってくる。克美は責められる。病名の診断がついてからでも遅くない。悪い知らせは、と山道にさしかかったバスの中で克美は考える。

悪い知らせは、遅い方がいい。

家に帰りつくと、裏の井戸で水を汲んで飲んだ。

それから服を脱いで風呂場に行くと、昨夜のミツ江の血の跡を棒束子《たわし》を握って、力任せにゴシゴシと磨いて洗い流した。跡は染み込んで消えないので、台所から塩を取ってきて撒いて磨いた。

そんなことは一息ついてからでもよかったが、克美は一刻も早く昨夜の悪夢の痕跡を消したかった。床を磨き終えると井戸水を何杯も流した。井戸水は冷たく清らかであった。

部屋に戻ると風の流れる縁に出て寝転んだ。向こうからシラカシの木が克美を眺めていたが、今は彼の眼にはまるで入らなかった。

もしやミツ江は癌で死ぬのだろうか。

初めてそんなことを思った。思ってからドキッとした。女房は苦労をかけても死なないと思い込んでいた。

寝転んだまま空を見ると、ぷっくり膨らんだ夏の雲が、屋根の庇《ひさし》の方から林の方へとじわじわと流れていく。眩しい白雲だ。死ぬと人間も空に浮かんで、あんな風に魂というものが漂っていくのだろうか。

克美は柄にもないことを考える。

ミツ江も死ぬと雲のようになるのだろうか。

しかし、ひどいものだ、と克美は思った。

自分はミツ江にやられたという気がする。

女房にやられたのである。

ミツ江は死ぬ。すると姉のサトは、この自分が妹を死なせたと言うにちがいない。

しかしこの自分もミツ江にやられたのだ。だからあいこではないか。

ミツ江はこのおれをやっつけて、それから死んでいく。

おれは生き残って、そのままずっと死んだミツ江にやられ続ける。ひどいものだ。

やられる、というのはそういうことだ。

ミツ江の中には、もう一人のミツ江がいる。そのミツ江には顔がない。体もない。手も足もない。彼女はただ獰猛《どうもう》な口だけをもつ。口だけでミツ江の中に潜んでいる。その、恐ろしい口のミツ江は克美を求め、渇仰するが、克美は振り向かなかった。逃げ回った。

それで口はとうとう爆裂したのだ。粉々に壊れるとき、口のミツ江は克美を撃った。

克美は胸を押さえる。痛い！

克美はゴロリと倒れたまま動かない。

雲がじわじわと流れていく。

風呂の洗い場は乾き上がり、カランとした石の床に夕陽が射し込んできた。

家の中で激しい焼けつくような夕焼けが燃え始める。克美は横様に倒れたまま林の方を見ている。


カシャカシャと一斉に踏むミシンの音が蟬の声のようだった。体がこの音に慣れているのでたちまち反応する。

午前九時には悦子の自転車が裏の庭に入ってきた。克美は裁ち台の上に用意の型紙の束を置いた。悦子が部屋に現れた。いつもならこれから一週間分の仕事の打ち合わせだ。

「あら。お早うございます。どうしたの？　ほんとに早いじゃないですか」

悦子が克美を見た。克美には時間がない。

「ちょっと四、五日休みたい。それで言うておくことがあるから早う出てきた」

ミツ江の病気を隠すつもりはない。そのことを話そうとすると悦子がにわかに眉をひそめた。休む、という言葉に咄嗟に反応したのである。

「克美さんが休むのなら」

と悦子は声を落とし、高ぶる気持ちを抑えるように、

「あたしも今日のうちに言うておきます」

彼女は少し胸を反らした。

「何を言うとや」

「あたし、洋裁学校をつくることにしました」

学校。克美はいきなり飛び出た言葉に啞然とした。洋裁学校と縫製工場はまるで別物である。

「前からずっと学校をつくりたい夢はあったのよ。生産現場で仕事するより、製図や縫製の教育をやりたかったの。これからの時代は洋裁技術が求められるの」

悦子の言う通り、この数年で町を歩く女性の洋装が見違えるように変わった。だからこそ克美と悦子は新しい縫製工場を建てようとしている。

「でも同じおカネを使うなら、あたしは新しい洋裁学校を立ち上げたくなった」

「そうか」

と克美はうなずいた。ということは鶴崎夫人が後ろ盾になって相当の資金を出してくれることになったのだろう。なるほど、と克美は思った。洋裁学校はいかにも悦子に向いている。

「それでわしはどうすればいいんか？」

克美は気持ちを抑えて聞いた。静かだった。耳の奥で懐中時計の秒針を刻む音までが聞こえるようだった。

「今まで通りあなたはこの仕事場を取ればいいわ。半分はあたしの名義だけど、譲ってあげます。

五年払いの返済でどうかしら。もちろん先でそれが難しいときは、期間を延ばすことも可能よ」

と悦子は彼を見た。

その顔には、カネより克美と手を切りたい、という気持ちがありありと浮かんでいる。それがこの数日で悦子と鶴崎夫人が話し合った結論だろう。

「わかった。そんなら思うようにするがいい。この工場のことはもう少し考えさせてくれ。今ちょっと家の方で手を離せぬことが起きたもんでな」

ミツ江のことはもう話すまいと克美は思った。

余命短いかもしれぬ自分の女房と、悦子や鶴崎夫人はもう何も関わりがなくなった。

克美はとりあえず数日間の仕事のことを頼んで外へ出た。これから汽車に乗って製鐵所病院のある八幡まで行かねばならない。

「お宅で何かあったの？」

背中に悦子の声がしたが、克美は振り返らなかった。

カシャカシャカシャカシャとミシンの蟬時雨が、陽の射す庭先まで流れていた。

十

山のあなたの空遠く、というカール・ブッセの詩の文句は、中学三年になったのでヒナ子だって知っている。

　山のあなたの空遠く
「幸《さいわい》」住むと人のいう

確かに遠い山の彼方を見ると、そんな感じがするものだ。春や夏の空が少し霞んで山が青紫色に見える頃、山の天辺は何か幸せの光に包まれているようだ。遠い距離がもたらす魔法である。

今日は花尾中学校の希望映画会の日だ。

ブッセの詩ではないけれど、ヒナ子はもうずっと一時間以上もてくてく歩き続けていた。どこまでも延びる山道を生徒たちの長い行列が行進する。

行く手に見えるのは青緑に霞む帆柱連山の峰ばかり。けれどただてくてくといつまでも歩いていると、山の天辺の幸せの光も薄れ始める。それでなくてもワイワイガヤガヤと喧しい行列なのだ。

三年生は五十五人編成の十三クラスで、ざっと数えても七百人を超す大移動だった。ヒナ子より後の二年生や一年生は戦後生まれになるので、わっと出生率が増して十七、八クラスができた。

そんな生徒たちが学年ごとに日を替えて市内の映画館めざして歩いていく。生徒たちがとくに希望しているわけでもない映画鑑賞に、学校から二時間近くもかけて歩いていくというのに、いったい何で希望映画会という名前を付けたのか。理解に苦しむ。

これはまったく映画が目的ではなくて、どこに隠れているかしれない幸福を探しに、あてどなく歩かされているのではないだろうか。

手前にひときわ高い帆柱山頂がある。

さっきからそれがいつまで経っても大きくも小さくもならなくて、ヒナ子たちの行列は一向に前へ進んでいるようにはみえなかった。その山を斜め右前方に据えて、紐のように長い道がどこまでも上がったり下ったりして続いている。もう峠を幾つ越えただろう。

さっさと山を下りて路面電車を使えば早く着くが、これだけの数の生徒たちが乗るには電車が何台もいるのである。それに市内を通ればバスや車の混雑に巻き込まれる。行列の尻尾が途中で切れたりすると面倒だ。

ようやく山懐を迂回し終えて八幡中央区の街へ入った。この辺りは毎年十一月の製鐵所の起業祭が始まると人出で埋まる所である。中央の大通りから裏へ曲がって、やっと目的の映画館に着いた。

映画館の大きな看板には『楢山節考《ならやまぶしこう》』と太い文字で書かれていた。木下恵介監督とある。

生徒たちは看板を見上げて口を開けた。

いかにも貧乏そうな男が、白髪頭の痩せこけた老婆を背負っている。この映画の前評判は高いので、ヒナ子たちも大方の中味については聞き知っていた。男が赤ん坊でなく老婆を背負っているのは、これから母親を楢山に捨てにいくのである。背景は気味の悪そうな山だった。

何か希望のなさそうな映画である。

並んで館内に入っていくと、十三組のヒナ子の席は三階の一番前だった。通路には男子生徒たちが補助席の椅子を出して座っている。開演時間がくるとスクリーンがぼうっと薄明るくなった。ヒナ子は映画が始まる直前の、この、あるかなきかの短い間が好きだった。人間みたいにスクリーンが血の気を帯びてくるのである。


ベンベンベンベン……。

これが浄瑠璃というものだろうか、祖母のサトと見た時代劇映画で聴くような三味線の音が流れた。

生徒たちはしゅんとなった。場違いな所へ来てしまった感じである。年取った母親のおりん婆さんもボロボロで、息子もボロボロで、その女房も子どもたちもまたボロボロで、絵に描いたような（実際に映画の舞台はわざと芝居の装置がまる出しで！）東北の貧農の家の物語だ。

ある日、おりん婆さんはわれとわが手で、石臼で前歯を折って口を血だらけにしてしまう。だらだらと流れる血潮は天然色映画で毒々しいほど赤い。頭は白髪で真っ白だから化け猫みたいな顔になった。歯が欠けると物を食べることができない。するとそのぶん家族の食い扶持《ぶち》が増えるのだと、おりん婆さんは歯のない口を嫁に見せつける。

おっかあ……。

息子も絶句する。

歯ならうちのばあちゃんもないけどなあ。

とヒナ子は思う。サトの口の中は総入れ歯だ。サトより齢のいった老人たちでも、サトみたいに歯のない者は少ない。けれどサトは歯なしでも平気である。というのも入れ歯がガタついて面倒なので外して食べている間に、だんだん歯茎が固く締まってたいていのものは噛み砕けるようになったのだ。

これは自然の妙である。

おりん婆さんも歯が抜けたって、ご飯くらいは食べることができるのではないか。それともこの貧しい一家には白いご飯は最初からなくて、硬い雑穀しか口に入れることができないのだろうか。

何にしろ『楢山節考』は子どもたちにとって最低の希望映画会だった。

腹を空かせた人間が、腹を空かせた人間たちの物語を観る。金槌で叩かれて、よくよく念を押されているようだ。陰々滅々。楽しくも面白くもない。ヒナ子の家はおりん婆さんの家ほど貧乏ではないし、花尾中学の生徒たちもそこまで貧乏ではないが、日本中の平均的な家が美味しいものを満足するほど食べて、栄養補給ができているわけではない。

ベンベンベンベン……。

いよいよおりん婆さんが楢山詣りへ行く日になった。

楢山は年寄りを捨てる山である。この地方で定まった共同の老人捨て場だ。息子に背負われておりん婆さんは死出の途につく。

山道は険しく暗く、真っ黒いつむじ風みたいなカラスの群れが、谷の上を死肉を求めて飛んでいる。岩場の足元には人間の骸骨が散らばっている。そこを親子が通っていく。

やがて息子は立ち止まり、おりん婆さんを背中から降ろす。ここが彼女の死に場所となるのだった。薦《こも》をかぶったおりん婆さんは、むしろの上に座ると眼を瞑って手を合わせる。

もう帰れ。

とおりん婆さんは息子に手で示す。

早う帰れ。

息子は心を残して後ずさりながら戻り始める。おりん婆さんを振り返り、振り返り引き返していく。

ベンベンベンベン……。

ふと息子の顔の前に白いものが、はら、はら、と落ちてくる。白、白、白、白である。空を振り仰ぐと、小さな雪の粉はだんだん大きく、重くなってかぶさるように降り注いでくる。

おっかあ。

と息子が振り返って呼ぶ。

おっかあ。よかったなあ。雪が降ってきたぞお。

おりん婆さんはもう白いものに包まれている。

雪が降ったら寒いじゃないか、とヒナ子は首をひねる。それがどうして、「よかったなあ」、なのか。雪が降ったら凍えて死ぬのである。どんなにつらかろう。何が良いのかヒナ子にはわからない。

辺りはどんどん雪に塗り込められて、白い地獄ができ上がっていく。おりん婆さんは手を合わせて座ったままぴくとも動かない。

子どもたちには最後まで得体の知れない映画だった。けれどヒナ子の眼に映る祖母のサトも、得体の知れない点では似ている。二人の年寄りはなかなか死にそうになくてふてぶてしいところもそっくりだ。ヒナ子は少し懐かしい気もして最後は涙ぐんだ。

映画館の暗闇では息を呑んでいた生徒たちも、外へ出るとたちまちけろっと元に戻ったものだった。帰りもまた長い列を組んで元来た道を歩き出すと、おりん婆さんの歯の抜けた口真似をする女子がいる。おりん婆さんの倅の真似をして、「オッカアー！」と叫び出す男子もいる。希望はないがそれが苦になるわけでもない。

「あいつら馬鹿や」

ヒナ子はつぶやいた。


家に帰り着くと、玄関にくたびれた草履や下駄がザラザラと並んでいた。サトの御詠歌の練習仲間の年寄りたちが来ているのだ。

ただいまあ、と聞こえないくらいの声で言って、そのまま茶の間に行くと学校鞄を降ろした。戸棚のカリントウを出して頬張りながら、急須の冷めたお茶を湯呑みに注いで飲んだ。

隣の仏間では御詠歌の練習に熱が入っている。お客は七人ほどもいるようで、大きな声や気の抜けたような声、年寄りの揃わない声が、そんなことは意に介さず汗をかいて白熱していくのだった。

家の中には幸生の姿がない。今日も幸生は菊二の仕事について行ったようだった。幸生は菊二に懐いて、この頃は自分のぶんの弁当も作ってもらって、祖父と出かけていくのである。菊二が襖を貼ったりする間、幸生も紙を切ったり絵を描いて遊ぶのだ。手のかからない子なのである。

「はい、みなさん。そんならもう一遍いきますけん、お願いしますばい」

その胴間声はサトである。そこで一同、グエッ、グエッと咳払いして鈴の音が一つ鳴ると、

「父ィー母ァーのォー、恵みィはァー、深きィー三井ィ寺ァァァァァー」

というところで全員の声が入って、七人の打鈴《だれい》の音が合いの手のように揃って、リーン、リーン、リンと鳴る。

「明日ァーにはァー花のォー顔《かんばせ》ェー、夕べェーにはァー白骨ゥーとなるゥゥゥゥー」

ヒナ子は御詠歌を暗誦できる。サトは漢字が読めないので、ヒナ子が大きな平仮名で読み方を紙に書いてやるうち覚えた。だがこんなものを覚えても何の役にも立たない。おりん婆さんもそうだが年寄りは朝晩、死ぬことを考え続けている。それは昔も今も変わらない。ただその死が来るまでこの世に居続ける猶予期間に長短があっただけのことだ。昔の人の平均寿命は短かった。

サトが言うには、年寄りはもうすぐ死ぬと決まっている。それで家の者が勤めや学校に出かけた後、ヒナ子の家ではサトの年寄り仲間が集まって、朝っぱらから御詠歌の練習が始まるのだ。

ヒナ子が学校に行っている間、家では花の顔や白骨に三途の川や地獄の鬼など、あの世とこの世がごちゃ混ぜだ。そうしてヒナ子の日々は流れていくのである。

それからすると映画『楢山節考』のおりん婆さんは、独りで楢山の雪の中に座っている。年寄りの捨て場に捨てられて、そこにあるのはおりん婆さんの姿と、岩場のあちこちに転がる年寄りの骸骨と、死肉を突くカラスと、雪と、死だけである。何というか、生の世界と死の世界がちゃんと整頓区別されてわかりやすい。

ヒナ子は鞄を部屋に置くと小銭入れだけ握って家を出た。祇園町商店街の本屋に行くのである。

中学生が映画雑誌を立ち読みするのは勇気がいる。ぱらぱら頁を繰ると見つかった。『楢山節考』の特集が載っている。

この映画はわざと芝居がかって凝った作り方をしたのだそうである。作りが不自然だという評もあったが、結構評判を取っていた。読むうちにヒナ子が小学五年のときに観た『二十四の瞳』も、木下恵介の映画だということがわかってきた。

あの頃は映画といえば母親の百合子と行く洋画のディズニーや、サトと一緒に裏口から入る東映劇場の時代劇しか知らなかった。東映劇場はサトの御詠歌友達の息子が経営する封切館だ。『二十四の瞳』も『楢山節考』も、脚本は木下恵介監督みずからが書いたものだ。普通はシナリオライターといって、映画の脚本を専門に書く人たちがいるのだった。小説家と似たような職業である。

木下恵介は監督だけれど脚本も書いた。ヒナ子は映画雑誌から顔を上げた。映画雑誌が置いてある書棚をよく見ると、『映画シナリオ』という薄い月刊誌が見つかった。ぱらぱらとめくると何作かのシナリオが掲載されている。

何だ？　ヒナ子は眼をみはった。

そこには文章らしいものがない。映画の場面と、登場人物の出入り、役者の動作などを記したト書きが並んでいるだけで、あとはセリフが入っていた。人の心の動きや風景描写などはカメラがとらえるものらしい。映画は映像というもので出来ている。映像とはつまり画面のことである。

ヒナ子は妙に納得した。

それならシナリオは眼で見る映画である。

その雑誌には今月発表の懸賞シナリオの当選作が、誇らしげに大きく載っていた。ヒナ子は文章を書くことが嫌いではない。だがそれよりも、いろいろとものごとを考えることの方がなお好きだった。

スカートのポケットから小銭入れを取り出して、折り畳んだ札を出してレジへ行くと、迷わず『映画シナリオ』を差し出した。それで今月分の小遣いは消えた。


午前四時。空にはまだ薄い月が残っている。

ヒナ子がおもての道に出ると、黒い影がこっちにひらひらと手を振った。久しぶりに会う山田良正はまた背が伸びていた。辺りの家は寝静まっていて、ヒナ子は駈け出しそうになる足をゆるめた。道は砂利混じりで靴音が大きく響く。

二人で暗い道を並んで歩いた。電車道に出ると向こうからも人影が一つ、二つとやってくる。

「おう」

「おう」

と少年たちが呼び合った。ヒナ子を入れて五人になる。一人は西門の線路沿いに家がある在日朝鮮人の子で、あと二人は八幡駅の近くから来るらしい。それに良正を入れて九北新聞の配達少年だ。

「お前、ほんとに配達するとか？」

良正が胡散臭そうにヒナ子を見る。女の子の新聞配達など聞いたことがない。

「あんたら、よろしくな」

とヒナ子が言った。やくざ映画の女親分のセリフみたいだ。少年たちはしゅんとなった。

ヒナ子は小遣いがいる。菊二に言えば毎月の額を少しだけ増やしてもらえるかもしれないが、お金の使い途を話すのが億劫だ。菊二やサトに映画のシナリオというものの説明もしなければならない。そのことを考えるだけでヒナ子は気が重くなった。

八幡の街には新聞配達少年が沢山いた。この子たちのなかには自分の小遣いだけでなく、家計の助けをする子もいる。今は夏休みで、納豆売りや電球の玉売りのアルバイトもあるが、良正に聞くと、

「そりゃ何ちゅうても新聞配りや！」

と威張って答えた。納豆は毎日食べると決まったものではない。

「電球の玉が毎日切れるか？」

良正は白眼でヒナ子を見た。

「新聞は盆、正月も土曜も日曜もいるもんじゃ」

説得力がある。

「定期購読じゃけ、売れたり売れなかったりの心配もなかもんな」

つまり新聞配達はアルバイトの王だった。

始発が走る前の白々とした電車のレールはうすら淋しい感じがする。魂が抜けた体のようだとヒナ子は思う。

十五分ほど歩くと前田の電停の前に明かりのついた家が見えた。九北新聞販売所の看板が出ていた。白い犬が走って出迎える。尻尾のキリッと巻いた柴犬だ。バイクや自転車がおもてに何台も停めてある。

「おはよう。政雄さん、女の子ば連れてきた」

と良正がヒナ子の手を引っ張って中に入った。

「おう、来たか」

と振り返ったジャンパー姿の若い男がひと目見て、

「あちゃー、こげんなチビか」

「おはようございます！　今日からあたしが配るとこはどこですか」

ヒナ子は平気な顔で言う。

「そやなあ。女の子の第一号やから、安全で配りやすい所にしてやろう。三区の桃園アパートがよかろう」

と政雄さんが笑った。それで決まりだ。

ヒナ子は念のため家の印鑑をポケットに入れてきたが、そんなものはいらなくて、すぐ仕分け台の上に積まれた朝刊にチラシを挟む仕事を命じられた。忙しそうである。コンクリートの土間には梱包したままの新聞が置いてある。雇いの男が二人、その束を開けて部数を数え、配達区域の番号を記した棚に入れていく。

ヒナ子は三区の棚から分厚い新聞の束を抱え下ろした。刷り立ての新聞の朝刊は、手を束の中に差し込むと温みがあって布団の中みたいだ。新聞にチラシ広告を一部ずつ挟み込んでいく。

「一部でも飛び抜かしたらいかんぞ。この広告はうちの店だけのお客さんや」

チラシ広告の多寡で販売店の収入は違ってくる。政雄さんは販売店の息子らしかった。店主は老人で事務所で帳簿をつけている。政雄はチラシを新聞に挟むヒナ子の手つきを眺め、よし、とうなずいた。ヒナ子は何でも仕事が早い。

広告を入れた新聞の束を抱えて外へ出ると、バイクの荷台に積んだ。政雄さんがバイクに乗ってエンジンをかける。ヒナ子は後ろに跨がって出発だ。

「しっかりつかまっとれよ」

バイクが走り出すと、ヒナ子は政雄の背中にしがみついた。そのときもう長いこと会わない、テーラー瀬高の克美叔父を思い出した。以前そこで自転車の後ろに乗せられたときの、広い背中が浮かんでくる。

いつの間にか夏の夜明けが近づいていた。けれど日の出には間があって、空はぽっかりと穴が空いたように白い。映画が始まる前の、何も映っていないスクリーンに似ていた。

桃園地区の八幡製鐵所のアパート群が見えてきた。一棟目のアパートの昇降口の前で政雄はバイクを停めた。四階建ての建物に四つの昇降口がある。一つの昇降口の各階には左右一戸ずつ表札の付いた鉄扉があった。一棟に三十二軒の家族が住んでいる。

八幡製鐵所の社宅で新聞を取らない家はなかった。全国版の朝陽新聞にはおよばないが、九北新聞は昔から根強い購読者がいた。

ヒナ子は間違えないように片手で配達順路帳の頁を繰り、表札の苗字を見ながら歩く。各戸の鉄扉には新聞の受け口があり、政雄さんは脇から抜き取った新聞を、片手で筒に丸めて受け口に放り込む。

「ほら、こうやるんや」

サッと脇から抜くと、ポンと叩いて丸めて受け口にスポンと放る。サッ、ポン、スポン！　で一回五秒かからない。ヒナ子が交代した。サッ、ポン、スポン！　うーん、十秒、十五秒くらいかな。

「よか、よか。いい手つきや」

政雄さんがうなずいた。

ひと月が過ぎた。午前三時半になるとヒナ子の枕元で目覚まし時計が鳴る。鳴ったとたんに、鶏ガラみたいなヒナ子の手がニュッと伸びて一瞬に音がやむ。それからヒナ子はそっと着替えて台所に行くと水を飲んで家を出ていく。菊二もサトもまだ寝ている。朝日が昇った七時頃にヒナ子が帰ってくる。

「あの子はこの頃、どこば行きよるとか」

サトと幸生と三人で朝ご飯を食べながら、菊二がぼそりと尋ねる。

「子どもらで朝の体操に行きよると」

「ぼくも体操ば行きたい」

と幸生が言う。けれど公園でやる夏休みのラジオ体操は午前六時からだ。三時半は夜中である。おとなだったら泥棒の出勤と間違われるだろう。

「どこかみんなでマラソンばしよると」

「ぼくもマラソンばしたい」

と幸生がべそをかき始めた。どうせ長くは続かないだろうとサトは様子を見ている。だがヒナ子は朝は暗いうちから起きて、夕方になると、外に遊びに出ていても走って帰ってきて、また飛び出して行く。菊二に知れないうちにやめないかと、サトは気がもめる。

そんなある夕方、新聞を配り終えたヒナ子が帰ってきた。菊二は襖張りの仕事から戻ると、縁側で鳥籠作りに余念がない。幸生がそばにへばりついて遊んでいる。じいちゃん子だ。菊二は小刀で竹ヒゴを素麺ほどの細さに削り籠を組み立てる。市販の長方形の籠では物足りず、箱型の上に半円球の屋根を載せたりする。凝りに凝りまくると、外国の大聖堂みたいな丸天井の鳥籠ができ上がる。そこに帆柱山で獲ってきたメジロを入れるのだ。

「じいちゃん、ただいま」

とヒナ子がそばに寄って来て、

「いつも精が出るね。はい、これおみやげ」

と菊二のあぐらをかいた膝の前に、ゴールデンバットの煙草を一つぽんと置いた。

「はい、幸生もキャラメルや」

「何じゃ、これは」

と菊二が言う。

「あたしからのプレゼント」

パッと笑ってヒナ子は行ってしまった。それから茶の間のサトの鏡台に柚子飴の袋を一つ置く。それを見たサトはドキッとした。配達料を貰ったのに違いない。菊二が縁側から竹屑を払ってやってきた。

「何でヒナ子がわしに煙草ばくれるとか」

「まあまあまあ……」

とサトが菊二を抑えた。

その晩、茶の間で菊二とヒナ子は向かい合った。菊二は新聞配達をやめろと言う。ヒナ子はやめないと言う。けれど二人の口論は菊二の意気込みに反して、間もなくあっけなく終わってしまった。

「じいちゃん。何で新聞配りがいけんの?」

「子どもば働かせるほど、わしの家は貧乏はしとらん」

貧乏しとるやないの、とヒナ子は腹の中で舌を出す。父親が製鐵所の高炉で働く良正は、ヒナ子の三倍も小遣いを貰っている。それでも良正は新聞配達をやっている。貧乏だから配達する少年ばかりじゃない。

「働くことは悪いことやないよ」

「いいや、子どもを働かせることは悪かことじゃ」

「でも学校の先生はよかと言うとる」

その証拠に大きな事件が起こると、新聞販売店から学校へ配達少年の呼び出しがかかるのだ。子どもたちは学校から飛んで帰って、一斉に号外をばらまきに街へ飛び出す。

「ああ、あたしも早う号外ば配りたかあ」

ヒナ子は切なそうに言うと立ち上がった。

「もう眠いから寝るわ。明日、早いもん」

「おお、そうじゃ、そうじゃ」

サトも急いで立ち上がる。二人がいなくなると、菊二は幸生を連れて、銭湯へ行く。ちゃぶ台にゴールデンバットの箱が放られたままだ。

夏休みが終わる頃になると、ヒナ子の顔は真っ黒に陽焼けした。配達少年はみな黒焦げの細い茄子みたいだ。

ヒナ子と良正は三年になって何となく離れていたのが、新聞配達を始めてからまた付き合いが戻ってきた。良正の配達区域は広いので、ヒナ子は自分の仕事がすむと応援に行くことがある。

「おなごはよかのう」

良正は販売店でのヒナ子の待遇を羨んだ。政雄が桃園アパートの数ヶ所に新聞の束を小分けして、あらかじめバイクで運んでおいてくれるのだ。

「ふん、アメリカの女はドアも開けてもろうて、椅子も引いてもらうとよ」

製鐵西門の通りを新聞の束を抱えて二人で走る。良正の区域は九北新聞を取る家がまばらで、部数が少ないわりにやたら歩かなければならず、時間がかかった。配り終えると西門の店で良正がラムネを奢ってくれる。二人は銀杏の木の柵にもたれて、喉を潤しながら通りを眺めた。

ここは製鐵所の職工だけでなく、いろんな人間が行き交うのだった。下請けの作業員に、そのまた下請けの作業員。一日に三回何千人という人々が門から吐き出され、また門へ門へと吸い込まれる。

入っていく男たちは整然と行くのであるが、出てくる男たちはひと風呂浴びて気が抜けて、ワイシャツの胸をはだけていたりする。途中で通りの一杯飲み屋に寄って角打ちをやる者もいた。なみなみと酒の入った枡の角に口をつけて、啜り込んで飲むので角打ちというのである。

それで通りには酔っ払いの姿が多かった。みんな体中の骨が外れたようにふにゃふにゃと歩いている。両手をだらしなく広げて、足はガニ股で、行きがけに持っていた仕事鞄はどこへやったのか。鞄には命より大事な門鑑《もんかん》が入っているかもしれない。それがないと明日から製鐵所の門は潜れないのだ。

酔っ払いはペッ、ペッと唾《つば》を道に吐きかけるので、辺りの地面はねばねばに汚れている。もっとも道に唾を吐くのは酔っ払いだけではない。良正の父親も、近所の友達の父親も、日本の男たちは父も、兄も、弟も、みんな地面に恨みでもあるように、ペッ、ペッ、ペッと吐きつける。いったい何を食べて何を飲んだら、あんなに唾が出るのだろう。ヒナ子は不思議な気持ちである。唾よりもっとひどいのは痰を吐く男たちだ。ペッ、ペッではなくて、カー！　と喉の中から太い糸を引き上げるような凄い音を出した。

ヒナ子の家でも、ときどき菊二がそんな音を喉から振り絞って、サトとヒナ子の顰蹙を買っている。痰を吐くときの菊二は珍しく酔っていた。菊二の飲む焼酎は、毎日ヒナ子がその日のぶんだけ買いにやらされるが、コップにたった一杯半、一合五勺と決まっている。ラムネ一本ぶんくらいだろうかとヒナ子は思う。

前に良正にその話をしたことがある。

すると良正は眼を剝いて、

「ヒナ子のじいちゃんは、酒、強かのう！」

焼酎の一合五勺は、良正の父親もめったに飲まないというのである。もっとも良正の父親は製鐵の中でもきびしい高炉勤務だから、自制しているのだろう。

そんなに強い菊二も、たまに外で酔って帰ってくる。ガラッと戸を開けて、土間にペッと痰を吐く。いったいどこで、どうしてそんなに飲んだのか。

普段は穏やかな菊二の像がガラガラと崩れ落ちた。

「良正もそのうち、あんなおとなになるんやね」

脱いだワイシャツを片手にぶら下げて、また骨の抜けたような男が一人やってくる。

「おれはならん」

「へっ。ほんとか」

「おれんとこのばあちゃんは、満州から引き揚げてきたんや。そのばあちゃんがいつも言うとる。満州でじぶんだちは恥ずかしかことを一杯したんやと」

「どんなこと」

「満州の日本人町は酔っ払いばっかりじゃったと。酔っ払うて昼間からうろうろする日本人の男だちが、向こうの人間を滅茶苦茶に怒鳴ったりする。その醜さが、ばあちゃんは心底、忘れられんと言うちょる」

良正の息が荒くなった。ヒナ子はまだ見たことのない満州という土地で、酔ってぐにゃぐにゃになった日本人のおとなの姿というのを頭に浮かべてみる。そんなことが本当にあったのなら、もうヒナ子も絶対そこへは行けないと思う。

「日本人の酔っ払いだちは唾やら痰やら吐き散らしてな。向こうの国の人間だちのそんな姿は、ばあちゃん、見たことがないんやて。それに日本人の男は、夏は赤褌《あかふんどし》をつけただけの裸で街に出る。酔うとるわけやない。裸で暮らしとるんや。向こうの国の人間だちは夏でも足袋履いて、靴ば履いとるんやて。胸やら腹を出しとる者は一人もおらんやて」

ヒナ子の近所にも裸で赤褌の男たちがいる。北九州の町に褌男は全然珍しくない。昼間もその格好で平気で往来を歩いている。そんな格好でも仕事に行くと製鐵所でちゃんと働いている。そして一年の半分以上は家に帰ると褌で暮らしている。

「おれ、聞いただけで、ムカムカしてくる。こっちまで恥ずかしゅうなる」

良正の横顔を見ると、本気で怒っている。

「おれ、絶対、酔っ払いにはならんど」

「ふふふ。あんた、おとなになったら、いいお父さんになるかもね」

酒に酔っぱらわないだけでも、日本人の男なら上等の部類である。良正は照れて首をごしごしとこすった。ラムネの瓶を店に返して歩き出す。良正はふと西門前の煙突群を見上げた。

「そういえば製鐵所に映画のロケが来ると、うちの父ちゃんが言うとった」

「ロケ？」

「製鐵所が映画になるんやと。そんなら溶鉱炉は一番に撮るはずやと喜んどった」

良正の父親が言うのだから本当かもしれない。

「それどこの映画会社や？　何て名前の監督が来るの。いつ頃に来るの」

さあ、と良正はあてどない顔になった。子どもがそんなことまで知っているはずがない。

十一

ヒナ子はしだいに幸生のことがうるさくなってきた。

母親の百合子から引き離された小さい弟を最初のうちは可哀想に思っていたが、そのうち幸生どころではないような気になった。とくに急がねばならない用事はない。それなのに弟どころじゃないのである。ヒナ子はふと気が付くといつも心のどこかでじりじり焦っている。

今日もサトがまた同じ言葉を繰り返す。

「ヒナ子や、幸生ば可愛がらにゃならんど。ヒナ子はもう大きな娘じゃろう」

ばあちゃん、それは聞き飽きた。学校に行くと朝礼で、校長がわかりきったことを言う。

「三年生の皆さんは来年は中学を卒業して、進学、就職と新しい門出が待っています。悔いのない勉強をいたしましょう」

悔いのない人生なんてないのである。人間はみな悔いだらけだ。ヒナ子は十三歳でそんなことがわかる年齢である。サトは甲斐性《かいしょう》なしの菊二と夫婦になったことを悔やみ、百合子は父親のない子を二人もつくったことを悔やみ、下宿業兼金貸しの叔父の江藤辰蔵は、長患《ながわずら》いの女房と下宿人の世話と、貸し金の取り立てに押し潰《つぶ》されそうな日々の不首尾を悔やんでいる。

店を畳んで引っ越した後、めっきり会わなくなった瀬高の克美叔父とミツ江叔母も、悔いから逃れられない夫婦である。ヒナ子が周囲を眺め渡すと、どうにか悔いに縛られず気楽に生きているのは祖父の菊二くらいである。

克美叔父の家に貰われて来た緑や、江藤下宿に預けられたタマエや、ヒナ子に幸生みたいな子どもはまだ何もしてないので後悔はない。この世に生まれてまだ大したことをしていないからだ。校長先生は間違っていると思う。後悔は校長自身がしているのだ。

夜、ヒナ子は布団の中でひっそりと耳を立てる。近くの八幡駅を出た下りの夜汽車が徐行を始め、音がしだいに高く加速するのを聞いていると、ヒナ子の体もどこかへ連れられていくようだった。

冷たく光るレールがどこまでも延びている。それを眺めながらヒナ子の体はふわっと漂い出した。眠気に身をまかせようとするが、眼が覚める。じつは腹に熱がこもっているようで気持ち悪いのだ。初めて味わう不快感である。眼をこすりながら布団を出て便所に行く。木綿のズロースを下ろすと、裸電球の灯に真っ赤なものが映った。わっ、と声が出た。

血だ。怪我もしていないのに、痛くもないのに股の下が血で汚れているのだった。ヒナ子は足を開いたまま、中腰で立っていた。ああ。とうとう来た。ヒナ子にも来たのである。学校の保健体育の時間、女子だけが集められて女の先生に教えられたあの話。

月に一回、おとなの女性の体は、決まって赤ん坊をつくる準備をします。けれどまだ時期が早すぎて妊娠の条件が整わないので、子宮は準備していたものを流します。これが生理の始まりです。そのときはこの黒いゴムのパンツを穿いて、こんな風に脱脂綿を当てます。わかりましたか。

はーい。

よほどいいことがあるみたいに、みんなにこにこ笑って手を上げた。だけどこんなこととは露知らなかった。落とし紙を片手に分厚く摑んで股を拭くと、その紙も鮮血に濡れる。うう、とヒナ子は思わず嗚咽《おえつ》した。

ば、ばあちゃん……。悲しくないのに涙がぼろぼろと出る。血の色は恐ろしい。小さいとき、ひどく転んで膝から血が噴き出た。そのとき、わっ、と泣いた。あのときの反動みたいな涙だった。

それから汚れたパンツを片足ずつ脱ぐ。学級の女の子たちにはみんな来たのに、チビのヒナ子だけ遅れていた初潮だった。隣の席の武子も、前の席の良子も、後ろの席の久子も、タマエも、緑も、みんなこんな激しい光景を股の間に見ていたのだろうか。知らなかった……。

普通ならどこの家でも、娘が年頃になると母親が初潮のことを話して手当ての仕方を教えるものだ。けれどそばにいるサトも家を別にして暮らす百合子も、ヒナ子に初潮が来ることなど頭から飛んでいる。

その点さすがに学校は手抜かりがない。生理用品も学校が一括購入して女子に配っていたものだ。ヒナ子はお便所の棚に置いていた箱を取り出した。

ぼうっとなっていた気を取り直し、手水鉢《ちょうずばち》の水に濡らした脱脂綿で自分の股と足を拭う。まだよく育っていない痩せた小さなお尻だ。最後に血の付いたパンツの始末に窮《きゅう》し、新聞紙にぐるぐる包んで裏のゴミ箱へ捨てた。これならサトにも気づかれないだろう。ヒナ子は初潮が来たら祖母や母親に知らせるものとは思ってもいない。

幸い寝間着の裾は汚していなかった。

ようやく身の始末を終えて布団に潜り込むと、夜のしじまの底から石炭を積んだ無蓋《むがい》貨車がこっちへ近づいてくる響きを聞いた。ヒナ子は熱を持ったような下腹を抱えて、暗い布団の中で眼を瞑った。月に照らされたレールの上に自分の体が漂い出すようだった。

ある日、山田良正がヒナ子の家に飛んできた。

「大事《おおごと》や、映画の撮影が来るど！」

土曜の夕方だ。ヒナ子と幸生は良正の声に驚いて戸口へ出て行った。学校の希望映画会で観に行った『楢山節考』の木下恵介監督が、今度は八幡製鐵所を舞台にした映画を作るという。その話は北九州の街じゅうにもう広がっていた。いよいよロケ隊が動き出すというのである。

「明日な、桃園アパートで映画の撮影があるぞ！」

良正は唾を飛ばして言う。桃園地区は八幡製鐵の社員アパートがある広い地区で、良正の家もその中にある。東京の松竹撮影所から良正の住む桃園町まで、ぐうーんと一直線でつながったみたいである。

「昼の一時じゃけのう。明日、忘れんで来いよ！」

良正はすっ飛んで出て行った。まだ何軒も友達の家に教えに行くのだろう。体がでかくなるだけで、男の子の良正は変わるものがとくにない。昨日も今日も、去年も今年も相変わらず騒々しい。

良正が帰った後、ヒナ子はしばらくぼんやりしていた。希望映画会で観た『楢山節考』は子どものヒナ子には少しも面白くなかった。芸術作品といわれて外国でも評判を取っているらしいが、その公開からたった三ヶ月後に、今度は『この天の虹』のロケが来るのだ。

映画というのはそんなに速く作れるものなんだろうか。『楢山節考』は年寄りを山に捨てる話だった。そして『この天の虹』は濛々と煤煙を吐いて、新しい日本を造るための鉄を製産する八幡製鐵所が舞台だ。一人の監督の頭の中で、まったくテーマの違う二つの映画がどんなふうに育ったものか。ヒナ子は面食らった。

翌日、ヒナ子は急いで昼ご飯を食べると、

「映画行く、映画行く」

とはしゃぎまわる幸生の手を引いて家を出た。

空は曇っていて風がなく蒸し暑かった。桃園の製鐵団地の方へてくてく歩いていると、後ろから、おうーい、と呼ぶ声がした。振り返ると江藤下宿の杉田のおにいさんだった。今年から職場が製鐵所の中の圧延《あつえん》工場に変わって、前のようには会わなくなった。

圧延工場では千度以上に焼けた鋼鉄を延ばすので、夏場の暑さなどはとくに堪《こた》えるという。以前のふっくらした杉田のおにいさんの頬はごっそりと削《そ》げていた。けれど仕事場の暑さは慣れてくるとだいぶ違うのだとも言う。

「おにいさんも桃園のロケば見に行くとね？」

「うん、今日は丙番《へいばん》じゃけ、ちょっとだけ覗いてから仕事に行く」

三交代勤務の丙番は午後三時から夜の十一時までである。圧延工場は隣の戸畑市にあるので、一時間半くらいは撮影を見物できるというわけだ。

「どんな映画ができるやろね、おにいさん」

幸生を間にはさんで三人で歩く。

「八幡製鐵ば舞台にした映画なら、終戦の二、三年前かなあ、山本薩夫《さつお》監督の『熱風』があった。

おれは見とらんが、構内の様子ばよう撮っておったらしい」

杉田のおにいさんが小学生の頃の映画らしい。

「あの当時じゃから、国策映画やな」

杉田のおにいさんはそんな言い方をする。

「国策って何のこと」

「日本国民は戦争に勝つため、みんなで頑張ろう！　ちゅう宣伝ばするための映画じゃな」

「でも負けてしもうたやないの」

「その、負けてしまいそうじゃったから、頑張ろう！　とよけいに煽《あお》り立てたんじゃな」

行く手に桃園のアパート群が並び建つのが見えてくる。左手はヒナ子の通った前田小学校だ。

「その映画ではな、鉱炉の神様ち言われた田中熊吉さんの役ば俳優が演じとったそうや。映画に田中宿老《しゆくろう》が出とるというて噂になった」

「熊吉さんも嬉しかったろうね！」

「しかし最後は鎔鉱炉に落ちて死ぬとじゃ。工場の停電で送風機が止まって、鎔鉱炉がストップしてしもうた。それでダイナマイトば抱えて、鎔鉱炉に入ろうとして墜落するんじゃ」

「ひゃー、鎔鉱炉に落ちたら一瞬で溶けるやろ！」

ヒナ子は自分が煮え立つ真っ赤な炉に落ちた気がした。

「熱いよお！」

幸生が悲鳴を上げた。

「映画を観た後でな、田中宿老がぼそりと言うたそうじゃ。いったい何で、わしがそげな死に方ばせなならんとじゃ、と言うてな」

他人ごとでもヒナ子は体がぞくぞくした。

真っ赤な鉄の溶けた池に落ちる瞬間、人間はどんな気持ちがするのだろう。もう気持ちを感じる間もなく溶けてしまうのだろうか。

昔、鎔鉱炉で殉職した人の話を、ヒナ子も聞いたことがある。わざわざ国策にしなくても、みんな製鐵所の実際の仕事場を見たなら、こんな所で働いている人々がいるのだから、自分たちも頑張ろうと気合いが入るのではないだろうか。

「今度の映画も鎔鉱炉が出てくるやろか？」

「そりゃあ出てくる！」

と杉田のおにいさんは笑った。

「鎔鉱炉は八幡製鐵の華じゃけのう。それに、おれん所の圧延工場にも木下組の撮影隊が入るということじゃ」

「圧延工場の温度はどのくらいあると？」

「うーん。四十四、五度やな。ただ熱源が剝き出しじゃから、実際は輻射熱《ふくしゃねつ》がカッと当たって、もっとずっと高うなる。それで仕事中に塩や味噌ば舐めて、水ばごくんごくんと飲む」

熱中症になると痙攣《けいれん》や眩暈を起こす。死ぬ場合もあるという。

「圧延工場よりもっと熱い所は？」

「そりゃあ鎔鉱炉が最高じゃな。あそこは五十度は優にある。それから灼熱炉、これは五十度やな。焼成反射炉というのが四十九度かな。製銅の平炉と鍛造所《たんぞうしょ》は四十六度くらいかのう。これも実際はもっとずっと高い」

「ああもう言わんでちょうだい。あたし聞くだけで暑うなるもん」

ヒナ子は首に流れる汗を手で拭いた。

ロケのあるアパートは山手の桃園球場から真っ直ぐ下りてくる大通りのそばにあって、道路にまで人だかりができていた。

『この天の虹』で主演する男優は高橋貞二である。つい三ヶ月前、ヒナ子たちが観た『楢山節考』で、母親を山へ捨てにいく貧しい息子を演じた役者だ。相手役の女優は気品のある美貌で有名な久我美子だったから、見物人は沸き立っている。

「ヒナ子、こっちの方がよう見えるぞ」

良正が道の植え込みから手を振った。その植え込みは土手のように高くなっている。杉田のおにいさんも幸生を抱き上げて良正の方へ歩いていく。

「お前んとこの親父さんは仕事か」

「父ちゃんは非番じゃけど、今日のロケは高橋貞二だけで撮るそうじゃ。久我美子はよそでロケばしとるらしい。それ聞いてガッカリしてパチンコに行ってしもうた」

「あっ、あそこに人が見えるぞ」

誰かが正面のアパートの四階の窓を指さした。その右端の部屋のガラス窓に男の背中が現れた。ジャケットか何か、そんな男物の上着の後ろ姿みたいである。

わあっ、と人々がどよめいた。

あれが高橋貞二という俳優の背中だろうか。ヒナ子が立っている植え込みからはよく見えた。高橋貞二は美男俳優というわけではないが、『楢山節考』で評判になり、監督の木下恵介にも気に入られているという。見るからに誠実そうな役者だった。

アパートの四階の窓に映る小さい男の背中は、ヒナ子の眼にはここに集まった見物人の男たちとは違って見えた。癖のない体つきというか、映画俳優の背中はスッと通っている。今にこっちを向くだろう、正面の顔を見せてくれるだろうと人々はじっと待った。

だが背中はなかなか振り返らない。待つうちに、やがて奥へ引っ込んでしまってそれっきりとなった。その後は三十分余りも見物人が待つうち、撮影が終わったという触れがまわった。ところがみんなまだ諦めない。

「撮影ば終わったら、高橋貞二は階段ば降りてくるはずやろ。そしたらもっと間近に顔がよう見れるわ」

女の声がする。そうだ、そうだ、と人々は足を止めた。そうやってまた待っていたが高橋貞二はもとより、誰も人影は降りてこない。待ちくたびれた人々は汗をかいた顔を見合わせる。それから三々五々と諦めて帰り始めた。

映画のロケというものは見ていて少しも面白くない。撮影するより待ち時間の方が長いようだ。

「お姉ちゃん、帰ろう」

幸生の口が尖《とが》る。

「そこの雪印の牛乳屋でアイスクリームば買うてやる」

杉田のおにいさんが言いながら腕時計を見た。そろそろ引き揚げるのにちょうどいい時間なのだろう。

良正と別れて三人でまた歩いて帰った。

今度は大通りのシュロの並木の道を通った。下まで降りると桃園の電停があって、杉田さんはそこから八幡駅行きの電車に乗ればいい。歩きながらヒナ子が聞く。

「おにいさん、いつもはどんな映画ば観る?」

江藤下宿の杉田さんの部屋には『ラドン』のポスターと、社会党書記長の浅沼稲次郎の写真が貼ってあった。おにいさんは将来、八幡製鐵の労働組合の書記長なんかになりたいのだろうかとヒナ子は考えたりする。

「うん、新藤兼人《かねと》監督の映画が好きやな。八幡製鐵ば入ってすぐの年、博多の古い映画館で『原爆の子』を観た。この監督は自分で撮る映画のシナリオも書くんや。福岡で見逃した映画は、キネマ旬報とか映画雑誌のシナリオ読んだらええからな」

「あっ、そうか」

「広島の蔵迫《くらさこ》という所で生まれたんでな、新藤監督は佐伯やから故郷が近いんじゃ」

「広島なら、おにいさんも原子爆弾ば見たと？」

「ああ、広島の方角に恐ろしか形の雲が上がるのば見た。何や化け物みたいに大きかった」

「広島の町じゃなかで、よかったね」

「世の中で好きなもんは、ゴジラと、浅沼稲次郎書記長と、新藤兼人監督じゃ」

そういえばゴジラは南太平洋のビキニ島で起きた、水爆実験で大昔からの眠りを破られたという設定だ。

「ぼくもぼくも、ゴジラが好き」

小さい幸生が話に割って入った。


「どうや、どうや、この服ば見て」

と同じクラスの大山みゆきがピンク色のワンピースを自分の胸に当ててみせた。みゆきはクラスで一番背が高く、身長が百六十センチもあった。体重は六十キロくらいだろう。

「あたし可愛いかろう？　似合うじゃろ」

と言うけれど体がでか過ぎて、おとなの女の人みたいで全然可愛くない。みゆきの部屋は色とりどりの洋服だらけだ。床に脱ぎ捨てられている。

「一日目はこの服にする。次の日はこっちの服にする。毎日着替えて撮影所ば錦《きん》ちゃんに会いに行くんや」

とその気分になって部屋を歩きまわる。みゆきの祖父は飯塚の町に東映の封切館を持っていて、みゆきの憧れる東映俳優の中村錦之助とも付き合いがあるという。

「もしかしたら錦ちゃんは、あたしを自分の家に招んでくれるかもしれんな。大変、そしたらもうちょっとムードばある服もいるたい」

遊びに来いとみゆきが言うので行ってみると、なんと家出の話だった。京都の太秦《うずまさ》にある東映時代劇の撮影所へ中村錦之助に会いに行くと言う。それで京都で毎日着る洋服選びをしているのだ。

「勝手に家ば出たらお父さんが心配するやろ」

みゆきの家は父と母が離婚して父子家庭だ。父親は自分の経営する会社が忙しく、その上に愛人がいるようで、みゆきは家ではお手伝いのねえやと二人で暮らしているようなものらしい。

「お父さんも勝手に家ば出て遊んどる。あたしがお父さんの心配ばせんように、お父さんもあたしの心配ばせんはずや」

みゆきは確信ありげに言う。

中村錦之助は美空ひばりの相手役で出た『ひよどり草紙』から『笛吹童子』『里見八犬伝』な

どの映画で、たちまち人気スターになった。東映時代劇が「江戸」というどこにもない老若男女のパラダイスを作って、美空ひばりや中村錦之助や東《あずま》千代之介らの俳優は、その架空の国のアイドル人形だ。

みゆきはそこへ錦ちゃん人形に会いに行くわけである。むろん押しかけファンだった。錦ちゃん人形は撮影するときだけ人形になって、ほかのときは元の人間に戻る。みゆきにはそれがわからない。ただ、撮影所で仕事をする錦ちゃん人形は、見学者をむげに追い払ったりはしないだろう。

もしかすると声も掛けてくれたりして、また撮影所を案内してくれたりして、その上に自分たちのことを覚えていてくれて、次から撮影所に行くと「よく来たね」と飲み物くらい出してくれるかもしれない。

もしかしてそんなこともあるかも、とヒナ子もいつの間にか、みゆきの興奮がうつってきた。

「あのな、おカネのことは心配せんでよかよ。あたしが小遣いば銀行から出してくるけん」

みゆきがニッと笑った。ヒナ子は銀行には行ったことがない。サトがおカネを出しにいくのは郵便局ばかりである。

「でも」

とヒナ子は押されかけて踏みとどまる。家出をすればサトも菊二もどんなに心配するだろうか。考えるまでもなくわかる。ヒナ子はそんな年寄りの心配と引き換えにするほど、錦ちゃんが好きなわけでもない。

それにみゆきは錦ちゃんの家に泊めてもらえる可能性もなくはないが、縁もゆかりもないヒナ子まで面倒をみてくれるだろうか。ヒナ子の気持ちは少し冷めてきた。京都で錦ちゃんとみゆきに放っとかれたら、ヒナ子は路頭に迷うことになる。

みゆきがそばへ寄って熱っぽく言った。

「ヒナちゃん、汽車のな、寝台車ちゅうのに乗ったことあるか？　あたしはお祖父《じい》さんと京都まで行ったとき乗ったんや。汽車の中に細長い寝台が横向きに並んどると。むろん枕と布団もあるんやで。その中に体ば滑り込ませてな、ゴットン、ゴットンという音を聞いとると、不思議にうっとりとして眠うなるとたい」

「寝台車はおカネ高いと？」

「あたしが出してやる。友情じゃけんね」

ヒナ子の気持ちがグイッと引っ張られた。夜汽車には乗ったことがない。寝台車もまだだった。真っ暗な夜の汽車の線路に乗って遠くへ運ばれていくのである。空は月が出て星が金砂子のようにちりばめられている。ヒナ子は遠くへ行きたい気がした。夜の汽車に運ばれていったら、ああ、どんな気持ちがするだろう。

祖父の菊二と、祖母のサトと、弟の幸生と、狭い家で布団をかぶって寝るのももう飽きた。夜の汽車に乗ってみたい。これまでヒナ子を急《せ》き立てていたのは、この夜汽車だったのではないか。

ドンッ、と背中を押された気がした。

そうや、幸生どころじゃない。じいちゃんどころでもなか。ばあちゃんどころでもなか。

ヒナ子はまたにわかに急き立てられてくる。ああ、もしかしたらみゆきもこんなふうに、ドキドキするものにやっぱり押されているのではないか。

だがそれならみゆきは一人で家出すればいいのである。わざわざヒナ子を誘う必要はない。片親同士の友情のせい？　けれどみゆきと親友になった覚えはない。

ヒナ子なら家を出ていくときは誰も誘わず、さっさと行ってしまう。ひと目につかないよう夕暮れに駅へ行く。一人で汽車に乗るのだ。長い長い線路の彼方へ運ばれていく。

そうか、あたしは汽車に乗りたかったんだ。夜の汽車に乗ってどこかへ行きたかったんだ。

ただ問題が一つある。そうやってヒナ子はどこへ何をしに行くのだろうか。それがわからない……。

「大丈夫、ヒナちゃん。あたしが錦ちゃんにあんたのことも頼んでやるたい。約束するよ。この子も一緒に錦ちゃんの家に泊めてちょうだい、と言うてやる」

みゆきの声が大きくなるが、ヒナ子は宙を見つめて別のことを考えていた。

映画俳優には山ほどのファンが押しかけていく。でも映画監督を訪ねていくファンはいないだろう。ヒナ子が新藤監督に会いに行ったら、監督は心から喜んでくれるかもしれない。撮影所に行ってわけを話して監督に会わせてもらい、そのとき杉田のおにいさんから聞いたことも言うのだ。『原爆の子』の映画は素晴らしかったそうですね、監督。

「新藤監督さん」

と、ヒナ子は監督に会ったら言おうと思う。

あたしは映画のシナリオば書きたい子どもです。どうぞ監督さんの弟子にしてください。弟子にしてもろうた上は一生懸命勉強ばします。どうど、どうど、お宅に置いてください。

ヒナ子はみゆきの方に顔を向けた。

「あたしにもアテがあるんじゃ」

映画監督は中村錦之助より偉いはずや。その偉い人に会いにいくんじゃから凄かことや。

だんだんヒナ子の頭の中に、まだ見たこともない新藤監督の影法師が濃くなっていく。


古本屋の開店時間は遅かった。

いったい商売をする気があるのか、ないのか。

朝の十時になっても色褪せて黄ばんだ白いカーテンがガラス戸の向こうに下りている。

十一時になってもまだ開かない。

十二時になっても閉まったままだ。「古賀古書店」と書かれた板の古看板が、日ざらし雨ざらしで反《そ》っていた。

あっ。

とヒナ子は立ち止まった。夕刊の配達のとき通りかかると店の戸が開いていた。長い顔に黒縁眼鏡をかけた年寄りの店主が座っている。商売をする気はあるようだ。ただ客は誰もいない。店主は下を向いて本を読んでいる。

普通、本屋の親父が本を読んでいる姿など、見ることはない。古本屋の親父は変わっているとヒナ子は思った。

店主の後ろの書棚は天井まであるが、その中にびっしりとカーテンと同じような黄ばんだ色の古書の背表紙が詰まっていた。商店街の普通の本屋の書棚はカラフルで本の題名がひと目で眼に入る。だがこの店の本は見渡す限り色が褪せて、中にはもう枯葉色になったのや、もっと古くなってライスカレーの汁みたいな色のもある。

ヒナ子は急いで店の前を通り過ぎた。まず配達を終えねばならない。小一時間もして戻ってくると、店主はまだ本のつまみ食いをやっていた。お客は相変わらず一人もいない。ヒナ子はそろりと入って声をかけた。

「あのう、本を探しとるんですが」

何？　と店主が顔を上げた。それから腰を浮かして、番台の向こうに立っているヒナ子を覗き込んだ。番台は高すぎて土間のヒナ子は背が低すぎる。

「本？」

「本です」

「ここは古い本が専門じゃが、あんた、どんな本を探しとるんかね」

店主は怪訝《けげん》な顔でヒナ子を見た。

「新藤兼人監督のシナリオが載った本です」

ひと息に言うとヒナ子はふうっと息をついた。

「ほう。新藤兼人さんねえ」

と店主は知り合いみたいな言い方をした。

「そのシナリオね」

顎を撫でて立ち上がると土間に下りてきた。

「うーん、『愛妻物語』や『偽《いつわ》れる盛装』は確かシナリオ集に載っとったが、それをあんたが読むとかね？」

まさかという顔でヒナ子を眺め下ろす。子どもが読んでもわかるまい。変な子だという顔をした。

「あたしが読みます」

とヒナ子はうなずいて
「『原爆の子』とかありますか」

声を大きくして言った。

「おっ。『原爆の子』ね」

店主の顔が少しゆるんだ。その作品なら子どもが読んでも少しはわかるかもしれない。しかしこの子にシナリオというものが読めるだろうか。店主は枯葉色の背表紙の棚を下から上まで探し始めた。上の方から二冊取り出して目次を調べる。

「うむ、これには『原爆の子』は出とらんなあ、あの映画は何年の公開じゃったかな」

ヒナ子が覗き込むと、『年鑑代表シナリオ集』の一九五〇年版と、一九五一年版である。シナリオ作家協会編、と記されている。

「五一年に新藤さんが書いた『偽れる盛装』が載っとるということは、『原爆の子』は明くる年じゃな。五二年の方に載っとるんじゃろう」

店主はまた書棚を探し始めた。

「ないなあ。まだ本が出て四、五年しか経たんので、古本の方には回ってないのかもしれん。というて、そこらの普通の本屋に置くような本でもないし……」

市の図書館に行って借りて読んだらどうかと店主は言った。尾倉町に市立図書館がある。ヒナ子はまだそこへは行ったことがない。

その辺りは八幡大空襲のとき、大きな防空壕が爆撃されて何百人も焼死者が出た。戦後しばらくは幽霊話も出て子どもたちは気味悪がったものだ。その後に慰霊碑が建立されて、今では跡地に有名な建築家の造ったピカピカの図書館ができていた。

けれど図書館で借りた本には返却日がある。ヒナ子は新藤兼人監督のシナリオを家に持っていたかった。

「あたしは本ば買いたいとです」

「そんなら今度の組合の寄りのとき、ほかの店にも聞いてみよう。映画関係の本ば集めとる店もある」

店主はそう言うと真顔になった。

「嬢ちゃん、あんたおカネは持っとるじゃろうね。普通の雑誌よりは高いよ」

ヒナ子は口を引き締めて、服のポケットから赤いビニールの小銭入れを出した。パチンと開けて中を見せた。新聞販売店で貰った今月分が、お札できっちりと折り畳まれている。おう、と店主が眼を丸くした。

「本が入ったら教えてください。あたしは新聞配達ばしとるので、ここの前を通ります。本が入ったら表の戸のガラスに印ば貼ってください」

「印？」

ヒナ子は少し考えて、

「窓ガラスに赤いチョークで星印ば付けてください」

「よし、赤い星印じゃな」

新藤兼人監督はヒナ子の星である。店を出ると販売店に走って帰った。夕暮れが迫っていた。

通りの電信柱に新しい映画のポスターが出ていた。

『この天の虹』のタイトルが浮き上がって見える。ロケからたった二ヶ月も経たず映画はできたのだ。八幡製鐵所の鎔鉱炉の写真を背景に、高橋貞二と久我美子の顔が向き合っている。

公開迫る——の殴り書きみたいな筆が躍っていた。

杉田のおにいさんが子ども用の入場券を二枚取ってくれたので、山田良正と三人で観に行くことになっている。

ヒナ子はそれと別に、みゆきとの京都行きの話もできていた。新藤監督のシナリオの本の予約もできた。あれもこれもそれも、ヒナ子は忙しくなった。

う……、とヒナ子は眉をしかめた。

下腹がしくり、と疼《うず》く。生理が始まって当分は日にちが乱れて気分も良くない。痛くはないが鈍い疼き方をする。腹が熱くなっている。これからずっとこんなふうに生理は毎月やってくるのだろうか。

ヒナ子は走っていた足を緩めて歩き出した。

十二

この頃、サトは気が塞《ふさ》いで仕方がない。台所の流しの前などでふとわれに返ると、まな板の上にネギを揃え包丁を握ったままぼんやり立っていたりする。洗濯物を取り込んで畳みかけたまま、いつの間にか物思いにふけっている。

サトの気鬱のもとは他にはない。瀬高のミツ江の病気のことである。それもよりによって癌なのだ。サトは生来の頑健で病気知らずの体だが、妹たち二人は蒲柳《ほりゅう》の質に生まれついていたのである。

サトはもう三十年ほども、妹トミ江の心臓病に何くれとなく付き添っている。病人に頼まれれば按摩や灸に食事のことなど、気のつく限り世話をした。トミ江の夫の江藤辰蔵にも気をつかって、彼の酒の肴などを運んでいくこともある。

そんなトミ江に較べると、ミツ江は気の置けない妹だった。確かにミツ江は娘時代から品行方正とは言い難い。八幡の料理屋で仲居をして働いていたが、広島から来たという旅の仕立て屋の男と知り合ってそのままついていってしまった。尻軽娘とサトは腹を立てたが、けれど自分たちの父親も妾をこしらえて母親を悩ませたのだから、それは父親譲りの性分かもしれない。

だがミツ江は出ていったと思うと、何年も経たないうち別の若い仕立て屋の男を連れて、ひと目を忍ぶように帰ってきた。いったいどういうことかとサトも菊二も呆れていると、間もなく広島に原子爆弾というものが落ちたのだった。

それは物凄い火の玉になって、人も建物も街ごと何もかも閃光《せんこう》と共に焼き尽くした。サトはあの原子爆弾が落ちなかったら、ミツ江が広島でしでかした不実のおこないを今も許さなかっただろう。だがあの天をビリビリに引き破った原子爆弾には、日本中がみんな腰を抜かした。

ミツ江を広島に連れていった仕立て屋という男もただ焼かれて死んだわけではない。人の死に方にもいろいろあるが、あの爆弾にやられた人々は、この世の中のどんな死よりももっと激しい消滅の仕方をしたのだ。

尻軽ミツ江は原子爆弾に張り飛ばされた。仕立て屋の男は爆死してミツ江をグウの音《ね》も出ないほど打ちのめした。仕立て屋はサトの前に最初からとうとう一度も姿を現さないまま光となった。サトはミツ江には黙っているが仏壇の先祖の霊と一緒に、広島で爆死したその仕立て屋にも手を合わせて拝み続けている。

ミツ江は確かに苦労知らずで見栄っ張りのいい気な女だったが、死んだ仕立て屋の弟子であったという瀬高克美と八幡に舞い戻ってきてからは、何とか今日まで浮わついた話はないのである。

ミツ江は一時は江藤下宿屋に入り浸って花札遊びなどもしていたが、それでも他に男をつくったり博奕《ばくち》に手を染めたりはしなかった。遊び好きでだらしがないが、けれど気の良い、掃除、洗濯好きの、そして何より料理上手な女なのだった。

だった、というのは妙な言い方かもしれない。ミツ江は重い癌だが、まだ生きているのである。サトはこの仕方のない不憫な妹を思うとき、気性は激しいが正直な子だったと思いもする。

もはや助かることはあるまい。

サトは井戸端で洗濯板にぐいぐい力を込めて妹の下帯を洗う。晒《さら》しの布地に染み込んだどす黒い血は洗っても洗っても落ちない。汚れた水の泡がぐるぐる渦を巻きながら溝へと流れ落ちていく。うつむいた顔にかかる白髪を片方の手の甲でかき上げて、サトはふと思う。

ニンゲンはどこに行くんじゃろう。

ヒトが死ぬとか、生きるとか、そういうことではない。水がどこかへ流れてゆくように、水の最後が消えるのでなくその先にゆく所があるように、人のゆく先も終わらないようにサトは思う。途中で命が尽きて死んだり、まだ生き続けたりするのと別に、人も水もどこかへ流れ続けている。サトも流れている途中である。どこかから来て、どこかへゆく途中ではなかろうか。するとミツ江もまた途中である。みんなそういうことなんだろうか。

洗い終えた下帯を庭の物置の陰に干した。サトはミツ江の入院した中央町の八幡製鐵所病院に一日置きに通っている。病人の洗濯物を洗って干し上げて持っていき、また汚れた物を持って帰る。末期の重い癌にサトは手も足も出ない。妹にしてやれることは洗濯くらいだ。

ミツ江の夫の克美は毎日、病院に来ている。それまではいろいろと品行に問題のある男だったのに、今は女房の食事の世話をして、それがすめば口を漱《すす》がせ、腰を揉み、気塞ぎの病人の話し相手になり、男の誠実味が見ていると伝わってくる。

似た者同士の夫婦というか、二人の生きてきた日々を振り返れば褒められたものではないが、今こうなると、それ見ろ、ということもできない。ミツ江と克美にはどんな明日が待っているのだろうか。

サトは家の中に戻って台所の床を磨き始める。雑巾を摑んで床板の上を平べったく這いながら、次に溜息が出るのは孫のヒナ子のことである。

こないだまではとにかく食べさせて、遊ばせて、寝せていれば、この子は素直に学校に行って、家のお使いもして機嫌良く暮らしていたのに、女の子にいつか必ずくる月経から後、だんだん気難しくなってきた。

古裂を縫って小豆《あずき》を入れたお手玉を与えると、半日でもジャラジャラ鳴らして遊んだものだ。猫の子と変わらない。猫の子が大きくなるとお手玉を放っても知らん顔をする。ヒナ子も仏頂面《ぶっちょうづら》をしている。何かこの家に不満がありそうな顔に見える。

そういえば母親の百合子もこのくらいの齢のときは、口数が減って鬱陶《うっとう》しげな眼をしていた。百合子は満州へ出奔した菊二の兄の子だった。身重の妻が菊二の元に残って生んだ子どもである。その母親に死なれて、百合子は菊二夫婦の養女になった。百合子が子どもの頃は躾《しつけ》をするためにサトは手を上げて叩くこともあった。その頃の母親たちはよく子どもを叩いて育てたものだ。サトも百合子のことを思って、継子だからこそ厳しくするのだと自分に言い聞かせた。そしてサトはそのぶん少しずつそんな自分に傷ついてきた。

ところがヒナ子の場合は違っている。ヒナ子は貰い子だった百合子の娘であるから、血はつながってはいないのだ。それなのに自分の本当の孫のように可愛い。男の子の幸生より、女同士で気持ちが通じるせいもあってか、よけい可愛い。サトはヒナ子を叱るとき、まだ一度も手を上げたことがない。よその子よりもいたずらで眼が離せないのも、小さいくせに生意気なことを言うのも、ヒナ子の愛らしさなのである。

その子が最近サトに近寄らなくなった。ばあちゃん、と飛びついてきたのが、じわりと距離を置いてじいっとこっちを眺めている気配である。観察されているようでサトは気が張って疲れる。

「ヒナ子の眼がこの頃、何や違《ちご》うてきた」

と菊二に話しても、男の年寄りには何も感知するものはない。よそ目にはヒナ子の様子に取り立てて異変はないのだった。新聞配達のアルバイトを勝手に見つけてきて、一日も休まず販売所に通っている。

もしや、これが子どもの成長というものだろうか。孫というものを母の代わりに預かって、サトは初めて子育てをする親のように自信がない。いたずら子猫がだんだんおとなの猫になっていくようなものか。サトは床板を拭く手に力を込める。

ヒナ子もどこかへ流れているのだろう。この子はこれからどんな所へゆくのだろう。サトの手の届かない所へゆくのだ。可愛い子だが致し方がない。

床板は長年磨き込んで黒光りしている。その木目の上に痩せて淋しそうな顔の若い女が浮かんできた。ああ、忘れていた。百合子を産んだ母親の顔である。

辺りは道行く人もなく風も息を止めたような夕刻だった。日が沈みかけて木の影ばかりが長く射した道を、菊二と一緒に歩いた。

サトはまるで古い映画を観たようにそのときのことを覚えている。長崎県の南高来《たかぎ》郡という地名を今も覚えている。山間の村に入り、菊二の長兄という人の家を訪ねた。戸口に出てきた男は眉の濃い、菊二に似て背の高い人物で、中に上がると痩せた女が畳に手をついて頭を下げた。女は腹が膨れていて妊娠しているとひと目で知れた。それがサトが初めて対面した菊二の長兄夫婦だった。

名前は貴田譲《ゆずる》とチズ子という。チズ子はまだ娘のような若さだった。サトとチズ子は台所にやられて、部屋の方では譲と菊二が声をひそめて話し合った。

障子の向こうから譲の話す低い声が洩れてくる。サトが普段聞き慣れない言葉だった。ろーどーそーぎ。こさくにんかいぎ。ざわざわと不穏な風が吹いてくる雰囲気である。子どもの頃、サトの田舎の村々で筵旗を掲げた農民の行列を見た覚えがある。

貴田譲がしゃべる声音に荒々しく殺気立った筵旗の人々を思い出した。

一晩の夜風のように、翌朝、サトが起き出したときにはもう譲は単身で満州へ旅立った後だった。菊二とサトに身重のチズ子を託して逃亡したのである。それは百合子が生まれる年のことだったから、大正十一年の春のことだったろうと、サトは振り返る。当時、菊二とサトは筑豊の炭鉱町に世帯を持っていたので、身重のチズ子を連れて汽車で家に帰った。村を出る道々、山伝いに背後を振り返りながら歩いたことを覚えている。

間もなく彼女は産み月になり、町の産婆がやってきて女の赤ん坊が生まれた。盥《たらい》の湯の中で両手をわななかせて震えるように泣く赤ん坊を、年寄りの産婆がサトに抱かせた。

「ほれ、しっかり抱いてやりんさい。今日からあんた家《げ》の子じゃろ」

菊二が出生を届けに役場へ行った。満州へ脱出した兄の子と言うわけにもいかない。父親は菊二ということにした。赤ん坊の名前は百合子と付けられた。

サトが炭鉱の購買所に行くと棚の上にラジオが置かれていて、流行歌を流していた。その中に「馬賊の唄」というのがあった。

俺も行くから君も行け　狭い日本にゃ住み飽いた
海の彼方にゃ支那がある　支那にゃ四億の民が待つ

サトは米や野菜を買いながら、流れる歌に、満州へ渡った貴田譲の顔を思い出したものだ。日露戦争で活躍以来、満州の曠野《こうや》を疾風のように馬を駆ってロシア軍を攪乱した馬賊の一団は、大陸への憧れをともなって日本中の人々の心を熱くさせたのである。サトは音信のない百合子の父を思うとき、彼は馬賊になったのだといつの間にか信じるようになった。

嗚呼《ああ》いたわしの恋人や　幼き頃の友人《ともびと》よ
いずこに住めるや今はただ　夢路に姿辿るのみ

チズ子は産後の肥立《ひだ》ちが悪く、ひと月も置かずに亡くなった。栄養事情も悪い当時はそんな女たちが、秋の木の葉が散るように命を落としていったものだ。サトはそれまで飯塚の炭鉱に入って働いていたが、それどころではなくなった。母親の代わりをしなければならない。近くに赤ん坊が生まれた家があると聞くと、貰《もら》い乳《ちち》にまわった。

赤ん坊は誰の乳房にでもむしゃぶりついて吸い始める。それでなくては母のない子は生きられない。菊二は人が変わったように坑内に潜って働いたものだ。

満州に行ったきり譲は音信もなく、チズ子の死と百合子の誕生を知らせるすべのないままに、やがて昭和となり満州事変が起こり、中国大陸は戦火に包まれていくのだった。歳月が流れた。

サトの頭の中には消息不明の男が二人いた。一人はヒナ子の父親の澤田照彦である。照彦は実家が奈良の材木問屋だということで、百合子と離婚した後の居場所を調べようとすればできないことはない。ただ菊二もサトも百合子も澤田照彦に関しては、その必要をまったく感じていなかった。商売の才はある男だったけれど女性にだらしがなかった。思い出すこともない最悪の婿だった。

そしてもう一人の男はといえば、満州に消えたヒナ子の祖父の貴田譲だ。サトは譲といえばその満州の「馬賊の歌」のせいで、銃を担いで馬に乗った男の姿が目に浮かんでくるのだった。しかしやがて、風の便りに譲が客死したという話が流れてきた。

サトは雑巾がけの手を止める。

赤い夕日の満州に姿を消した貴田譲のことはもういい。これだけ時が流れたのだ。ただ奈良のどこかに生きているヒナ子の父の澤田照彦は、サトの記憶の中で消えたかとみればまた点《つ》く不穏な灯なのだった。

十月になってミツ江は病院を退院した。

病状が回復したわけではなく、癌はもうあちこちに転移して抗癌剤も打つ手は尽きていた。それで克美が治療を断念して家に連れ帰ったのである。

わが家に戻るとミツ江の体は不思議に小康を得た。抗癌剤が苦しめたのだと克美は思い、一日置きに介抱に通ってくるサトは、家に帰ってほっとしたせいだろうと思っている。土日には緑が福岡市内の大学の寮から泊まりに帰ってきた。ミツ江は穏やかに克美の世話を受けていた。

克美は西門司の縫製工場から手を引いた後、家で細々と野馬の注文仕事を続けていたが、ミツ江の退院以来それも断るようになった。

暖かい日はミツ江は布団の上に起き上がり、縁側の障子を開けて飽きずに外を眺めた。縁の下には犬のジョンが寝そべっている。久しぶりに帰ったミツ江のそばを犬は守るように動かない。

「何ば見とるか」

克美が聞くと、ミツ江は痩せた手を差し伸ばして庭の外の林を指した。そこには克美の好きなすらりとしたシラカシの木々が、白い帯を垂らしたような美しい姿で立っている。

「向こうのカシの木よ」

ここへ引っ越してきた当初、克美はその木が鶴崎夫人の声で、あなた、あなた、あなた……と囁《ささや》くのを聴いたものだ。ずいぶん昔のような気がする。その頃はシラカシだけではない。克美の眼に映るなよなよしたものが女に見えたのだった。体の中に冷めない熱源のようなものがあり、克美の眼や耳を誘惑し続けたのである。今はもうシラカシは黙って立っている。

「あの木があたしに声ばかけると」

「何てや」

「今に楽になるどーって」

克美はビワの種を炒《い》った粉薬をミツ江に服《の》ませる。癌の妙薬といってこの辺りの農家はみな作っている。ビワの粉や温灸や按摩や、今のミツ江の治療はそんなものばかりだ。しかしそれが効いているかのようにミツ江は穏やかだ。

日に一度は克美がミツ江の体を清拭《せいしき》してやる。もうエロスの跡形もない骸骨のような女房の体を、克美は拭き清めながらそれが自分の迷いの残骸のように見えるのだった。欲情のない男女の関係が不思議だった。欲情がないぶん曇りなくよく見える。目玉を磨き直したように澄明《ちょうめい》に見える。恐ろしいくらいである。

ミツ江は乳房も腹も股も、かつて健やかだったそれらが今は凄まじい廃墟と化している。人体の廃墟には病気の滲出液《しんしゅつえき》の臭いがする。清拭してもしてもその臭いは、か弱い小動物に襲いかかった猛獣のように、しがみついている。

ミツ江はもう観念したようにされるままになっていた。治療はあるだけの手を尽くし回復の望みも抱いたが、もう手立てのない所へきた。表情の変わらないミツ江の顔は何か奇妙な神のようである。

細い鼻筋に今も薄く隆鼻術の青あざが浮き出ている。だが、そのあざよりも眼や頰に浮き出た病の隈《くま》の方が濃い。克美は付き添っている間、病人ともどもに不思議な静けさに包まれるのを感じた。

ある夕方、克美が病人の腰を揉んでやっていると、うつぶせの顔が少し横向きになって、

「あのな」

とミツ江は言った。

「なんじゃ」

「この世はあるもんやろか」

いきなりで克美は少し黙っていた。

「それとも、ないもんやろか」

さあ、と克美は腰骨を手の指で押している。

この世がなければ、人間の体のこの骨もあるまい。人間の病の癌もあるまい……。けれど克美は黙って揉み続けた。

「竜宗寺の和尚はないと言うたわ」

八幡の前田小学校の近くにある古寺の住職のことである。坊主もたまに背広を着ることがあるので克美の客だった。ミツ江は常に心に鬱屈を抱えている女だったから、坊主が来ると話が聞きたくてお茶や茶菓子を揃えて急にもてなし方が変わった。

「和尚さんが言うにはな、この世の形あるものや、この世の出来事のすべてはな、本当は何もないんやて」

「ほう。信じられんような話じゃのう」

克美はミツ江に合わせてやる。

「仏さんというのは不思議なことば言わっしゃる。あたしらの眼にあるように見えて、ないんやて。それがそもそも人間が惑わされるもとじゃそうな」

色とは形であり現象である。人間はこれを事実的に存在するものだと認識する。

以前、八幡の市立図書館で借りた『般若心経』の本にもそんなことが記してあった。

この世に存在するものはすべて空《くう》である。たしかに眼を瞑れば眼前のどんな艶やかな女の姿でも消えてしまい、手指の触覚を失えばその柔肌《やわはだ》の手触りもなくなる。耳を塞げばその声も絶たれ、鼻をつまめばなまめかしいその匂いも無となる。

「でもな」

と枕に伏せったミツ江はくぐもった声を出した。

「でもあたしは違うと思うたわ」

「何でじゃ」

と克美が問うと、ミツ江の手が後ろへまわり克美の手を握った。病人の細い骨の冷たさが克美の手を包んだ。

「ほら」

とミツ江の手に力が入った。握り締めて、

「これがないもんか?」

克美は揉んでいる手を止めた。

「ほら、あるやないか」

ミツ江の蠟のような冷え冷えとした指の骨が克美の手の腹に染み入る。

「そうじゃのう」

とうなずくしかない。ミツ江の信仰は身も蓋もなく簡単である。それでこの世が片付くならどれほど楽なことだろう。この女はこの女が信じるものの内に死んでいくのがよいのだ。それがよいのだと思いながら揉み続ける。

「この世はあるわ」

ミツ江は自分で体を返して仰向けになった。鼻の骨がもうすでに骸骨のように尖って見える。ミツ江のトロンとした眼が動いて、克美の顔を見上げて言った。

「あの物凄い原子爆弾というもんがないものというなら、あのとき焼けた広島はなかったんか？十万も十何万もの死んだ人だちも、初めからなかったんか？」

克美は胸ぐらを摑まれたように、ふらっとなった。

そうだ、あの凄まじいものさえが「空」というなら、自分たちが逃げ続けた相手の、小糸の親方という人間は何だったのか。

克美の半生にわたる恐怖の根源ともいえる人物である。その畏怖《いふ》し続けてきた小糸松太郎という男も、じつは形のない「空」だったのか。まぼろしだったというのか。いや、いや、いや、いや、いや、違う。

そんなことはあり得ない。

原子爆弾がこの世に在るものなら、小糸の親方もこの世に在るものだ。在るものだったから、あの太陽にも似た巨大な火の玉は莫大な熱を滾《たぎ》らせて、天地を揺るがして炸裂した。そして小糸の親方は消滅した。

ないものは、壊れることも消えることもない。

克美は女房の足を揉み始める。

ミツ江が原子爆弾のことを口に出すことは、もうめったにない。ミツ江は自分の口を封じたのだ。原子爆弾の話が出れば、その次には二人で真っ暗な広島の山中を逃げた夜の話につながり、最後は思い出したくない小糸の親方の爆死で結ばれる。

ミツ江はその禁じていた原子爆弾をふっと自分の口に乗せた。克美は辺りの空気を針のように感じた。

「あたしはもうわかったと」

病人は少し眠そうな声で言った。

「形のあるもんは、いつか失《の》うなる。腑に落ちる話じゃね。あたしもそろそろ逝かにゃならんわ」

「そう急ぐことはない。ゆっくりしていったらよかたい。せっかくこうして二人になったことじゃから」

と克美が言う。

「あとふた月もしたら正月じゃ。緑も大学ば休みになって戻ってくる」

「ああ。緑ともゆっくり話がしたいわ」

「緑をわが子のごと育ててくれて礼ば言わねばならん」

「でもあたしは子なしじゃから、どうすりゃわが子のようで、どうすりゃ継子のようなのか、初めから何もわからんかったわ」

聞きながら克美は胸が迫った。遊びと贅沢の好きな女房だが、どこかカラリと抜けたところがあった。ミツ江なら仮にわが子がいても、分け隔てなく緑を育ててくれたろうという気がする。

「そんならもうしばらく、あんたのそばに居させてもらおうか」

「おう、それがよか」

言いながら克美は按摩の手を止めた。揉みすぎないよう頃合いをはかる。くったりしたミツ江の薄い体に布団を掛けてやると、病人は何だか長旅を終えた人間みたいに、気持ち良さそうな息をついて眠りに落ちた。


サトが洗濯物を持ってきてくれる日は、入れ替わりに克美が外へ買物に出た。麓の小さい商店街へ自転車に乗って行くのである。商店街は柳並木の川沿いにあって、克美のささやかな息抜き場所でもある。

その道端の電柱に眼を止めた。

木下惠介監督の『この天の虹』のポスターが貼ってある。八幡製鐵所を舞台にした話題の映画で、八幡市内はもとより製鐵所構内をいろいろと撮影したことを、新聞やラジオが伝えていた。

八幡製鐵所といえば、高炉の宿老の田中熊吉翁を克美は久しぶりに思い出した。何年前かの夏の一日、菅生の滝で会って以来だ。もう八十歳を越えているはずだが、まだ現役の宿老らしい。田中宿老は映画に登場するのだろうか。彼が出るのならどんな役者が演じるのか。起業祭で構内に入ったときの鉄の火の熱気が蘇ってくる。

高炉の宿老という役職は定年がなく終生勤めるという。あんな灼熱地獄のような所を一生の職場とする人間は、どんなことを考えて暮らすのだろうか。

燃え盛る鉄の火の中で妻子のために働き、その火の中で妻を愛し、子をもうける。一五〇〇度の火の中で弁当を食べ、夜勤もし、昇級もし、齢を取って、やがて寿命を終える。

克美が喪服を仕立てた田中熊吉は、その見本のような人物である。そんな人間に克美がなれるわけはないが、彼らの強さを羨まないわけではない。

けれど克美はすぐその思いを振り払うと、魚や野菜を入れた袋を自転車の荷台に積んだ。帰りは上り坂だ。自転車を必死で漕ぐ。映画のポスターも、最後に菅生の滝で会った熊吉老人の顔も消えていく。ミツ江の発病以来、克美を取り巻く外の世界がどんどん後ずさりしていく。

克美が家に帰り着くと、ちょうど裏でサトが陽に干した布団を取り込んでいた。克美は台所で買物袋を開けると、菊二の酒の肴に小ぶりのアラカブを一匹分けて、サトに渡した。

「こりゃどうも」

と礼を言うサトに、

「ミツ江は？」

「今日も縁側で日向ぼっこや」

天気の良い日はミツ江はきまって縁に出る。サトは布団ごと病人を陽の当たる所に出してやる。ジョンがのそりと来て踏み石のそばに腹這いになって寝る。この犬も少し齢を取ってきて、毛に白いものが混じり始めている。生気の失せかけたところが主人の克美と似てきたものだ。

克美が縁側に行くと、ミツ江は布団から半身を起こして柱に背をもたせかけていた。秋の陽がうらうらと射して気持ち良さそうだった。

「そろそろ寒うはないか」

克美はミツ江のそばに寄って肩に手を置いた。眠っているのかと思ったのだ。そっと起こそうとして手が止まった。異様な静けさがミツ江の身を包んでいたからだ。

「おい」

肩に置いたその手が震えた。

「どうしなさった」

とサトがやってきて後ろから聞いた。

克美は硬直して、振り返ることもミツ江の体を抱き取ることもできなかった。

人の抜け殻というものに初めて触れた気がした。

「義姉《ねえ》さん。ミツ江が死にました……」

と身じろぎもせず彼は言った。

十三

ミツ江の葬儀の日は朝から小雨模様だった。

八幡の街を夜逃げ同然に出て以来、ここでは仮住まい同然の暮らしだったから、弔問客は貴田と江藤の親戚二軒に、あとはミツ江が野菜など分けて貰っていた近くの農家の主婦たちくらいだ。

「このたびは瀬高ミツ江様のご逝去に当たり、お通夜とご葬儀一切、当社にて心を込めてお手配させて戴きます」

葬儀社の人間が来て型通りに挨拶すると、たちまち家の中に白黒の葬式の幕を張り巡らした。あれよあれよという間に家の中が喪の一色に染まる。

ミツ江の遺骸は白い死装束に包まれて、白い柩《ひつぎ》に収められた。小さな祭壇が置かれ、左右に青々としたシキミの籠が置かれ、経机《きょうづくえ》と座布団が運ばれる。これで人一人が亡くなった弔《とむら》いの空間ができ上がった。

何と簡単なものかとサトは思う。病人が息を引き取るまでは並大抵でなかったのに、死んだ後の時間は滞りなくすらすらと進んでいく。柩の中には白い紙のような顔をしたミツ江が、蠟人形さながらに瞑目している。

前の晩は通夜をおこなって、そのときは昼から葬儀社の女性社員が打ち合わせに来た。

「御遺骸の処置はお身内の方でなさいますか」

妹の処置は他人の手に委《まか》せるより、こちらでしてやる方が供養になるとサトが言うと、脱脂綿やガーゼ、タオルなどを載せた盆が運ばれてきた。病気で死んだ者の遺骸は体内に残った悪液が洩れやすいので固めに詰め込んだ方がいいという。

ミツ江の遺骸は部屋の奥に北枕で寝かせていた。克美は隣の部屋で江藤辰蔵の相手をしている。サトは緑とヒナ子と幸生を隣の部屋へ行かせると、遺骸の布団のそばにいざり寄った。百合子が綿をちぎって揉み固め、サトが受け取って命のない人の鼻の穴の奥に挿し込む。両の耳の穴も割り箸の先を使ってそっと奥までひねり込んだ。齢の順からいけば、こういうことはサトが妹のミツ江にやってもらうことである。

鼻と耳の次は、仏のしもの処置にかかる。これればかりは脱脂綿の量がどのくらいいるのかわからない。サトは自分の節くれ立った右手の人差し指に脱脂綿をぐるぐる巻き付けて、遺骸の掛け布団の裾をめくった。

百合子に座布団を持ってこさせ遺骸の腰の下に敷き込むと、腰が上向きになって処置がしやすくなった。背を丸めて屈むと左手で掛け布団を引きかぶった。布団の隙間から外光が射し込むが、それでもよく見えない。手探りでミツ江の足の間を探る。ひんやりとして柔らかな穴が指に触れた。そこへ脱脂綿を差し込もうとするが、入らない。

弾力のない死人の腟は綿を詰めても、詰めても、捩《ねじ》れるだけで一向に入らない。これが死んだ者の体というものか。一昼夜と半日置いて魂の飛び去った人体は、しんから冷え切ってサトの指は痺《しび》れそうになった。

ようやく綿を詰め終えると、サトの白髪はザンバラになり、よろめくように布団から這い出た。

葬儀の時間が迫ると通夜のときと同じ僧侶がやってきた。読経の後は焼香となる。喪主の克美に続いて娘の緑。続いてサト、貴田菊二、百合子。トミ江は病臥《びょうが》中で来られなくて、江藤辰蔵が後に並んだ。それからヒナ子と幸生である。あとは町内会長の老人と、近所の農家の主婦が三人——淋しい葬式である。

焼香が終わると表には霊柩車がもう音もなく着いていた。火葬場に行く前に白菊で遺骸の周りを埋めてやる。克美が一本、緑が一本と順々に入れていくとき、葬儀社の女が柩の中を見て微かに顔色を変えた。

「車が着きましたので皆様は外へおいでください。あとのお花はわたしがお入れします」

サトは手にした花を急いで柩の中に入れた。そのとき白い菊の束が少し動いて、一瞬、隙間から眼を射るような鮮紅色が覗いた。

血じゃ。

サトは危うく声を呑み込んだ。洩れている。亡骸の陰部や肛門から漏れ出た悪血が、じわじわと柩の底に広がり始めている。止血の手当ては十分したつもりだったが、不手際だったのか。ミツ江の最期の旅支度を美しく飾ってやりたかったのに……。

サトは震える手で白菊をずらして血の海を隠した。

「たまにあることです」

葬儀社の女が小声で言った。癌で逝った亡骸には往々にして起こることだという。柩の底からは漏れ出る心配はないらしい。

雨の中をビニールの覆いをかけた白い柩が持ち上げられた。

柩が車に収まると、死者が二度と家へ戻れぬよう故人の飯茶碗をおもてで打ち割る。人々の見守る中で、サトは茶碗を振り上げた。ガシャーン！　甲高《かんだか》い茶碗の砕け散る音が響いた。

山間の市営火葬場では二基の窯《かま》が稼働中で、地鳴りのような音がゴウゴウと響いていた。ミツ江の柩は四基並んだ一番端の窯に収められた。故人へ最後の礼拝がすむと、喪主の克美がうながされて点火スイッチの前へ出る。

サトが見ると克美の顔は青黒い髑髏《どくろ》のようだった。

スイッチが押されると厚い鉄扉の向こうから、ゴオーッと潮鳴りような火の音が生じた。どろどろどろと足元に床の鳴動が伝わってきた。膨れ上がり充満する炎がサトの眼にありありと映った。赤い炎が柩の底の血潮を呑み込んでいくのが見える。

八幡の山々に秋の色が深まっていった。

克美は家に引き籠もったままである。朝と夕に犬のジョンと散歩に行くほかは、めったに外へ出ない。干物の魚でも吊るしたのを買ってくれれば、あとはわずかの野菜だけで足りる。

緑は一週間ほど大学を休んで克美のそばにいた。山間の町は淋しい。ひたひたと冬の足音が二人の耳にも聞こえてきた。緑は自転車に乗って山の下まで買物に行った。朝晩は冷えてきたので、鶏肉を入れたカレーや熱いシチューを作ってくれた。

「お父さん、ちゃんと栄養を摂《と》らなくちゃだめよ」

くれぐれも念を押して緑は大学へ戻っていったが、克美は独りになると相変わらず動かなかった。台所の床板をめくると、ミツ江が残しておいたものがいろいろある。梅干しに、白菜と烏賊を混ぜたキムチ漬け、ニンニクの味噌漬けに、なまり節の醬油漬け。

ミツ江は毎年、冬になると沢庵漬けや白菜漬けを作っていた。今年はもうすぐその漬け物を作る時期になるのに間に合うことはなかった。しかし克美は贅沢を言わなければ、飯と梅干しに納豆となまり節の醬油漬けだけでも一週間は保つ。

ただミツ江は最後まで糠漬けだけは、台所へ行って混ぜていた。初七日の昼、克美がふと思い出して糠床のカメのフタを取ると、濡れ布巾の下の糠はふっくらとしていた。床下の冷えた空気に保たれた糠床は、主《あるじ》の死後も酵母菌を健やかに育てていた。

克美は手を洗って戻ってくると、ミツ江の手付きを思い出しながら糠床を掻き混ぜた。生きた糠はふっくらと膨らんで柔らかい手触りであることを知る。せっせと底から掻き混ぜるうち、やがて目覚めた糠の中から深い芳香が息詰まるほど湧き上がってきた。

人間の掌には甘手《あまて》と苦手《にがて》があるのだと、生前、ミツ江は言っていた。

「あたしはその甘手なんやと」

甘手の人間が混ぜると糠床はよく発酵して美味くなると、得意げに言うのだった。

「そやけどサト姉さんの手は苦手でな、混ぜるだけ不味《まず》うなるん。だからあの人は糠漬けはようせんのや」

サトとミツ江は血を分けた姉妹であるのに、人の体は奇妙なものだ。

混ぜるにつれて空気を取り込んだ糠床は、滋味と酸味を含んだ爽涼《そうりょう》な香りを泉のように溢れさせる。しだいに克美の口中には唾が生まれてきた。窶《やつ》れていた体にこんこんと清水が巡り始めるようだった。

克美は立ち上がると裏庭の小屋へ行った。

そこにはミツ江のお詣りに来た近所の主婦たちが、ついでに置いていった大根、人参などがある。それを井戸端で洗って切ると、塩をこすり付けて糠床に埋めた。すると、夕日の射す台所で細腰を折るようにして、カメに手を入れた妻の姿が浮かんでくる。

ミツ江よ。

克美はせき上げるように妻を恋うた。

生来、ミツ江はあまり身繕《みづくろ》いの良くない女だった。着物を着れば何となく襟元が乱れ気味で、服はつるんとしどけないスカートなどを穿いていた。下駄やサンダルはズルズルと踵《かかと》を引きずって歩き、いつも疲れたような、生気のない、だらしない姿勢が身に付いていた。

ミツ江を思うと化粧品や髪油の匂いが蘇るが、いや、いや、それだけではなかったと克美は強く思い直す。朝と夕には必ずこの糠の馥郁《ふくいく》とした香りがしたものだ。そうだ、そうだった、克美はうなずく。漬け物は香り高いものだから「香の物」とも呼ぶのである。その「香の物」をミツ江はせっせと作っていた。

生きた女の精気は短いものだ。広島の小糸の親方の家で見初めたとき、あのときこそミツ江の「女」は最高に輝いていた。しかしその後、二人で八幡に逃げてくると、そこでは新たな「女」がミツ江以上にキラキラと瞬きながら現れた。

花と同じで女も手折《たお》れば萎む。克美のような男が欲しがる「女」は、常に手折り続けねばならないものだ。そうしてミツ江は一方でどんどん萎んでいき、それからどうなったのか。ミツ江は「女」からゆっくりと当然のように「妻」になっていったのだ。

克美に「妻」はいらなかった。けれど今はそのいらないはずの「妻」に死なれて、身動きならないほど堪《こた》えていた。もう手も足も出ないほど、へたりこんでいる。もうすべては遅いことだけわかっている。

克美が山の家を引っ越したのは、ミツ江の四十九日がまだすまないひと月後だった。もうそろそろ仕事に戻るため、仕事場を移さねばならなかった。野馬商会の世話で山の下の町に小さい家を借りた。

東には八幡製鐵所の守護神である高見神社の森があり、西側一帯は製鐵所の上級社員の社宅地になっていた。八幡ではまだ少ないテーラーの看板を出すと、街から外れてはいるが、それでも社宅の方からぽつりぽつりと客が来るようになった。

克美は久しぶりに八幡製鐵所の起業祭に出かけた。福岡の大学から緑が帰ってくると、待っていたようにヒナ子が電車に乗って遊びに来る。三人揃っていつかのように製鐵所の構内見学に出かけることにした。

「サーカスやらお化け屋敷は行かんでええのか」

克美がヒナ子に言う。新聞によるとサーカスや見世物が例年になく出揃って大盛況らしい。

「あたしね、こないだ木下恵介の『この天の虹』の映画観たばっかりやから、自分の眼で本物の撮影現場を見てみたいの。木下監督が製鐵所のどんな所をどんな風に撮ったんか知りたか」

「ヒナ子ちゃんは映画に興味あるのか」

「もう『この天の虹』のシナリオ、読んでしもうた」

ミツ江の葬式に来たヒナ子は別人のように大人びていたが、口を利くとまたこましゃくれたことを言う。思えば門司へ行って以来、六年が経っていた。その後の過ぎた日のことが夢のようだ。緑町で電車を降りて西門通りを下ると、巨大な鉄の城のような製鐵所の門を入った。構内の道の上に架かる太いダクトがどこまでも延びている。

前に来たときに見覚えのある、赤茶けた鉄板の工場の屋根が延々と連なっていた。案内の表示について溶鉱炉へ進んでいく。

長い人の列がぞろぞろと動いている。

「『この天の虹』はわたしも博多の映画館で観たわ。ヒナちゃんはどうだった。良かった？」

「ううん、つまらん映画やった」

ヒナ子はぶすっとした顔で答えた。

「えっ、どうして？　久我美子と高橋貞二のラブロマンスとか良かったじゃない。八幡製鐵所の中も高炉から圧延工場とか、いろいろ一杯出てきたし」

緑は満足そうに言う。

「でもそんだけじゃつまらん。東京から綺麗か女優ば連れてきただけじゃもん。それで製鐵所ば一杯撮っても仕方なか。テーマ不足やん」

「でも久我美子は美人だったけど……」

克美が聞いていると、大学生の緑の方が幼くて、ヒナ子の感想の方がおとなである。

「あの映画は八幡製鐵所に東京の俳優が来て、作り事の芝居ばしただけや」

なるほど、と克美も思った。映画が来た頃は道を歩くと、山間の町の電信柱にも、バス停の掲示板にも『この天の虹』のポスターが貼られていた。そのポスターには、砲列のように煙突の立ち並んだ製鐵所を背景に、美貌の久我美子の横顔が写っていた。克美はそれを見ても、少しも気持ちがそそられなかった。

「同じ木下恵介の映画でも、『楢山節考』の方が良うできとる」

克美はその映画も観ていない。

「ヒナ子ちゃんは映画観るの好きか」

と克美は聞いた。

「観るのが好きというわけやないよ。あたしは映画が作りたいんよ。でも映画監督には誰でもなれるわけやないから、そんなら映画のシナリオライターになりたかと」

「ふうん。しかしシナリオライターも、誰だってなれるわけではあるまい」

克美が諭すよう言うと、ヒナ子はうなだれた。

「いやいや。なろうと努力すればなれることもある。みんなそうやって努力してなっていくもんじゃ」

あわててそう言い繕う克美自身は、昔から何者になろうとも思わなかった。

「でも克美おいさん。努力する前に、まず東京ば行かんと始まらんやろ？」

ほう、と克美はヒナ子の顔を見た。こんな年頃の娘にも東京という所は光って見えるものらしい。

「でもね、おいさん。東京に行くにはお金が一杯いるんや。あたし、新聞配達でお金ば一生懸命貯めよるけど、なかなか貯まらんの」

そのときヒナ子の顔にふと影が射したようで、克美は気になる。このくらいの齢の娘は何を考えているのか見当がつかないのだ。年寄りのサトにはさぞ手に余る孫だろう。

「そうかそうか。しかしヒナ子ちゃんが東京に行くときは、貴田のお祖父《じい》さんもお祖母《ばあ》さんも、ちゃんと支度《したく》をしてくれるじゃろう。お母さんもしてくれるに決まっとる」

ヒナ子は黙って上目遣いに克美を見ている。

「いいか。学校ばきちんと卒業して東京に行くときは、おいさんも今のうち仕事ばしてお金ば貯めて加勢してやる。ヒナ子ちゃんも、緑も、したいことをやるがいい」

「お父さん。わたしはスチュワーデスの試験を受けたいわ」

「よしよし。それもやるがいい」

克美はうなずいた。緑なら筆記も面接も受かるのではないだろうか。この世には女のことの他にも、明日の楽しみ事があるのだと思えてきた。

溶鉱炉の入口の前に着いた。見上げる高炉の巨体はゾクゾクするが、長い人の列は立ち往生したままで順番は当分来そうにない。そのとき向こうから中学の制服を着た体格の良い少年がこっちへ駈けてきた。ヒナ子の同級生の山田良正だが克美は知らない。

「ヒナ子、溶鉱炉に入るんか。こっちは待ち時間が長かけん、この先の圧延工場ば行かんか。みんな溶鉱炉ばっかり見たがるが、高炉の火は外からは見えん。圧延の火はよう見えるぞ！」

そうだったと、克美も前に来たときのことを思い出した。溶鉱炉の内部は厚い耐火レンガの壁に塗り固められて、中のどろどろに溶けた鉄の火は覗けないのだ。

行列に並んだ人々は、『この天の虹』を観たせいで、溶鉱炉の出銑口《しゅつせんこう》の真っ赤なマグマの池をこの眼で見る気でいるのだろうが、見学者はそんな危険区域に入ることはできなかった。良正は工場のことをよく知っている。

「圧延工場の火は織物の機械みたいじゃど。ガッシャン、ガッシャンち、真っ赤な火の帯ば何本も織っていくようで凄かぞ」

克美たちは良正について圧延工場へ行くことにした。道々、良正の声は抑えても抑えても弾むようだ。

「製鐵所はな、今は戸畑地区が面白いんやど」

八幡地区の機構が満杯になって、数年前から隣の戸畑市に港が築かれている。克美もそれは新聞で知っていた。沖合を埋め立てて、鉄の原料の鉱石を積んだ大型船を入港させ、溶鉱炉、圧延、メッキ、冷延、分塊と一環した工程工場が起ち揚がり、大きな写真が出ていた。

「戸畑の海には新しか溶鉱炉が二基も出来るんや。古い溶鉱炉はもう解体がすんで、何にも失《の》うなってしもうたんや」

圧延工場は薄暗かった。中へ入ると細い階段を人々が数珠《じゅず》つながりに登っていって二階から見下ろす。ガシャン、ガシャンと機械音が渦巻いている。

良正の言うように細長い工場の中央に、機織機《はたおりき》のようなものが立ち、そこへ赤い火の帯が横並びに十本余りも流れ込んでいくのである。

沈むかと見ると、またガシャン、ガシャンと戻ってくる。火の帯の織物だ。それが恐ろしいような赤というか、オレンジ色に燃えながら流れている。

「火の色はな、熱が高うなるほど白味が増すんじゃ。そして低うなるほど暗い赤色になる」

「ほう。あんたはよう勉強しとるな」

と克美が良正を褒めた。

「はい。来年は工業高校に入って、将来はこの製鐵所で働こうと思うとります」

良正が急に改まった言葉遣いになる。

鉄は国家なり、と敗戦国に合い言葉が生まれたのだ。日本中が鉄に明日を託している。親が息子に言う。教員も言う。社長も大臣も言うのである。製鉄業は国家建設の土台である。工業高校に受かることは、北九州の少年たちの希望と誇りの灯火だった。

克美は自分が男の子を持たなかったことに、何となくホッとした。良正のような息子がいたら、克美は身の置き場がなくなる。

工場の二階の通路で、誰も動く者はなかった。

年寄りも若者も、子どもの手を引いた父親も、赤ん坊をおぶった母親も、セーラー服の少女たちも、詰め襟の学生服の少年たちも、黙って火の帯が織り込まれ、梳《す》き込まれ、流れ去り、また戻ってくる様を吸い込まれるように見つめている。

「ヒナ子。何でわしだちが火に見とれてしまうか、知っとるか」

と良正がヒナ子に聞いた。

「何でや」

「火が赤いのは、その中にエネルギーがあるからやど。父ちゃんが言うとった。エネルギーちゅうのは力のことやど」

「ふうーん。それで火がよう燃えるほど赤うなるんか。火の力が強うなるわけか」

克美のそばには緑が黙って立っていた。ミツ江の遺骸を焼いたのはついこないだである。緑がそれを思い出さないはずはない。緑はどんな気持ちでこのやりとりを聞いているのか、と克美は思った。ミツ江の体は火のエネルギーに呑まれて滅んでいったのだ。火葬場の窯の音が克美の耳に返ってくる。

「そうや、そしてそのエネルギーがもっと強うなると、あとは光になってしまうんじゃ」

克美の脳裡に巨大な火の玉が浮かび上がる。

その瞬間に広島の上空に生じた原爆の火球は、瞬間的に百万度を超えたのだ。このとき火球の表面温度は五千度ともいわれ、そこから放たれる強烈な熱線が地上に降り注いだ。閃光に焼かれた人間は影だけを残して光となって消えていった。

あれも火である。これも火である。

後ろから入ってくる人々に少しずつ押されて、克美たちの列はゆっくり前へ進み始めた。

起業祭が終わると北九州は冬支度が整う。

やがてその年も暮れて喪中の正月も過ぎると、桜の綿雲が遠い山々に掛かり始めた。

四月に緑は大学三年になった。貴田の家では三月にヒナ子が中学を卒業し、弟の幸生が小学校に入った。

シナリオを書きたいというヒナ子が、どこの高校へ入ったのか、克美の店は電話をまだ引かないので様子が知れない。

だが仕事を始めるとすべての想念は雲が流れ去るように消えて、克美はカタカタカタカタとミシンを踏んだ。この仕事場の窓は表の道に面している。

近くの土手の桜並木が葉桜に変わった。

そんなある夕方のことだ。一区切り終えて克美がミシンを止めたとき、窓の向こうの畑の道を通り掛かる老人の姿が見えたのだ。上背があって肩の厚い男で目深《まぶか》に帽子をかぶり、片手に革の仕事鞄のようなものを提げ、もう片方の手には弁当箱らしい包みを握っている。

見覚えのある体軀《たいく》に思わず腰を浮かせ、外へ出てみようとした。田中熊吉老人に似ている。本人ならもう八十半ばを過ぎているだろう。体格には見覚えはあるが齢を取ったぶんだけ肉が落ちて背も曲がり気味である。

克美が見定めきらないうちに、その老人は高見地区の製鐵社宅の方向へ歩いて行ってしまった。克美は諦めてまた自分の仕事に眼を戻した。

それから気をつけて毎日窓を見ていると、老人はほとんど毎日、朝は鞄と弁当を持って社宅団地の方から電停の方へ行き、夕方はまた時間通りに戻ってくる。その先の社宅団地の一帯には、上級職員用の庭付き一戸建てが並んでいる。田中老人はそこに住んでいるのだろう。

数日後、克美は思い立って家を出ると葉桜の並木の下に立って老人が帰ってくるのを待った。時間もほとんど変わらない。電車の停留所から計ったように歩いてくるようだ。一本道の向こうに人影が現れた。黒いわずかな草の芽が出るように老人の影は伸びた。

一生のほとんどを溶鉱炉で千数百度の熱でもって、鋼鉄の元になる銑鉄《せんてつ》を造る仕事に従事した。そして終年雇用の宿老の身となり今も職場へ通い続けている。

克美も自分の手でそんな高熱を操る仕事ができたなら、どんなに満足な人生であったろうかと思う。田中熊吉翁は一筋に生きた。この人こそ心身共に鉄人である。来た、来た。老いた鉄人が並木道の夕影を踏んで訥々とやってくる。

「田中熊吉様でございますか。ご無沙汰しとります。前にご用を賜りました仕立て屋でございます」

克美は頭を下げながら歩み寄った。いきなり声をかけて老人を驚かせてはいけない。逸る気持ちを抑えて足音を立てず静かに近づいた。

「宿老様にはお変わりありませんか」

克美の頭を下げる姿を見て、老人は足を止めた。それから、ああ、と低い吐息のような声を出してうなずいた。思い出したようだった。

この仕立て屋にかつて「もく星」号の墜落で亡くなった三鬼《みき》隆社長の葬式に着る喪服を注文したことがある。覚えている。腕を上げても屈んでも窮屈なところがない。それといってだぶつくのでもない。着心地の良い背広だった。

「おう、あんたでしたか。これは思いがけない所で会いましたな」

「はい、わたしは去年この町に移って参りました。先日来、お姿を家の中から拝しまして、まさかと思うとりました」

克美はまぢかに田中老人を見る。左眼の潰れた顔に当時の面影はあるが、瞼に頰、顎の肉と全体が下がって年寄りの窶れようは露わである。

「お変わりなく何よりでございます。奥様もお元気でおいでですか」

「家内は元気ですが」

オウム返しに抑揚のない声で言うのは、当たり障りのない世間話など苦手なのだろう。喪服を頼みに来て、仮縫いをして、当時の社宅に持って行った。懐かしがって話し込むほどの付き合いはない。

「それは何よりです」

克美はもう去らねばならないと思った。この偉大な老人の心を乱さないうちに引き揚げた方がいい。

「数年来より戸畑工場をはじめ、製鐵所の躍進は地元の者として喜ばしいことでございます。何より宿老様は大事なお体、どうぞお大切になさってください」

「ありがとう」

老人がうなずく。克美は一礼をして踵を返そうとすると、ふわりと呼び止められた。

「瀬高さん」

克美の苗字を覚えていた。老人は口を継いで、

「道具と言い機械と言うても、人間の作り出した物は月日と共に複雑に難しゅうなっていくもんです」

「はい……」

何だかよくわからないが克美はうなずいた。

「年寄りが若い者をよう使えぬように、新しい機械も設備も年寄りにはおいそれと手が出ません。火の色や炉内の音を聴いてやる仕事は終わりました」

行きずりの人間に言っているのではない。克美は黙っていた。いいえ、そんなことはありません、と言うことができなかった。

「この年寄りをいつまでも有り難がってくださるな。買いかぶってくださるな」

そう言われて克美もようやく、田中老人が手塩に掛けた初期の高炉が、今は一基も残っていないことに思い及んだ。老兵は死なず……、とはマッカーサー元帥の言葉だったか。ただ消え去るのみ、と言ったのである。

田中熊吉老人は長年使い込んでくたびれた革鞄と弁当包みを提げて、そのまま社宅の方角へ歩き出した。

十四

三月、ヒナ子は中学を卒業した。

同級生の山田良正は志望通りに県立八幡工業高校に受かって、詰め襟制服の肩に新しい雑嚢を掛けて電車通学を始めた。この当時に高校へ進む子は五十五人一クラスの内で五、六人あるかないかだった。良正は少しばかりエリートの少年になったのである。

ヒナ子は高校に行かなかった。吃音は治ったように見えてまたときどきぶり返していたので、母親の百合子がやってきて説得しても、早くから就職組に入って聞く耳を持たなかった。

「学校に行って吃るなら、仕事に行っても吃るじゃろう。同じ吃るなら学校に行く方がよかろうもん」

と百合子がもっともなことを言うと、

「違うっ。仕事に行ったら吃ったりせんわ。だって仕事場じゃ国語の教科書なんか読まんでもよかもん。ただ仕事ばするだけや」

ヒナ子はこんなときだけは口を尖らせてぺらぺらとしゃべる。というのも卒業より何ヶ月も前に、ヒナ子は自分の就職先を勝手に決めていたのである。

それについてはサトも迂闊《うかつ》だった。中学三年の就職希望組が八幡市内の工場見学に行くのは、例年十二月の初めだった。ヒナ子がそれに参加することはサトも知っていた。市内には八幡製鐵関連の会社が何十社もある。そこから下請けの大中小規模の工場が連なっている。中卒で就職する先は従業員四、五十人ほどの小規模かもっと小さい零細工場だ。

とりあえずここにするか。

仕事に好き嫌いはとくにない。良さそうなおとなたちがいる。ヒナ子は一人うなずいた。

夕方、家に帰るとヒナ子はサトに言った。

「ばあちゃん。あたし、明日から工場に働きに行くんで、弁当ば作って」

「働きに？」

サトが聞き返す。

「先生と工場見学に行ったんや。ここは働きやすい職場です、と工場長が言うとった」

「よし、弁当じゃな」

サトもこっくりとうなずいた。何を了解したのか不明である。二人ともどうかしている。

翌朝、ちゃぶ台に菊二とヒナ子の二つの弁当箱が並んだ。ヒナ子は朝の新聞配達から帰って朝ご飯を食べると、弁当包みを提げて学校と別の方角へ出ていった。工場へ行く電車賃は、新聞の配達料があるから大丈夫だ。

ヒナ子が行った所は従業員三十人ほどの、溶接と機械のプレス工場である。路面電車でたった二駅の距離だ。近くて通うのに便利だから、ヒナ子が勝手に決めたのだ。

前日に学校から長い列を作って見学に行った道順を、思い出しながら歩いていく。道は通勤の労働者で一杯だ。見覚えのある板塀の中へ入ると木製の看板が出ている。

「相川工業有限会社」

おとなたちの後から続いて入り、

「おはようございまあす！」

と頭を下げると奥の更衣室に行って作業着と着替える。ヒナ子は作業着を持たないので、新聞配達のジャンパーとズボン姿のまま暗い工場へ入っていった。ここは電気溶接の作業場で、昨日は入口から眺めただけの所だった。

壁際の仕切りの中に腰掛けた男たちが、青い火花を燃やす溶接棒を握って、何やら金型の加工をやっている。その火花が顔や眼に入らぬよう左手にすっぽり被るほどの面をかざしている。それで火は顔にはかからないが、膝や足には青や赤やオレンジの湯のように火の粉が流れ落ちていく。

熱《あ》ちち。ヒナ子は口を曲げる。

そうか。鉄は高い熱を加えると溶ける。起業祭で見た溶鉱炉を思い出した。ここは小さい溶接棒の火で、小さい金型を成型加工するようだった。近くの男が面から顔を出してヒナ子を見た。

「新入りか。こっちに来て手伝え」

ヒナ子はそばへ行ってしゃがんだ。

「こいつの滓《かす》取りばしろ」

と溶接のすんだ金型を指さす。隣の仕切りの中の女工が滓取りの仕方を教えてくれた。積まれた金型はまだ熱いので革手袋をはめる。溶接の痕を金具でカチカチ叩くと滓が剝がれ落ちた。すべすべした鉄の地肌が現れる。

「この溶接の火ば見ちゃならんぞ。見たら眼が焼ける。顔の皮がぴりぴり剝ける。火の方向から顔をそらせ」

と男が注意を与える。

「はい」

溶接棒は花火の棒を大きくしたような細長いものだが、これは普通の火とは違うようだ。

面を外した男の顔は白く、その眼がヒナ子を珍しそうに眺めた。

「ねえちゃん、あんた、この火が恐ろしかことはないか」

「いいや。綺麗な火やと思います」

「珍しい子じゃのう」

男が少し笑った。

数日後の昼休み、その男がヒナ子を呼んで、右手の人差し指を伸ばしながら、腕をぐっと前に突き出した。

「同じようにしてみろ」

ヒナ子も手を伸ばして真似てみた。

「人差し指の先をじっと見れ」

ピストルで狙いを定めた格好みたいだ。そのピストルの先が溶接棒の尖端である。

「ああ、この子は筋が良さそうや」

と男が言う。

手がぶれない。これも才能といえるだろう。

女の子であるが火を怖がることもない。これで二つめの才能というのだろう。

男の手がヒナ子の肩に下りて、

「ねえちゃんは電気溶接の筋がある。わしが少しずつ教えてやろう。溶接ばやらんか。免許取れば食いっぱぐれがないぞ」

起業祭で見た溶鉱炉や圧延や焼結《しょうけつ》工場の火は大掛かりで、それから較べるとこの火は凄く小さい。けれどあれも、これも、鉄を溶かすことには変わらない。

ヒナ子は新藤兼人監督の所へも行きたいが、こんな青い炎を毎日ボウボウと燃やしたい気持ちもしてくる。良正もこんな気持ちで工業高校に進んだのではないだろうか。

「よろしくお願いします」

とりあえずヒナ子は頭をぺこりと下げた。

工場街に正午のサイレンがウーーウーーと鳴り響いた。二階の休憩室へ行って弁当が始まる。被っていた埃よけの手拭いを外して、中年の女性たちが大きなヤカンでお茶を淹れてまわった。働くおとなたちの弁当のおかずは、申し合わせたように塩鮭や明太子である。野菜はなくて白飯の端っこに沢庵漬け数枚か、梅干しが一個添えてあった。

通い出して七日目、工場の天井まで届くようなプレス機による事故を見た。若い男性作業員が落下してくるプレス機に手の甲を打ち抜かれた。ヒナ子は溶接の滓取りをしていて事故の現場は見てないが、タオルでぐるぐる巻きに手を縛った男が、ものも言わずたった一人、外へ走り出ていった。

少し遅れて男の名前を呼びながら、作業長と工場長が後を追って飛び出した。怪我をした男の手がその後どうなったのか、ヒナ子は知らない。

というのも、その翌朝、ここへ通い出して初めて工場長に呼び止められたのである。事務室へ来いとドアの方を指さされた。何の用かと中へ入ると、見覚えのある人物がヒナ子を睨んだ。あれ。ヒナ子は戸惑った。何だか半分忘れかけていたような、久しぶりに見る顔である。

「貴田！　こっちへ来い」

体育大を出たばかりの中学の若い担任だ。どうしてこの男がこんな所にいるのだろう？

けれどそれを訊きたいのはむろん担任の方だった。

「お前、こんなとこでいったい何ばしとるんか！」

「あ、あの、あたしは仕事ばしとります」

ヒナ子は返事に窮した。ここにいて、この作業着姿を見ればひと目でわかるはずだろう。

「馬鹿もん！」

彼はまた一段と高い底力のある声で言い放ち、教師の威厳を町工場の事務室で披瀝《ひれき》してみせた。

「仕事は学校ば卒業してからやれ。お前はまだ花尾中学校の生徒じゃろうが！」

えっ。

ということはヒナ子の身柄は、まだ学校に拘束されていたのである。まったく知らなかった。

ヒナ子が気に入れば勝手に工場へ通えるものだと思っていた。だからわざわざ教員が学校の時間を削って工場見学に連れて行ったのではなかったか。

ヒナ子も担任教員もたがいに声も出ぬほど驚いていると、工場長が事務員を連れてきた。出勤簿や就業日誌を開いても貴田ヒナ子の名前はない。それもそのはずでヒナ子は勝手に工場へ入っていたのだった。

「それでいったいここで何ばしとったのか」

溶接の滓を取ったり、荷運びを手伝ったり、掃除をしたり、仕事はいくらでもあった。従業員は誰も不審には思わず仕事をさせたのである。

「貴田ヒナ子さん。先生の言われるように、学校ば卒業して四月から来てください。待っとりますけんね」

老人の工場長が言い、年配の女性事務員がうなずくと、

「そんならお騒がせばいたしました」

担任が挨拶をする。ヒナ子はまだ中味の入ったままの弁当箱を提げて、泣く泣く彼について学校へ帰った。


待ちに待った三月の卒業式の日。

卒業証書の筒を持って校門を出たヒナ子は一人、見送る在校生たちの拍手に手を振らなかった。

もうもうもう、こ、こんなとこ絶対帰ってこんけんね。あたしは好きなごとやるけんね！

だがヒナ子は相川工業へ行かなかった。

「おなごの子に電気溶接は良うない」

江藤下宿の杉田のおにいさんにいきなり叱られたからだった。

「そんなら、男の子は良かと？」

「男でも良うはなか。……けどおなごは絶対悪か。行くことはならんど」

普段は温和な彼が強い言葉で言う。

「鉄を溶かすのが良うなかったら、良正のお父さんも悪かろう。おにいさんも悪かろう。八幡製鐵所全部が悪かろうもん！」

「違う、違う。溶鉱炉はコークスで鉄を溶かす所や。電気溶接はアークともいうて、電気の火花で鉄を溶かすんじゃ」

杉田さんの話によると、そこから出る火花には紫外線と赤外線という二つの強い光があるという。それが人間の眼や皮膚に障害を与える。相川工業の溶接工たちが遮光用の面を被り、分厚い胸当てをはめていたのを、ヒナ子は聞きながら思い浮かべた。

けれど遮光防具をつけていれば万全というわけでもないらしい。光線を完璧に防ぐすべはないのだ。ヒナ子のような子どもが長く働き続けるには不適格な職場である。

「おなごの子は、これから赤ん坊ば生まんばならん体じゃろう。世の中に仕事はなんぼでもあるのに、選《よ》ってそんなとこに行くことはなか」

ヒナ子はうなだれた。燃える火は一様だと何となく思っていたが、火にはいろんな種類があるのだと初めて知る。電気溶接の青い火花は美しい。けれどその青はヒナ子のような子どもの体に毒の性質をもっていたのだ。

卒業したとたん、ヒナ子は行き場を失った。

風の噂で大山みゆきが京都に行ったという話が流れた。一人で家出をしたらしい。父親が東映の太秦の撮影所から知らせを受けて、引き取りに行ったというが、みゆきは一向に帰ってきた気配がない。

撮影所の近くの喫茶店でウェイトレスをしているという話もある。それなら憧れの中村錦之助の姿を、毎日見ることが出来るかもしれなかった。みゆきはみゆきなりに自分の道を歩き出したのだろうか。

四月になると、ヒナ子は映画館に勤めるようになった。みゆきの父親が経営している邦画の封切館の一つ「銀映座」が、毎年、起業祭で賑わう八幡中央区の商店街にある。江藤辰蔵の口利きで、そこのモギリになったのだった。

外の窓口の切符を売る係を「テケツ」といい、入口で客が差し出す入場切符の半券をもぎり取るのが「モギリ」である。ちなみに「テケツ」は、チケット、が訛《なま》ったものだ。テケツの窓口は切符代金を集計するので、算盤《そろばん》の出来るお姉さんが座っている。テケツとモギリと二人一組で、午前九時から午後四時までと、午後四時から夜の十一時までの交代で働くのだ。

映画館に勤めるとヒナ子が小躍りするような特典があった。市内中の封切館から三本立ての三流館まで、いつでもどこでもただで入って映画を観ることができた。ヒナ子は午後四時に仕事から上がると、無料切符のパス券を持って三本立ての古い洋画館へ行った。

戦後間もないイタリア映画の『自転車泥棒』が掛かっていた。映画マニアに知られた館だった。客の椅子は四十席ほどで、誰かトイレに行くと戸の閉まる音が場内にバターンと遠く響いた。

ヒナ子はそこへ鉛筆とノートを持っていき、暗闇の中で場面の切り替えや俳優のセリフを書き込んだ。客はほとんどいないので気兼ねもいらない。映画が終わって館内が明るくなると、シナリオが一本でき上がった。

イタリアのネオ・リアリズム映画というのはセリフが極端に少なくて、書き取り易いといえば易かったが、代わりに人の動きや情景を書きとめるのが難しい。小説みたいに文章の長いシナリオが出来た。

ヒナ子は映画館で働いて休日にもまた映画を観に行くので、一日ろくに外の日を見ないこともあった。暗闇に浸かっていて、映画が終わって映画館を出ると、外はまだ日が高く商店街には人の行き来が賑やかで、電車道にはいつものチンチン電車がのろまに走っている。貧しくてだるいような気分で、『自転車泥棒』の続きのようだった。

ヒナ子は貧しい少女で、映画では少年だが……、父は失業者で母は貧乏に慣れきって笑うこともしない、町はごみごみして、八幡も同じで……、明日の希望もなく歩いている。それは中学を出たばっかりであてどなく、映画館をうろついているヒナ子自身に似ていなくもないのだった。

年が変わった昭和三十五年、弟の幸生は小学二年になり、百合子は丸物百貨店を辞めると、隣町に家を借りて縫い子を二人雇って洋裁の下請業を始めた。イタリアのネオ・リアリズムは貧しい人々をよく描いたが、戦後十五年も経った日本では所得倍増の機運が高まり、製鉄の町は活気が増していく。

ヒナ子はときどき高校から帰ってくる良正と電車道で会った。

「コーヒーば飲まんか」

良正が喫茶店に行こうと誘ったが、ヒナ子は適当に断って別れた。良正や若い男友達はヒナ子には何の興味もなかった。

ある日、ヒナ子は百合子に誘われて洋画の封切館に行った。ルネ・クレマン監督の『太陽がいっぱい』は客席が満員だった。アラン・ドロンの美しい眸も殺人の起こった青い海も眩しい光に満ちていた。

こんな映画が出るとシナリオの文章はどう書けばいいのだろうと、ヒナ子は思う。もう最初から素晴らしい映像があるなら、文章なんていらないのではないか。脚本を待つ暇も必要ないだろう。映画館に行くときはいつもノートと鉛筆を持っていったが、白い頁のまま帰ってくることが多くなった。その頃からヒナ子は休日が来ても前のように映画を観にいくことは少なくなった。

映画館の裏には看板描きの夫婦が住み込んでいた。

奥には大きな看板板《いた》をバラして絵を描く、広いコンクリートの土間があった。雨風をよけるため屋根がついていた。その奥に看板描き夫婦の部屋があり、台所も風呂場も設けられている。香《こう》坂《さか》さんといった。夫は看板を描き、妻はテケツの係だった。

絵を描くコンクリートの土間の奥に、従業員用のトイレがある。その狭いトイレの小部屋に入ると、壁の向こうから市川雷蔵の『大菩薩峠』のセリフの声が響いてきた。低く艶のある雷蔵の声は、場内で映画を観るよりなまなましい臨場感があった。ヒナ子はトイレの中で市川雷蔵の声音を真似て、家に帰ると菊二やサトに語って聞かせた。

「それから机竜之介《つくえりゅうのすけ》はどうしたんや」

サトが真顔で尋ねる。

「今、人ば斬ったのに、風も立てんように静かな顔して、すうーっと背中ば見せて消えていった。格好ばよかったあ」

雷蔵の立ち回りもしてみせた。

裏のトイレを出ると、コンクリートの土間にはバラの看板がいちめん広げられている。一枚ずつはそう大きくはない。それに机竜之介の顔がバラバラに描かれている。憂愁の影を帯びた双の眉と眼は、香坂さんの自転車に立てかけてある。

市川雷蔵の解体図である。ヒナ子はアラン・ドロンも好きだけど雷蔵の冷たく白い顔も嫌いではない。その嫌いではない男優のバラバラ事件の後みたいな絵は、少し恐ろしくて美しくて胸騒ぎがする。

冷たく結ばれた唇は物干しの柱に。着流しの着物の胸元は井戸端の柵のそばだ。刀を握った右手は香坂家の玄関の戸口に、左手は硝子戸の下に。右膝と雪駄《せった》を履いた右脚は土間の真ん中に。すると左脚はどこへいったのだろう。ヒナ子は雷蔵の部品を探す。

解体図で一番気味が悪いのは机竜之介の相方《あいかた》の、中村玉緒という女優の顔だ。まだ娘の顔立ちをしているのに、すでに人間の女の恐ろしい眼の光をもっている。ヒナ子はまだ子どもだからその気味悪さが何なのか言えない。犬の眼と猫の眼は違うが、玉緒の眼はぎらぎらした猫の眼のようだった。そして看板の絵の中から睨んでくる。

ヒナ子はトイレへ行くとき、土間に香坂さんの姿が見えないと玉緒の眼に背中を向けて早足で通る。玉緒の真っ赤な唇が笑っている。そのうち雷蔵の眼も光り出すような気がするのだった。

映画館の夜の勤務は午後四時から十一時までだ。遅番の日は家の手伝いなどをしてゆっくり出かける。ある遅番の昼のこと。その日は畳屋が来て家のおもてで古畳の表替えをやっていた。

畳屋が黄ばんだ古い畳表を剝がして、新しいイグサの香りのする畳表をかぶせて縁を縫う。洋服の縫製ならミシンがあるが、畳を縫うのは手縫いである。鉛筆ほども長さのある太い針を畳の表側からズブリと刺し込み、今度は裏から針を引き抜いてキリキリと糸を引き締める。裏から表へ、表から裏へ、髭の濃い大男の畳屋は肘で畳を押さえて、ズブリ、ズブリと縫っていく。

その男がヒナ子がひょいとヒナ子の顔を見上げて、

「ねえちゃん」

と言った。

「あんた、別嬪《べっぴん》さんじゃねえ」

いきなりだったのでヒナ子はきょとんとした。畳屋は肘を立てて糸を絞りながら、

「わしら職人はあっちこっちの家ばまわっとるで、娘もようけ見たもんやが、あんたみたいな別嬪の娘ば会うたことがない」

へっ？　ヒナ子は眼をまるくした。この髭男はヒナ子のことを本当に褒めているのだろうか。

生まれてまだ一度もそんなことを言われたことがない。

そうですか、とは言えず、そんなことないです、と言うのもなお変だろう。返事に詰まって黙っていると、髭面がにっこり破顔して、

「わしらはもう人生の半分は終わったごとある。ねえちゃんは今からや。良かねえ」

やっぱり褒めてくれている。

男は眼を畳に戻すと畳針を刺し続ける。

ヒナ子は何となくうなずいて畳屋のそばを離れた。家に戻ると仏壇の部屋にあるサトの鏡台の

前に行った。家の鏡はたった一つそれだけだ。ヒナ子はまだ自分の手鏡も持っていない。初めて自分の顔を写して見た。

百合子さんは別嬪じゃ。

と、おとなたちがヒナ子の母親のことを言うのは聞いたことがある。けれどヒナ子のことをそんな風に言われたことは一度もない。その通りサトの古鏡の中のヒナ子はとくに美しくも可愛くも見えなかった。ただ、ヒナ子は久しぶりに自分のことを少し考えてみた。今までめったにないことだった。

明くる日、早番の映画館の帰りに、ヒナ子は商店街の化粧品屋に入って化粧水とクリームを買った。店の女主人が出してくれた化粧瓶から、鼻をくすぐるような香りがした。ついでに髪止めのカチューシャというものを一つ買った。若い娘がそれをつけているのを見たことがあった。

家に帰って鏡台の前に座り込むと、短い前髪の上にはめてみた。キラキラ光る玉がついていたので、額がパッと明るくなった。ヒナ子は鏡の前で一回りした。

師走の夕方、ヒナ子が急いで帰ってきた。

「ばあちゃん。小倉に映画観に行ってくるから、晩ご飯はいらん」

雪が降り始めたのでヒナ子はオーバーを着ながら言う。午後五時半だが外はもう暗くなっていた。若い娘が日暮れて出かけるには小倉は遠過ぎる。

「連れはあるとか?」

映画館は繁華街にある。サトの顔がきつくなる。

「江藤下宿の杉田さんが行くから、あたしもついて行く」

杉田青年も若い男の一人である。

「行くことはならん」

「えー! 何でやん。あたし行く、絶対行く行く。新藤監督さんの映画やもん」

サトは血相を変えて言い出したヒナ子の顔を見る。この頃は急に化粧することを覚えて、いろいろ顔に塗っている。頬紅や口紅をつけて、いつの間にか終戦直後の花売り娘のようである。花売り娘は花のほかに売るものがあったので、頬紅や口紅を赤く塗ったが、ヒナ子は何も売るものはない。けれどまぎらわしい化粧をしていると、何か買おうとする男が寄ってくる。江藤の下宿人でも気は許せない。

「ならん、ならん、行くことはならん」

わーっとヒナ子が泣き出した。珍しいことである。たかが映画くらいでこの泣き様はない。明日の日がないような泣きぶりだ。仕方ない。サトは普段着の上から自分も羽織を着て厚手のショールを掛けた。財布と巾着型の袋を持ってくる。

「ばあちゃん、どうするん?」

泣きやんだヒナ子が不安そうに聞いた。

「そんならわしも行くしかない」

そろそろ仕事から菊二が帰ってくるが、亭主は何でも食べておればいい。ちょうど土曜で幸生は百合子の家に泊まりに行った。ヒナ子はしぶしぶサトと一緒に家を出た。映画なら小倉でなくても、八幡で観られるのではないかとサトは思ったが、新藤兼人という監督の映画は東映や松竹などと違って、封切館を持たない小さい映画会社であるらしい。行く先はサトが聞いたことのない駅裏の映画館だった。電車の中で杉田青年とヒナ子の話を、サトは聞くともなしに聞いた。

「『裸の島』のキャストはたった四人じゃと。島の貧しい夫婦役に親爺は殿山泰司、妻は乙羽信子で、あと夫婦の子ども役が二人じゃ。ほかの出演者は地元の応援らしい。監督、脚本、音楽、撮影という具合にスタッフ全部入れても十一人で、ぎりぎりの制作費じゃったそうや」

どうやら貧乏な監督と貧乏な映画会社の作ったもののようで、面白い映画ではなさそうだ。最近のサトの好きな映画は東映の大川橋蔵が演じる『新吾十番勝負』で、徳川吉宗の隠し子の剣士が大立ち回りをするのである。衣装も豪華で橋蔵も愛嬌のある男優だ。サトは東映のファンである。

小倉駅に着くと雪がやんだ。

屋台の立て込んだ道を杉田青年について行くと、入口の小さな映画館の前に人が並んでいた。客はかなりあるようだ。入場券を買って入る。サトのぶんのおカネはヒナ子がさっと出した。新聞配達時代からおカネを持っている子だった。

映画はそれ一本きりで、間もなく始まった。空席はちらほらある程度だ。サトの予想した通り貧しい島の夫婦の話だ。セリフはなくて夫婦と男の子が、来る日も来る日も島の畑に水をやっている。その水は対岸の本土から汲んで手漕ぎの小舟で運ぶのだ。一日三回の水汲みの重労働がえんえんと映される。

夫婦が住んでいる島は水がないのだ。川も湧水もないようだ。最悪の島で暮らしている。島は見渡す限り斜面を畑にしているだけで、木が生えていない。『裸の島』という題名はそれによるのだろう。炊事、洗濯、風呂の水は雨水を濾《こ》してでもいるのだろうか、そんな暮らしのもとの水も本土から運んでいるのだろうか。

手を伸ばせば届くような所に本土があるのに、島でしか暮らせない夫婦とはどんな人間なのだろう。畑の水やりに明け暮れる日々の中で、夫婦は物も言わず、夜の営みもしない。いや、それはやっているのかもしれないが、映画はそんなことはどうでもよくて、ただ水やりが最重要なのだった。

二人の男の子のうち、本土の小学校に通っている兄の方が病気になる。船で本土に医者を呼びに行って戻ってくると、その子はもう死んでいた。乙羽信子の母親は大事な桶の水を擲《なげう》って号泣する。やがて島の丘の上に穴が掘られて、棺が穴に降ろされる。

土葬じゃろう……。

とサトが見ていると、穴のそばに一括りの枯れ枝らしき薪が置かれていた。それを穴の棺の上

にバラバラと振り掛けて火を点ける。サトは声は出さなかったが、
そりゃいかん。

と胸の中でつぶやいた。穴の中に棺を埋めると燃えないではないか。亡骸を実際に燃やすためには、広い所で人焼きのために伐ったなま木を組んで火を点ける。人の体には骨や内臓が詰まっていて脂《あぶら》がある。それを燃やすには枯れ木では火力がまるで足りないのだ。

人焼きは大量の生きた木を焼くことで、木の葬式でもある。そのうえに、なま木を伐る沢山の人手と、一昼夜以上の時間を要するため時間も食う。田舎の葬式は土葬でなくてはならないのだ。小さな子どもの亡骸といっても、裸の島で、どだい人焼きは無理なことである。

この映画は大事なことが間違うとる。

サトはまたつぶやいた。

そうしてまたサトが見直すと、乙羽信子が身につけている野良着も奇妙といえばひどく奇妙なのだった。炎天下に頭は小さな笠を被り、労働者とは思えぬ薄物の上着である。昔、野良で働く女たちは鍔広《つばひろ》の笠の下に、さらに手拭いを深く被り、上着も胸元まで肌を覆い隠したものだった。

お天道《てんと》さんに直接当たると体が消耗する。野良着は陽覆《ひおお》いの役目もあった。サトの母親が弟妹に乳を飲ませるとき、垣間見た母の胸や乳房の白さを今も思い出す。

男の子を焼く薄煙が丘に昇り、やがて儚《はかな》く空に消えた。紙のように子どもは燃やされて灰になった。場内の暗闇のそこここですすり泣く声がした。隣でヒナ子がクックックッと嗚咽している。

サトはこの映画の終わるのをじっとがまんして待った。

十五

早春である。

昼下がり、克美はときどき顔を上げて、窓の向こうの畑地を眺める。朝から根を詰めて仕事を続けると、しばらく外の景色を見て近視の眼を休める。

大根やネギの育つボサボサした畑は、とくに景色といえるほどのものでもない。畑の隅の土の上には、水溜めの代わりに古びた木の風呂桶を据えている。見栄えがよくないというより、変な眺めだ。

この頃、少しずつ増えてきた「テーラー瀬高」の顧客が来るときは、その畑の中の道から真っ直ぐ姿を現してくる。彼らの大方は近くにある八幡製鐵の上級社員住宅の客である。

ここへ来て一年半余り、ミシンの吐き出す糸目を睨みながら克美は、ラジオから流れる新安保反対デモのしだいに高まってゆく叫び声や、石油の安値に押されて閉山の続く炭鉱ストライキの怒号などを黙々と聴いた。

そしてその間にも、世の中の景気はどんどん上昇し続けるのだ。

克美の店からもかつての炭鉱成金《なりきん》や朝鮮特需で儲けた経営者の客は消え、新たな客の理工系の鉄鋼マンは話題もさらりとして、休日は趣味のカメラや山歩きという男が多い。

そんな客がまた一人、窓の向こうの川土手から橋を渡って、一本道を少しずつ近づいてくる光景は何か清新な絵のようだ。慎ましい克美の生活に一つ、二つと、良い便りが届けられてくるようだった。

客との世間話も前とは違う。彼らはこの頃、企業戦士と呼ばれている。

「炭鉱の閉山が深刻になっていきますな」

巻尺を背中に当てながら克美が言う。

「うーん。もう地元の出炭率は北海道の夕張《ゆうばり》炭鉱に追い越されてしまったからなあ」

「それで製鐵所は困らんのですか？　鉄は石炭が失うては造れんと思うとりましたが、石油で代用できるもんですか」

いつぞや会った高炉の神様の田中翁の顔が浮かぶ。克美は今度会ったら訊いてみたいと思っていた。

「いや、石油と違って石炭は熱源に使うわけじゃない」

「そしたら何に使うんです」

「原料の鉄鉱石を還元させるため、石炭を蒸し焼きにしてコークスを造る。その炭素で原料の鉄鉱石の酸素を取り除くんですよ」

「へえ、どうして酸素を除くんですか」

客はちょっと考えるようで、

「地球上にある鉄はもともと宇宙から落ちてきたものです。それで地球には酸素があるので、鉄はもうすでに酸化した状態なんですよ。早く言えば錆《さ》びてるってこと。その鉄を炭素で還元して元の純粋な鉄を造る」

「なるほど」

酸化とは錆びることなのか。

「おやじさんは面白いことを訊ねる人だなあ」

ズボン丈を採寸されながら客が笑った。克美はいつの間にか、おやじさん、と呼ばれている。

「いや、面白いことを言うのはお客さんの方ですよ」

「それはぼくじゃなくて科学が言うんです。ついでにもっと言えば、鉄だけじゃなくて人間も酸化しますよ」

「馬鹿をおっしゃる」

「ははは、それを老化というんです。酸素で体が錆びるわけ。活性酸素って言います。働き過ぎない方がいい。錆びるからね、おやじさん」

克美は真顔でうなずいた。

畑には貧弱な桜の木が一本だけ生えている。いつ頃、誰がこんな所に植えたのか知らないが、まだ若木で、丈は人の頭を少し出たくらいで枝も細い。

その桜に花が咲き始めた。少しばかりの花だが桜に変わりはないので、曇り日の光の薄い午後などは、そこだけ光を集めて小さい極楽浄土のようだ。

仕事場の窓から克美は眼を離す。また下を向いてミシンを踏む。仕事をしなければならない。買い込んだ輸入服地の支払い、店賃《たなちん》、緑の学資、そしてミツ江の治療費や葬式代で底をついた銀行預金の補塡。

以前はあれほど女の体に執着したのに、克美の欲情は今は拭うように消えていた。あるいは克美を懲《こ》らしめるため、ミツ江が死ぬとき彼の欲情を持ち去っていったのではないか。そんな気がすることもある。

ただ、どうかした夜、家の内に自分の立てる物音もなく、戸外の遠い車の音も絶えたような静寂《しじま》に、克美は仕事場の隅に立つ首のないメンズ・トルソォに眼をやる。

見てはならん、と止める自分の声を聴くが、もう遅い。すると消えていたはずの男の昂《たか》ぶりが、むらむらと立ち上がってくるのだった。

なぜだろう。

自分の体ではない、ただの男の上半身を象《かたど》った人体に、克美の消えていた欲情が乗り移って燃え始める。

紳士服の仕事場には女性用のトルソォはない。メンズの人体は虚しく夜の窓辺に立っていた。首のない人型はよけい人間の体を突きつけてくる。がっしりとした肩、太い首が埋め込まれた肉厚の胸。

非の打ち所のない正しい体型の男のハーフ・ボディは、夜に眺めるとしんしんと淋しい。このトルソォにはただ一つ足りないものがあるのだった。その点で未完成の人型といえる。

完璧なメンズ・トルソォの横には、もう一つ完璧なレディ・トルソォが並ばねばならない。克美にはそう思えた。太陽と月のように、この首のない男には首のない女がいるのである。

切り取られた首のあたりをみると激しい欲情を覚える。顔がないということは、剝き出しの裸身であるということだ。すでに名前もない。とうに自分でもない。女を求める情欲があるだけだ。けれどそのボディの胸元を見ていると、克美にはそこに魂が入っている気がした。顔を持たないぶんだけ広い胸には灯火のように魂が入って、生きているように見えるのだった。

ある晩、克美は仕事場の型紙を入れた引き出しを探った。中には客のスーツの型紙が収めてある。スーツの注文を受けると、基本となる客の体型の原型を作図して、それを下敷きにしてスーツの型紙へ開いていく。

やがて引き出しの底の方から、女性用の別綴じにした型紙の台紙入れが出てきた。そこには夜道で克美を襲わせた、高橋泰三の妾の澄子と鶴崎夫人と、ミツ江のぶんの原型があった。

愛憎引っくるめた三人の女の体を写した図は、薄い製図紙を三枚合わせても数ミリの厚味もない。儚い、と克美は疼くように思った。製図紙は色褪せた歳月のごとくどこかへ飛んでいきそうだ。

克美はしばらく手にとって眺める。自分がそれをどんな気持ちで描いたのか思い出せないが、たぶん密かな愉しみ事の気分だったのではないか。

愚か者。

と自分につぶやいた。

ミツ江の上半身の型紙を台紙入れから引き出して、裁ち台に広げる。前身頃が二枚。後ろ身頃が一枚。紙は触れると張りがある。シャリシャリと微かな音がした。克美はセロテープを出して前後の身頃を止めた。

それから台の上にそっと立たせた。半透明の白い紙はやや黄ばんでいたが、清潔な気品を漂わせてトルソォができ上がった。だらりと傾いたので、小さなカサのついた電気スタンドにかぶせて支えにした。

克美は思いがけない出来映えに思わず見入って、スタンドの明かりを点けた。これこそ魂が灯ったようだった。豆球の熱で火がついて紙に燃え移らないかと気になって、両手で身頃に触れてみるとボウーッと明かりの熱がある。

しばらくうっとりと眺めた。

それからスイッチを押して明かりを消してみる。

ふっと魂が消えた。

克美は点けたり消したりを繰り返す。いったい五十をとうに過ぎた男が何をしている？　自分に言いながらやめられない。

この世はあるものか。

と言ったミツ江の声が聞こえそうだ。

「色《しき》」はこの世に形のあるもので、「空《くう》」はこの世に形のないものだ。死ねばその「色」は「空」となる。いや死なない前から、この世にあるものはすべてが「空」である。

いいや、それは違う。

とミツ江は言う。そんなのは嫌だ、と子どものように言うのだった。

「ほら、これがないもんか？」

とひと握りの骨のような手を伸ばして、死がいよいよ近づいたあのとき、克美の手を握った。

「ほら、あるやないか」

今も生きていたときのように声は響く。スタンドの灯を入れた紙のトルソォに、克美は訊いた。

「ミツ江よ。空が虚言《すらごと》と言うなら、ここへ出てきてみよ。お前や義姉さんだちの信仰のように、幽霊にでもなって出てきてみよ」

克美の思うに、ミツ江やサトの信仰は死ねば幽霊になる、生きているときは死んだ者と交信する。しかしこの世には道理というものがあると克美は思う。それがないと人の世も、自然界も、天や地、生と死も、留め金を失ってバラバラに崩れてしまう。

ミツ江やサトたち邪気のない無知な信仰者たちは、この世の留め金を平気で壊そうとする無法者ではないか。邪気がないだけ手に負えない。彼女たちの独り信心はそのぶん強いのだ。

だがみろ、死ねばそれきりではないか。お前の身体はもう消滅してしまった。今はどこにもない。あると言うなら出てきてみよ。

克美は胸の中で語気を強める。

ミツ江のトルソォはただ静かに灯っていた。

考え込んででもいるかのようだ。


約束していた米満《よねみつ》医師がやってきたので、克美は仮縫いのスーツを出した。彼の身体に当てて躾糸を掛けながら具合をみる。月末にアメリカの学会へ行って何やら発表するというので、舶来生地で注文した。

「先生のご専門はどういうもんですか」

まだ四十代そこそこで、腹が出ていないので仮縫いもやりやすい。近くにある八幡製鐵所病院の医者ではない。月に二回ほど福岡の大学病院から招《よ》ばれて来ているという。

「ぼくのは光と言えばいいかなあ。放射線と言ってもわからないだろうから、……光の針みたいなもので治療する」

「ということはレントゲンの親戚みたいなもんですか」

「同じエックス線だから兄弟かな。ただあっちは検査に使うもので、こっちはその光で治療するんですよ」

「へえっ」

これは手強《てごわ》い医者だなと克美は畏れ入る。放射線といえばレントゲン撮影機と、キュリー夫人の名前しか克美は知らない。

ミツ江が入院していた縁で、製鐵所病院の医者が一人二人と客になり、そのまた縁で米満医師も立ち寄るようになった。それで初めてスーツを作るのだ。

「光の治療というと神のようですな」

「神ではなくて科学ですよ」

「そんなら神は科学ですやろう。いや、科学が神かもしれんが……」

無学な克美にはどっちにしろ凄いものだ。薬を用いる内科医と、メスを持つ外科医と、光の針を持つ放射線医を並べると、光がいちばん有り難い気がしてくる。

「まあもともと光は天から来るものだから、有り難いかもしれないけど、扱い方では恐ろしい光になるんです」

「そうですかね」

と克美は言う。

「ええ。光がまともに爆発したのが原爆ですよ」

克美の脳裡にどろどろどろと上空高くから崩れ落ちる巨大な火の玉が浮かぶ。いつもそれは究極のピカの光景なのだった
「その原爆から飛び散るものの中に放射線もある。医療に使う放射線もその仲間には違いないんです」

「治療というと、その恐ろしい光で何ばするんですか」

「癌の部位に当てて遺伝子の鎖を断つんです」

「ほう、メスで切るのと似とりますな」

「エックス線は切らなくていいんですよ。放射線を悪いところだけに正確に当てればいいです。しかしそれがなかなか難しい。癌でないところにもどうしても当たる。そのダメージをいかに減らすかが課題です」

そういえばミツ江の抗癌剤でも確かにそうだったと克美は思う。癌を叩きながらミツ江の身体も無惨に打ちのめした。

「検査用のレントゲン撮影機でも、昔の医者たちは手の指を何本も失ったりしたものです」

「そりゃ包丁みたいですな」

「指が切れるわけじゃないが、撮影するとき医者がついそばで自分の手を入れたりするもんだか

ら、指の細胞がエックス線でやられたんです」
「ひやァ。危なかですね」
いやいや、と米満医師は苦笑して、
「放射線の研究がまだ進んでなかった昔のことで、撮影をしながら医者が、ここに弾が入ってい
る、なんて指さして言った時代ですよ」
「弾、というと戦時中のことですか」
「ええ、第一次大戦時のフランスでは、キュリー夫人が世界初のレントゲン車を造って戦場を駈
け回ったそうだけど、何百人も負傷兵の撮影をやったので、彼女もずいぶん被曝したんです」
身体に入った弾丸が透けて見えるのは夢のような技術だったろうが、その蔭で研究者や医者か
ら多くの犠牲を出した。仮縫いがすんで克美がお茶を出すと、米満医師は美味《うま》そうに飲んだ。背
筋の発達した、何かスポーツをやっているらしい逞しい体つきだ。湯飲み茶碗を持った米満医師
の眼が壁の棚を見た。小さい写真立てに克美はミツ江の遺影を飾っていた。
「奥さんには生前お会いできなかったけど……、どうですか？　そろそろ気持ちは落ち着かれま
したか」
何気なく聞いてくれる。
「家内のことは普段は忘れとりますが……」
克美は急須の茶葉を替えると椅子に座った。

医者というものは有り難い。周囲の他人には口を閉ざしていても、なぜか医者には強張っていた気持ちが緩む。医者は人間の生き死にの最も近い所にいる。僧侶ではもう事後だ。その前の生きた人間の世界で克美は物思いたい。

「わしが忘れとるときは、死人は安らかじゃろうという気がします。しかし、ときどき家内は生きとるように思うことがあります。そういうときは、死んだ者もまたこの世に引きずり出されるようで、不憫な気持ちがするとですよ……」

この世で仲の良かった夫婦は、死に別れの後、思い切りが良いそうだ。そんなことを聞いたことがある。夫婦が穏やかに過ごした人生は、別れのとき、相手を送り出す踏ん切りがつけやすいと、昔、齢を取った客が言ったのを妙に覚えている。それは広島の小糸の親方の店だった。

テーラーのような、客の注文をコツコツと作るような商売は、手の技術は勿論だが、客の話を上手に聞くのも仕事である。多少のおカネを出して誂える服や、靴、自分の気に入ったものを買いにくる客はいろんな話を持ってくる。人生を持ってくるといってもいい。

克美は小糸の親方の店で、夫婦のこと、男女のこと、おカネというもののこと、人を憎むこと、反対に人がもつ情愛のこと、いろいろ耳に溜めたのだった。それを広島から逃げてくるとき捨ててきた。ミツ江という女だけを盗んで、あとは全部置いてきた。

その話をしたのは小糸の親方と親しい老人で、弁護士を引退した後は、スーツの新調はめったにないがズボンの補正などでよく店へ来たものだ。半生を人間世界のいざこざ、もつれ、訴訟に携わった老人は、躾針を持つ小糸の親方に身体を預けて、その話をしたのだった。

仲の良い夫婦のアッサリした死に別れとは反対に、夫婦仲の悪かった者たちは相手に死なれると別れの踏ん切りがつかない。夫婦生活の苦い思い残しが後を引き、潔く死者を送ることができない。そんな夫婦が多かったと、小糸の親方の耳に入れた。

「先生はどう思われますか」

米満医師の湯飲み茶碗にお茶を注いで克美は言う。

「何がです」

「人の命は死んだら終わりでしょうかのう」

米満医師は自分より一回り以上も年長と思《おぼ》しき仕立て屋のおやじの顔を見た。このいつも煤《すす》けた顔色をしたおやじは世間話はいかにも苦手だ。うーん、と彼は頭を搔いて、

「ぼくには命のことはわかりませんね。電子顕微鏡は物凄く小さいものが見えるんです。それを覗いても見えないもののことは、ぼくには答えられない」

「その電子とかの顕微鏡で何ば見るとですか」

「この世の物質の一番小さいもとを拡大して見ます。物凄く小さいものだけど、世界というか宇宙のすべてにあるものの素が見える。物質の素だから当然、人間の素でもあるんです」

「味の素」なら知っている。だが「物質の素」など聞いたこともない。学問とは奇想天外な世界である。克美は首をひねった。

「人間の素とはどういうもんですか」

「人間の素にもいろいろあります。その中の炭素というのは人や動物や樹木の重要な構成要素の一つです。つまり物凄く小さい物質の素が沢山集まって、動物や植物、石や土なんかが出来ている。人が死ぬとそれがバラバラになってしまうんです」

「うちの家内は火葬にしたので灰になりました。バラバラになる暇はない」

克美が生真面目に首を横に振ったので、米満医師は思わず笑って、

「いや、その灰が自然にゆっくりとバラけて、物質の素に戻っていくんです。原子というんだけどそれは燃やしても、灰になっても、まだ生きているんです」

「永遠不滅というわけですか」

克美は少しうなずいた。

すると医者が微笑して、

「ぼくは、こんなすべての素が自然に収まっていく状態を、たぶん仏教では冥伏《みょうぶく》というのだろうと思います」

「冥伏？」

「生命が眼に見える形で、動いている状態を『生』と言います。冥伏はその反対に生命が『死』の底に深く眠っているようなものじゃないかと……」

克美はお茶を口に含んだ。よくわからない。

「すると結局、人の命は死んで終わりですか。それとも死んでも終わりませんか」

米満医師はうなずいて、言い方を変えた。

「あのですね、電子顕微鏡でも見えないものがあるんです。それはエネルギーというもので、これは物質じゃない。見えない力で、いろんな働きをするんです。命がエネルギーの一種なら消えることはない」

「どうして」

「世界のエネルギーの総和量は変わらないんです。面白いでしょう？　眼に見えないものだけど、増えたり減ったりしないということ。これは物理の法則です」

「その法則は誰が決めたとですか」

と克美はおかしなことを訊く。

「誰も決めない。人間とは関係なく、最初から世界にあるものです」

米満医師は窓の外に眼をやった。

向こうに立っている桜の若木を見ている。今日はいよいよ七分咲きくらいに膨らんだ。満開は近い。

「あの桜の花を開かせているのもエネルギーですよ。だからあの木を伐ったら枯れてしまう」

桜の満開は八分咲きをいうのだと克美は聞いたことがある。

「エネルギーの代表格といえば光です」

と米満医師は眼をこちらに戻した。

「先生の専門分野ですな」

「エネルギーは簡単に光になるんです。すぐ変わりやすいんですよ」

「物質は光になりませんか」

と克美は昔、田舎ではよく人魂《ひとだま》を見たのを思い出しながら言った。

「ええ。あれは燐《りん》が燃えているだけです」

米満医師は笑いながら一蹴《いっしゅう》する。

「ただ特殊な条件下では……」

と彼はゆっくりうなずいた。

「物質は光に変わることができるといいます。アインシュタインが証明したんです」

いきなり火花が散るような話になった。克美はぼんやりした。もヽのヽが光になるのだと？

「どうやって？」

「原子爆弾で」

ゆらりと克美の眼にまた光の玉が浮かんだ。

「広島の空に上がった火の玉は瞬間的に百万度を超えました。太陽の表面温度が六千度で、それから比較するといかに高温だったかわかるでしょう」

「はあ」

「そのとき一瞬のうちに人は光になりました」

窓の外で桜の木がはじけ飛んだ。


祇園町商店街をサトが買物籠を提げて降りていく。

明日は日曜である。ヒナ子も仕事が休みだったので到津《いとうづ》遊園地に連れていく。花見弁当の材料を買って、買物籠の中には鶏肉や蒲鉾、蓮根、ゴボウに卵、巻寿司を作る海苔に、いなり寿司用の油揚げも入っている。重い。けれどサトの仕事は買物だけだ。花見の弁当や運動会の弁当は料理の上手い菊二の出番である。実際この趣味ばかりで働きのない亭主にはどのくらい泣かされたか知らないが、いざというときはサトが逆立ちしてもできない茶巾寿司まで何でも作れるのだ。

若い頃に外国航路の厨房で働いたというが、菊二はもともと美しいもの、愛らしいもの、美味しいものが好きなのだ。いったいサトのような女がそんな男にどうして縁づいたのか不思議である。役立たず。サトは毒づく。だが明日の朝に花見弁当ができるまで我慢しよう。着流しにタスキがけで流しに立つ菊二の姿が眼に浮かぶ。惚れていないといえば嘘になる。

ヒナ子が小さい頃は、ミツ江のところの緑も、江藤の家にはタマエもいた。花見は大騒ぎで疲れたが、今はもうヒナ子もすっかり娘になって、緑は大学に、タマエは父親が引き取りに来た。

サトは少し淋しい。

子どもがおとなになることは淋しい。日に日に可愛くなくなっていくのである。ヒナ子はおとなびてサトの言うことなどにはそっぽを向いている。その後ろ姿は危なっかしい。まだまだサトの眼から見ると、どこかへひょいと拐《かどわ》かされていきそうだ。

昔、八幡製鐵所の起業祭にサーカスが来ると、おとなたちは言うことを聞かない子の戒めに、

「サーカスに連れて行かれるど!」

と脅したものだ。それからはヒナ子はサーカスのテントの前に来ると、

「ばあちゃん、いやや！　うち怖い！」

とサトの服を摑んで泣き叫んだものである。

それが今はどうであるか。

日が暮れても平気で古本屋に行って帰ってこない。高校に進学する子はわずかなので、ヒナ子が学校に行かないのは承知したが、勤めている映画館がひけたらそのまま街に出て、市内の映画館をうろついている。八幡はもとより小倉までも出かけて帰らない。


サトは明日は絶対に到津遊園地にヒナ子を連れていこうと思う。そして家族と一緒にいることがどんなに幸せか、母親の百合子によくヒナ子へ言い聞かせてもらおうと考えている。ヒナ子は映画館に働きに行き始めて、なぜか気持ちがそわそわしている。それがサトにはわかるのだ。そして家の外ばかりに眼が向いている。

この子は何を考えているのだろう。この子はこれからどうなるのだろう。どんなふうに育って

いくのだろうか。八幡の町はよそより危ない。労働者ばかりではない。ごろつき、やくざ、不良、野良犬だって多いのだ。

　サトが家に帰り着いて鍵を開けようとしたとき、中からガラッと引き戸が開いてヒナ子の顔が目の前に現れた。

　双方でワッと声が出た。サトはヒナ子の姿を見て眼を剝いた。背中にむっくりと膨らんだリュックを負い、両手に大きな風呂敷包みを提げている。肩に掛けたリュックには雨も降らないのにコウモリ傘が差し込んである。

　もうどこから見ても家出娘の格好だった。

「こりゃあ。どこに行く気か！」

「わああ。ば、ばあちゃん、なして今頃帰ったと」

　いつもならサトはもっと遅く帰る。

「今日は江藤には寄らんじゃった！　早よう帰って悪かったな。お前、その格好でどこば行く気か」

　齢は取ってもサトは炭鉱では男並みの先ヤマの仕事をした体だ。十五歳のチビのヒナ子など首根を押さえて逃がさなかった。ヒナ子は眼を白黒させて、

「いやや、いやや。放して」

と口走った。サトはびくともするものではない。

「どこにも行くことはならんど。ばあちゃんの眼の黒いうちはどこにも行かさん。お前は世の中がどげに恐ろしかとこか知っちょるまい。それがわかったときはもう遅かぞ。ばあちゃんの言うごと聞いて、おとなしか良か娘になって嫁さんに行くとじゃ」

「い、い、嫌や！　あたし東京ば行って映画作る。新藤兼人監督の家に行って弟子入りするとや」

ヒナ子はオケラが手足をさするようにじたばたする。

「と、と、東京やと！」

思わずサトが吃った。

「そ、そ、それがどうしたん！　あ、あたし、行ってシナリオライターになる」

「な、なんやと……。そこの家に行ったら養うてもらえるとか。お、お前はその偉《え》らか人の家ば知っとるとか」

とサトもつられて吃った。

「と、所番地《ところばんち》なんか、こ、交番で聞いたらわかる！」

と、ヒナ子。この姿で交番に行けばどうなるか。世間知らずの娘である。

「馬鹿たれっ」

とサトはヒナ子の頬を撲《ぶ》った。頭は叩いたことがあるが、頬に手を当てたのは初めてだ。柔らかい白玉饅頭みたいな頬の肉がサトの掌でバシッと鳴った。

サトは熱い涙が流れた。

赤ん坊の頃から、ヒナ子の可愛さは譬《たと》えようがなかった。その子を撲って戸口で地べたに押さえつけた。

ああ。もうだめや。ヒナ子は跪いたまま動かなくなった。観念した。こりゃもうだめや。年寄りだけれど敵はまだまだ強すぎる。

「じいちゃんとばあちゃんば置いて、どげな偉《え》らか人の所へ出て行くとか？　こないだの映画ば作った監督のとこへ行くんやったら許さんど！」

「あの映画がどうしたんや」

ヒナ子は泣きながらサトを見る。

『裸の島』のことだろう。あれは本当にいい映画だったではないか。水のない小島に作物を植える夫婦と二人の男の子の話だ。真面目で製作者の思想がきちんと入った、美しい映画である。

「あれは虚言《すらごと》の映画や！」

サトは抑えていたものが噴き出したように怒鳴った。

「水のない島というのに、あの小さい島いちめんには畑が作られとった！」

「それがどうしたん？　なして嘘の映画や。あの映画の夫婦は一生懸命、隣の島から水ば運んで畑作って頑張っとるよ」

「馬鹿言え。たかが貰い水であれだけの畑が育つわけはない。水なしの島に畑はできぬ！」

ヒナ子はハッとした。島を覆った野菜畑の映像が眼に浮かんだ。

「それよりもっと大事なことがある。死んだ子どもば火葬にするところがあったじゃろう」

「それがどうしたん」

「人間一人焼くとに、あんなチョロチョロ火で焼けるもんじゃなか。いくら子どもでも脂の多かなまの体を焼き上げるには、燃やす木も太うて油の多いなま木でのうては役に立たん」

「なま木？」

「いま山へ入って伐り倒したばっかりの木のことじゃ。前に伐っておいたような木は、枯れて油が抜けてしもうて役に立たん」

ヒナ子が真剣に聞いている。初めて耳にすることだ。

「人の体は骨もあるし臓物もある。簡単に燃えるもんではない。枯れた薪では人を焼く火力が足りん。なま木を小山のように組んで、まる一日かけて死骸を裏返したり表返したり、つきっきりで焼き上げる。そやから島では昔から葬式は土葬と決まってる」

そのときヒナ子はふっとミツ江叔母を焼いた窯の音を思い出した。窯の中の火は見えなかったが、窯場全体に鳴り響く唸るような火の音が聞こえた。今はもう薪の時代ではないから、相当に強い火力なのだろう。

人の体を燃やすのは激しいことなのだ。

「昔から島では猫は飼うても、犬は飼わん。犬を飼うようになったのは燃料が変わったこの頃じゃ。なぜかわかるか。土葬にすると犬は土を掘り返して人の骨ばくわえ出してしまう。島では犬は不吉な生きもんじゃ」

ヒナ子は黙って洟をすすりあげた。新藤監督がサトに蹴飛ばされたのだ。涙が垂れて止まらない。サトは重々しくヒナ子に言った。

「お前の好きな映画監督がどのくらい偉いか知らんが、人の生き死にの有り様ばわかっとらん。そんな人物にお前は何を習うつもりで家出するとか」

「……」

「大事なことはばあちゃんが教えてやる」

ううう、とヒナ子は唇を嚙んだ。けれどもここで負けてはいられない。新藤監督のために反撃に出なければならない。

「ば、ばあちゃんの言うことは酷《むご》すぎる。ばあちゃんは『白鳥の湖』ちゅうバレエば知らんやろ？　田舎者やから知らんやろ！　し、白いドレスば着たバレリーナが長い足ば爪先立って、舞台の上を飛んだり跳ねたりして踊るんよ」

「それがどうした」

「ばあちゃんは、その踊りが終わったら舞台に向かって怒鳴るんや。白鳥はどうした！　白鳥ば出さんか、と言うて怒るんや。お前だちは人間じゃ。わしは白鳥の踊りば観にきたとや！　おい、白鳥はどこに行った」

ヒナ子は涙ながらに言う。サトのそんな姿がもう見えるようだった。

押されてサトもやり返した。

「おう！　踊り子の足がどげんしても白鳥に見えぬときは、ばあちゃんは舞台に上がって、文句ば言うてやる。白鳥ば出せ！　とな。しかし踊り子の足がちょっとでも白鳥の足に見えたときは、何も言わんど。手ば叩いてやろう。拍手ばしてやろう」

「そんなら『裸の島』は、白鳥の足に見えんじゃったん？」

「見えんじゃった」

ヒナ子はぐうの音も出ない。サトの心は打っても叩いてもビクともしない岩だ。そのサトの岩の周りで百羽の白鳥がダンスをしても、たぶん平気なのである。

ヒナ子は少しずつ気持ちが鎮まっていった。サトと争っても物事は進むことはないのだとわかってくる。サトを相手にしても無駄である。

静かになったヒナ子の肩をサトの腕が摑んだ。

「わかったら家の中ば入ってご飯の支度ば手伝え！」

ヒナ子はサトに手を引っ張られて、躓きながら家の中に入った。引っ張られながらヒナ子は心の中で言った。

ばあちゃん。あたし諦めんからね。

絶対、絶対、家出する。ばあちゃんも後であたしの気持ちがわかるやろ。でも、もうそのときは、あたしはおらん。ごめんね、ばあちゃん。

あたしきっと出て行くから。

ヒナ子の泣き腫れた眼がサトを睨んでいた。

きかない子だった。


克美は一日置きに買物籠を自転車の荷台に載せて家を出る。自転車を漕ぎ出すと、さっき原子爆弾の幻で吹っ飛んだ桜の若木が、今は春の陽を浴びてうっとりと立っている。

荒生田の商店街で魚を買うつもりが、途中で気が変わった。そのまま近くの到津遊園地へ自転車を漕いだ。八幡市内の花見の場所といえば、八幡製鐵所の河内《かわち》貯水池と同じく養福寺貯水池に、それから到津遊園地だ。克美の家から一番近いのが到津である。

遊園地の中は動物園と一体になっている。入園券を買って駐輪場に自転車を置くと、虎の檻や、象舎、石垣で囲ったライオン舎や、猿山などをぶらぶら歩いて奥へ行く。市内の小学校や幼稚園の遠足で、どこもかしこも子どもたちで溢れていた。

克美はさっきのエネルギーの話を思い出す。この子たちをいきいきと生かしている源《みなもと》は何だ。子どもたちは電気仕掛けのように飛び跳ね、駈け回り、喚声を上げて騒ぎまくる。動物たちは虎も象もライオンも猿もゆったりと陽に当たっている。人の子には人の子の時間が、動物には動物の時間が流れているようだ。

動物の檻が切れると、やがて広い池に出た。池の周りには太い桜の木々が、薄桃色の花の雲を何層にも重ねて連なっている。見渡す限りの桜の園だ。緑の芝生の上にはいちめんゴザが敷かれて、花見客で賑わっている。今日は土曜で会社は平常通りだが、製鐵所は三交代なので家族連れの花見客も多かった。

女や子どもは弁当を食べ、男たちは飲んでいる。夜花見ではないので、和やかな和気藹々《あいあい》とした宴である。克美は人々の顔を見て歩いた。毎年この時期には貴田の菊二とサト夫婦に誘われて、ミツ江や緑と花見に来たものだ。そのときはミツ江の身内が煩わしくて、弁当を食べるとそそくさと席を立った。

しかし今では、その気詰まりだったミツ江の身内の人々がなぜか懐かしい。

「克美さん、これを食べなっせ。酒ば飲みなっせ」

というサトや菊二の声が温かく耳に蘇ってくる。克美は江藤辰蔵の姿がここにないか、それとなく探してみた。辰蔵は非番の若い職工たちをよく連れてくるので、ちょっと探せば眼につくのだ。辰蔵は酒が入りすぎると敬遠したくなる男だったが、その気持ちもわからないではない。

長患いの妻を抱えて、下宿業の飯炊き、三交代の職工の弁当、掃除洗濯、その上に金貸し業の利息の取り立て、貸し金の回収、と使用人は使わず一人でこなしているのである。吝嗇であくどいが妙に生真面目な人物だった。

池を半周した頃か、どこからか誰か男の怒鳴るような太い濁った声が聞こえてきた。喧嘩か。

酔っ払いか。遊園地の花見に似合わない声だった。池の向こう岸で叫んでいるらしく、遠くてよくは聴き取れない。池の畔は桜の花が雲のように並んで、声のぬしの姿を隠していた。

「あっちの方や！　危ない。桜の木に登っとるぞ」

人々の声が走っていく。

「危なか！　落ちるぞ、落ちるぞ」

と甲高い声が飛び交う。

「警察や。救急車呼んで来い」

胸騒ぎがして克美はその声の方向へ駈け出した。

怒鳴り声がだんだん近くなってくる。何を言っているのか聴き取れるようになってきた。

「おのれら！　早よう去《い》ね。去んでしまえ」

何とその声に克美は躓きかけた。

江藤辰蔵に違いない。

「貴様らぁー。地獄の者どもよー」

酔っている。克美は池の端を回り込んで一本の桜の大木の下に来た。怒鳴り声はその木から降ってくる。太い桜の幹が池面に身を迫り出すように傾いている。その水に突き出た枝の上に着物の尻をまくり上げて仁王立ちする男がいた。片手は幹にかけて、足袋はだしで、辺りを睥睨《へいげい》している。

小糸の親方に似ていた。桜の花の中の不動明王だ。

「危ない。降りろ」

人々が声をかける。辰蔵は見向きもしない。代わりにそばの枝から桜の花を片手でむしり取ると、パァーッと投げた。ハラハラハラと花びらが舞い散る。花咲じじいだ。いや、じじいではなく鬼である。

「貴様らぁー」

と花吹雪の中で呼ばわる。普段は井戸端で茶碗など洗っているのに、よくこんな大音声が出るものだと克美は畏れ入る。

「貴様ら地獄の者どもよー！　食うて飲んで死ぬるしかない地獄の亡者《もうじゃ》どもよー。それっ、極楽の花ば降らしてやるから、早よう死ね！」

危ない、危ない、と桜の木の下で人々が叫び合った。

「おお。亡者どもが墜ちていく。墜ちていくわい。わははははは。わはははは！」

辰蔵が木の下を見て哄笑《こうしょう》した。

違う、違う、と克美は腹の中で叫んだ。

違う！　天地が逆様《さかさま》じゃ、辰蔵さん。あんたの今居《お》りなさる木の上が地獄で、見おろしているこの土の上が人の世じゃ。早ようこっちに降りて来なっせ。そこから落ちたら本当の地獄行きじゃ！

「あああ。落ちる落ちる落ちるぞー」

と見物人がどよめいた。

そのとき辰蔵の体が宙に放り出されるのを克美は見た。裾をまくっていたので剝き出しの両足の間から白い褌《ふんどし》がヒラッとしたかとみるや、あっという間もなくドボーン！　と大した水音を立てて池に落ちた。

水飛沫が噴くように上がった。

克美ははじかれたように池の縁へ駈け寄り、そのまま池に飛び込んだ。広島の海育ちで三つ四つの齢から泳いでいた。春先の水は氷のように冷たい。水の中に白眼を剝いた辰蔵が仰向けに藻《も》搔《が》いている。前から行くと抱きつかれる。背後に回ってグッと腕を伸ばした。

辰蔵さん。帰ろう。

と水を搔く男の手を摑んだ。

人の世に帰ろう。

（完）

村田喜代子（むらた きよこ）
一九四五年、福岡県八幡（北九州市）生まれ。八七年「鍋の中」で芥川賞受賞。九〇年「白い山」で女流文学賞、九七年『蟹女』で紫式部文学賞、九八年『望潮』で川端康成文学賞、九九年『龍秘御天歌』で芸術選奨文部大臣賞を受賞。二〇〇七年、紫綬褒章受章。一〇年『故郷のわが家』で野間文芸賞、一三年『ゆうじょこう』で読売文学賞受賞。著書に『蕨野行《わらびのこう》』『人が見たら蛙に化《な》れ』『あなたと共に逝きましょう』『光線』『屋根屋』『焼野まで』など多数がある。

初出＝『こころ』Vol.25〜Vol.38
（二〇一五年六月〜二〇一七年八月刊）

JASRAC 出 1803429-801

火環《ひのわ》——八幡炎炎記《やはたえんえんき》 完結編

二〇一八年五月一六日 初版第一刷発行

著者 村田喜代子
装画 堀越千秋
装幀・書 毛利一枝
発行者 下中美都
発行所 株式会社平凡社
〒一〇一-〇〇五一 東京都千代田区神田神保町三-二九
電話〇三-三二三〇-六五八三〔編集〕
〇三-三二三〇-六五七三〔営業〕
振替〇〇一八〇-〇-二九六三九
印刷・製本 中央精版印刷株式会社
DTP 平凡社制作

ISBN978-4-582-83773-5
NDC分類番号913.6 四六判（19.4cm） 総ページ312
平凡社ホームページ http://www.heibonsha.co.jp/